KB097021

우리네 문단골 이야기

2

우리네 문단골 이야기

2

이호철 지음

자유문고

Contents

Contents

Contents

'4·19 의거'

이 나라의 1960년대는 바로 '4·19 의거'로 열린다. 그리고 이 4·19 의거는 바로 그 한 달 전의 '3·15 부정선거'에서 비롯된다. 아니 더 엄밀하게 따지자면, 1952년 5월 부산에서의 정치 파동, 그리고 1954년 11월의 소위 변칙적인 '4사5입 개헌파동' 등의 누적 위에 끝내 3·15 부정선거에까지 이르러, 4·19를 기해 대거 민심이 폭발해 나온 것이다.

물론 우리 글 쓰는 사람들이 모여 있는 문단의 1960년대도 이 정치권의 소용돌이에서 완전히 벗어나 있을 수는 없었고 만판 자유로울 수만은 없었다.

그건 너무너무 당연한 일이었다.

그해 2월 3일 정부가 정·부통령 선거 날짜를 3월 15일로 공고한 뒤, 2월 28일자로 대구에서 반정부 학생 데모가 터지며 저항의 첫 테이프를 끊는데, 그러나 3월 15일의 선거결과는 투표율 94.4%에 대통령 이승만, 부통령 이기붕이었다.

그리고 그 당일에 마산에서는 야당 주도로 부정선거 규탄 데모가 터지며 경찰서 등을 습격, 80여 명의 사상자를 낸다. 3월 24일에는 부산에서도 1,000여 명의 학생들이 항의 데모를 벌이는 등 데모는 산발적으로 이어지다가, 드디어 4월 11일 마산 데모에서 피살된 김주열의 시체가 바다에서 떠오르면서 다시 제2의 마산 데모가 터진다.

이승만 대통령이 마산 사건 배후에는 공산당이 개입한 혐의가 있다며 난동자의 엄벌을 강조하지만, 그 닷새 뒤 18일에는 서울의 고려대 학생들이 종로4가까지 항의 데모를 벌이고 귀가하던 길에 정치깡패들의 습격을 받아 40여 명이나 부상을 당한다.

그리고 바로 그 이튿날인 19일, 서울 시내 대학생 2만여 명이 한꺼번에 떨쳐 일어나는 큰 데모로 이어져, 사망 142명이라는 '피의 화요일'로 얼룩진다.

이렇게 온 나라가 '피의 화요일'을 향해 서슬 푸른 고빗길을 오르던 그때에 과연 우리 문학, 예술인들은 어디서 무엇을 하고 있었을까?

바로 이 무렵, 4·19 직전 상황에서의 우리 문학인들의 움직임을 간명하게 보여주는 정경 하나를 이 자리서 한번 소개해 보면 이렇다.

바로 3·15 열흘 전인 3월 6일에 을지로6가 서울운동장에서는 "이승만 박사, 이기붕 선생 출마환영 예술인대회"라는 것이 열린다.

불과 그 2, 3년 뒤에는 형장의 이슬로 사라질 이정재·임화수 등의 정치깡패 주도로 열린 이 대회에서, 이 나라 문화 예술인이라는 사람들은 잔뜩 겁먹은 얼굴들로 하나같이 머리띠를 두른 채 '이승만, 이승만!', '이기붕, 이기붕!' 하고 그 누군가의 선창을 따라 소리소리

질러대고 있었다면 곧이들리는가.

1960년 3월 6일, 백주대낮에 다른 곳도 아닌 바로 서울운동장 한 가운데서 버젓이 이런 일이 벌어지고 있었다는 것을, 2011년인 오늘을 살고 있는 우리로서 과연 믿을 수가 있겠는가 말이다.

그때는 그 운동장의 사방둘레도 툭 터져 있어, 버스나 지상전차를 타고 지나가던 시민들도 차창 바깥으로 그 정경을 속속들이 내다볼 수가 있었다. 그렇게 '김승호다' 혹은 '허장강이다' 하며 그 대회의 속 알맹이는 알아도 그만 몰라도 그만, 전혀 오불관언한 채 오직 저 유명한 배우들 실물들을 보는 것으로만 요행으로 알며, 지상전차나 버스들 속에서 탄성들을 내질렀던 것이다. 대낮의 이 나라 수도 서울거리에서 하루하루 살던 항간의 태반의 평균적인 보통시민들로서는 그때가 바로 그런 시대였던 것이다.

2011년인 오늘에 들어서서 그렇게 정확히 50년 전의 그때를 돌아보면, 원, 저럴 수가 있었을까, 어쩌다가 우리네 문화 예술인이라는 사람들이 저 지경으로까지 떨어질 수가 있었을까, 하고 의아해질 것이기도 하지만, 1960년 3월, 그때의 정황은 바로 우리 태반의 문화 예술인들에게는 통틀어서 그런 세월이었고, 버스나 지상전차 속의 일반시민 수준도 대강 저러했던 것이다.

나는 그때 그 서울운동장의 대회에 나가지를 않았다. 지금에 와서 돌아보면, 바로 그 점이 여간만 요행스러울 수가 없다. 하지만 그때 내가 그 기괴한 예술인대회에 참가하지 않았던 것이 그 무슨 나대로의 민주적 신념에 따른 것이었을까. 결코 아니었다. 단지 몰랐던 것이다. 어느 누구 하나 연락해 오지도 않았었다. 나도 이튿날의 신문을 보고서야 뒤늦게 그런 해괴한 일이 있었다는 것을 알았다. 그렇게 그 신문기사를 읽으며 혼자 비시시 쓴웃음을 한 번 웃고는 그대로 그냥 무덤덤하게 일과성으로 넘겼을 뿐, 추호나마 울분 같은 것조차 느끼지는 못하였다. 아니, 솔직히 말해서 특별히 해괴해 보인다거나 하지도 않았다. 그런 생각 자체부터 차라리 조금 주제넘어 보이기조차 하였다. 나에게 있어서도 바로 그 시절은 그런 시절이었을 뿐이었다.

그러니까 그때, 설령 문학인들 중에 그 대회에 몇몇이 끼어 있었던들, 지금은 거개가 고인이 되어 있을 것이지만, 여직 살아 있더라도 그때 그 일로 그이들이 그 뒤 50년 세월을 노상 전전긍긍하며 숨어서 살아야 했을까. 나는 2011년을 사는 현금에 있어서도 꼭 그렇게 그런 식으로 생각하지는 않았다.

그때 그 자리에 끼었던 사람이 그 불과 몇 년 뒤에는 자기가 언제 그랬냐는 듯이 낯가죽 두텁게 잘난 척하고 나서는 것은 보기에 민망할 것이지만, 바로 그 본인이 그런 일로 하여 평생을 두고 기가 죽어 지내게 해서도 안 된다고 적어도 나는 그렇게 생각하고 있다.

그리고 실은, 바로 이 점이야말로 자유세계를 표방하는 이 대한민국 사회의 넓고도 따뜻한 '품'이기도 할 것이다. 바로 이 점은 그때 한때 '만송족'이라고 지칭되던 일부 문학인들의 그 뒤 행태가 여실하게 입증해 주기도 한다.

한데 사실을 말하면, 그때 그 문화예술인대회에 당시의 중요 문학인들이 참가하지 않고 우물쭈물 유야무야로 넘길 수 있었던 것은, 그 행사의 주도 인물이었던 정치깡패 이정재·임화수가 저들 눈치껏

눈감아준 덕이 아니었을까.

다시 말하면 아무리 무지막지한 저들이었지만, 저들도 저들 눈치만큼 당시의 우리 문학인들만은 영화인이나 연예인들보다는 한 급 높게 대접해 주었던 것이다. 그리고 바로 그 배후에는 정부수립 초창기에 경무대 공보비서였던 이산 김광섭 시인, 공보처 차관이었던 소천 이헌구, 그리고 그 전에 유엔 외교무대에 나섰던 여류시인 모윤숙 등의 유형무형의 콧김이 있지 않았을까.

사실 생각해보라. 만에 하나 그 자리에 염상섭이나 박종화·김동리·황순원에 시인 서정주나 유치환·조지훈, 그밖에도 모모하다는 시인 소설가들이 끼어 있었다면, 우리 문화계는 둘째 치고, 그 뒤의 우리나라, 우리 사회가 어떤 꼬락서니로 뻗어 갔을 것인가.

바로 권력과의 관계에서 이런 종류의 일정한 거리, 틈서리, 여유, 양식良識이야말로 이 남한 문화계의 북한과의 근본적인 차이점이 아니었을까.

말하자면 경무대의 경호실장이었던 곽영주와 함께 권력 핵심부의 시녀로 떨어졌던 정치깡패 이정재나 임화수까지도 적어도 그 정도의 유연성을 지니고 있었던 것이다. 아니, 이 경우는 유연성이었다기보다는 그들 나름대로의 정치적 감각이었을 터이다.

실제로 그때로부터 꼭 50여 년이 지난 2011년 오늘의 우리 정황에서 그 시절을 곰곰 돌아보면, 그 뒤 이 나라 정치며 경제며 사회며 문화며, 더듬어 온 길은 통째로 아슬아슬했을 정도로 노상 위국 속을 헤쳐 왔지만, 그 전체 국면은 그야말로 명실공히 요행, 요행이었음을 새삼 절감하지 않을 수 없다.

1960년 4월 19일, 그 당시 나는 아직 결혼 전의 총각으로 종로구 청운동 꼭대기에서 하숙생활을 하고 있었다.

4월 19일 이른 아침의 일 한 가지는 지금까지도 더러 묘한 느낌과 함께 떠오르곤 한다.

그날 아침은 드물게 쨍하게 맑은 날이었다. 인왕산 중턱 동켠에서 하숙하던 나는 마악 해가 떠오를 무렵, 하숙집 바로 앞쪽 능선으로 혼자 산책을 나섰다. 그리하여 경무대(청와대의 이전 명칭)가 저 아래로 빤히 정면으로 내려다보이는 맨 풀밭에 10분 정도나 가만히 앉아 있었다. 청명한 날씨가 기똥차게 좋았다. 야하, 날씨 한번 좋구나 하고 저절로 탄성이 나오는데, 바로 그 순간이었다.

뻔히 내려다보이는 그 푸른 기와집(경무대) 쪽에서 별안간 쾅, 쾅, 쾅 하고 둔중하게 깊숙한 소리가 세 번 울려왔다. 그리곤 그뿐이었다. 마치 깊은 땅 속의 지심地心에서 나는 것 같은 울림소리 같은 것이었다.

그 무슨 환청 같기도 했으나 분명히 환청은 아니었다. 그대로 나는 금방 그 일은 잊어버리고 말았지만 이따금씩 혼자서 가만가만히 생각나곤 했었다.

대체 그게 무슨 소리였는지, 그저 지극히 무심한 상태에서 들었던 그 소리가 과연 무슨 소리였던지, 지금까지도 나는 모르고 있다. 분명히 환청은 아니었는데 그것이 정확히 무슨 소리였던지, 어느 누구에게도 그 일은, 나대로의 그 궁금증을, 단 한마디인들 발설한 일도 없었다.

하지만 그로부터 꼭 50년이 지난 현금에 와서는 4·19 하면 우선 떠오른 넋이 그날 아침 경무대 쪽에서 나던 그 소리, 여전히 불가해하기만 한 그 쾅, 쾅, 쾅 하고 그날의 일을 예고하듯 세 번 울렸던 그 소리이다.

그리고 지금에 와서 그 무렵을 돌아볼 때마다 거듭거듭 기이하게 여겨지는 한 가지, 그건 뭐냐? 그날 4월 19일은 아침부터 저녁까지 환하게 떠올릴 수가 있는데, 반면에 바로 그 한 달 남짓 전의 3월 15일 선거날은 투표를 했는지 어쨌는지, 투표를 했다면 어느 누구에게 붓 뚜껑을 찍었는지, 그리고 종일 어디서 무엇을 했는지 도통 새까맣게 기억이 안 난다는 사실이다.

그러고 보면 나는 그 3·15 선거에 대해서는 애당초에 이렇다 저렇다 할 관심조차 안 가졌었던 것 같다. 뻔할 뻔자, 뻔한 놀음임을 일찌감치 간파하고, 아예 나하고는 상관이 없는 일로 보고 있었던 것이다.

다만 한 가지, 지금까지도 선명하게 기억이 나는 일은 그 당시 나는, 지금은 고인이 되었지만 소설가 오상원의 천거로 중앙청 공보실 조사과에서 간행되던 한 정기간행물의 교정원으로, 이를테면 편집장 격인 오상원의 편집 보조원으로 하루하루의 호구를 해결하고 있었는데, 3·15 선거날이 임박해지면서 갑자기 주위가 삼엄해지고, 내 그 알량한 일자리도 아연 위협을 받아 전전긍긍하고 있었다는 사실이다.

그때 선거에 임박해서 전성천이라는 목사 한 분이 공보실장으로 새로 부임해 와, 공보실 전 공무원의 성향 조사를 벌인다나 어쩐다나. 그리하여 야당 쪽 성향임이 드러나면 가차 없이 모가지를 자른다고 하여 한때 공보실 안이 온통 공포로 뒤숭숭했던 것이다.

나야 정식 공무원도 아니어서 그런 쪽으로 걱정을 할 필요는 없었으나, 내 그 교정원 모가지나마 잘릴까 보아 덩달아서 덜컥 겁이 나, 새로 부임한 그 장관과 기맥이 통한다며 으시대던 조사과 과원 하나에게 나도 알게 모르게 아첨을 하며 본의 아니게 미태媚態를 보였던 일이었다.

대저 사람이란 살다가 더러 이런 경우에 닥치면 자신도 모르게 이렇게 되기가 십상임을 절절하게 확인했었다.

'4·19' 그날

4·19 그날의 내 행적을 좀 더 자세히 더듬어 보면 이렇다.

청운동 꼭대기의 그 하숙집은 지금도 그대로 있는지 알지 못하지만, 어찌 생각하면 용케 남아 있을 것도 같다. 원체 맨 꼭대기였으니까. 그 하숙집으로 오르던 중도에 오른쪽으로 초창기 우리나라의 항공사였던 KNA 사장 댁이 있었다는 기억이고, 길쭉했던 내 하숙방의 창문 바깥은 그대로가 산이었고 소나무 밭이었다.

그 하숙방에 와보았던 문단 동료로 지금까지도 기억이 나는 딱 한 사람은 그 무렵 「사상계」 편집부에 근무하던 박경수다. 그는 충남 서천 사람으로 어릴 때 집이 너무 가난해서 초등학교의 종치기로 편입을 하여 매 수업 종료 시간마다 1, 2분씩 먼저 나가 땡땡땡 종료종을 쳤다나 어쨌다나, 그때의 나는 그 이야기도 무척 기이하게 낭만적으로 들렸었다.

그는 55년에 구혜영과 같이 「사상계」 응모소설이 당선되며 그대로 그 회사에 입사했었다. 그리고 그 3년 뒤, 58년 10월에는 서울대 철학과 2학년생으로, 「실의」라는 단편이 입선됐던 한남철도 똑같은

케이스로 그 편집부에 근무하게 된다.

그 무렵엔 1, 2년 단위의 차이가 꽤나 커서 박경수는 제법 고참 사원처럼 보였고 한남철은 햇내기 애송이처럼 보였었다. 박경수는 나보다 두 살 많았고 한남철은 다섯 살이나 아래였으니, 응당 그랬을 터였다.

박경수는 그때나 지금이나 충남 사투리를 유난히 심하게 쓰는, 생김생김도 영락없는 촌사람이었는데, 붓글씨 서도에서도 어느 경지에 닿아 있었다.

4·19 뒤로는 장준하 사장이 국토건설부장으로 옮겨 앉으면서 그이 뒤를 따라 건설부 촉탁 비스름하게 들어가, 여류시인 김하림, 또그 뒤로 당시 이화여대 영문과생이던, 안재홍 선생의 손녀로 현재도 여류시인으로 활약하고 있는 안혜초를 데리고 그런저런 편집 일을맡아 하고 있었다.

각설하고, 그날 아침 그렇게 혼자 하숙밥을 먹고 언제나처럼 꼭히 시간 맞춰 나가야 하는 직장도 아니고, 한 달에 한 번씩 정기간행물을 기일 안에 내주기만 하면 되는 것이어서, 혼자 하숙방에서 꾸물거리다가 정오나 되어서야 채비를 하고 나섰다.

그렇게 효자동 로터리가 저만큼 보이는 곳까지 내려왔을 때는 벌써 주위는 여느 때 같지 않게 술렁술렁거렸다. 큰길로 나서는 골목길마다 막혀 있었다. 곳곳에 호루라기 소리가 요란했고 정복 경찰이 많이 눈에 띄었다. 지금도 그 허연 건물은 낡은 모습으로 그대로 남아 있지만, 국민대학 4층 건물 옆길로 큰 길에 나섰을 때는 온통 주위가 시끌하고 뒤숭숭하였다. 대학생들 떼거리가 저만큼 올라오고 있었다.

나도 대번에 흥분이 되며 종종걸음으로 달리다시피 구경꾼 인파를 뚫고 내려갔다. 중앙청 후문 앞 적선동 파출소 주위도 구경꾼으로 인산인해였고, 해무청 앞으로는 우람한 수도관을 디굴디굴 굴리면서 대학생들 떼거리가 올라오고 있었다. 동국대 학생들이라고 하였다. 그 건너 낡디 낡은 탄약고 안은 조용한 정적에 감싸여 있고, 적선동 파출소 안도 조용조용하였다. 오직 대학생들의 고함소리만 진동하고 있었는데, 뭐라고들 소리 지르는지는 잘 들리지가 않았다.

나는 곧장 중앙청 안 별관 쪽 2층 사무실로 들어가 급한 일만 대충 챙기고, 복도 북향 창문을 통해 경무대 쪽을 내다보았다. 그쪽도 시종 조용조용한 적요에 감싸여 있었다. 그렇게 오후 너댓 시나 됐을까. 그때까지 탕, 탕, 탕, 탕 쏘아대던 공포소리는 그 소리만으로도 공포소리라는 게 알려졌었는데 어느 일순, 따르르르 하는 연발소리가 첨예하게 뒤통수를 치며 전신에 전류가 닿은 듯이 찌르르하였다. 동시에 같이 복도 북향 창문으로 내다보던 조사과원 하나가 빠른 어조로 말했다.

"실탄이다. 드디어 학생들, 흩어지나 보다."

그건 나도 즉각 알 수가 있었다. 그 실탄소리와 함께 분위기가 와락 살벌해지면서, 와르르 사방으로 참새 떼 흩어지듯 하는 학생들이 손에 잡히듯이 느껴졌다.

공포탄 사격에서 실탄 사격으로 옮아가던 바로 요 순간이야말로 바로 '4·19'였다.

그날을 통틀어 아침에 청운동 꼭대기에서 세 번의 울림소리로 들었던 그 쾅, 쾅, 쾅 소리와 요 순간, 공포탄 사격에서 실탄 사격으로 옮아가던 요 순간만이 지금까지도 이렇게 가장 첨예한 기억으로 꼬나박혀져 있는 것은 대체 무슨 조홧속일까. 그 순간을 경계로 그 앞은 그냥 두루뭉술한 '농담' 같은 것이었다고 여겨지기까지 한다. 바로 그 순간을 기해서 이제 이 권력은 갈 데까지 다 가 닿은 것 같았다. 그 순간을 고비로 세종로 거리로 시청 앞으로 서울 거리 전체로, 그리고 전국으로 그 살벌한 기운은 귀기마냥 급속히 퍼져나가고 있었다.

저녁이 되자 반공회관이 불타고 있었고 세종로 파출소, 서울신문사도 불길에 휩싸여 있는 속에 나는 흥분상태로 혼자 여기저기 싸돌아다니다가, 역시 나처럼 혼자 떠돌아다니던 한남철을 우연히 어디선가 만나 내 청운동 하숙까지 같이 들어와서 저녁도 같이 먹고, 저 아래 야경을 내려다보며 뭐라 뭐라 떠들다가 헤어졌는데, 그때 둘이 무슨 말을 나누었는지는 지금 하나도 기억나는 것이 없다.

4·19와 안나 카레니나

흔히 우리는 60년대 하면 으레 4·19부터 떠올리게 된다. 그건 거의 당연한 정식定式이 되어 있다.

그러나 바로 이 대목에 전혀 문제는 없는 것일까. 사람 사는 실제 국면이 꼭 그렇기만 한 것일까. 거기에 그 어떤 상투성 같은 건 끼어들지 않을까.

물론 4·19가 우리나라 한 시대의 획을 그으며 분수령을 이루고 있음은 틀림없지만, 당대 우리 사람살이의 모든 내실과 향방이 오직 4·19 하나로만 모아졌던 것은 아닌 것이다. 한창 나이인 만 28세에 그 당대를 겪었던 나 같은 입장에서는 특히 이런 쪽의 생각이 남달리 강하게 든다. 말하자면 그때 4·19를 주도했던 학생들이 우리 역사의 새로운 장章을 열어놓았음은 두말할 필요가 없지만, 나 같은 입장에서는 4·19의 마무리가 그런 쪽으로 지어졌다는 것은 그야말로 시운이요, '요행'이었다는 생각을 떨쳐버릴 수가 없다.

요컨대 당시의 독재자 이승만이라는 사람이 젊었을 적 일찍부터 미국 물을 먹어, 양당제와 언론(여론)을 사그리 무시할 수 없는 양식이나마 최소한으로 갖고 있어 그렇게 홀홀히 하와이 망명길에 오른 덕분에 4·19는 가능했던 것이리니, 이게 요행이 아니고 무엇이란 말인가.

바로 이 점은 지난 70년간 북한이 더듬어온 유일체제, 김일성·김정일 일가 족벌 세습체제와 이 남쪽의 단적인 차이점이기도 할 것이다.

4·19일 그날도 그랬다. 나는 길가의 구경꾼들 틈에 서서 단지 색다른 구경하듯이 서 있었고, 이게 과연 어떤 결과로 귀착될 것인가 못내 궁금하기는 했으나, 단지 그런 정도의 길가 구경꾼의 호기심에서 더 크게 나가 있지는 않았다. 그리고 그건 그때의 나로서는 너무너무 당연했다. 그 당시 나는 정치권의 야당에 몸담고 있었던 것도 아니었고, 걸핏하면 그런 쪽으로 열 내기 좋아하는 소위 진보적인 지식인임을 자처하는 쪽도 아니었다.

말하자면 초기 북한체제 하에서 10년 전에 5년쯤 살다가 단신 월남해 온 평균적인 서울 시민이었을 뿐이고, 아직 미혼이라 먹여 살릴 처자식은 없었지만 홀몸으로 하루하루 먹고 사는 데만도 겨우겨우였다.

실제로 그때의 나로서는 그 먹고 사는 문제만이 늘 아슬아슬했던 것이다. 내 마음을 주로 채우고 있었던 문제는 당장 눈앞에 보고 있는 학생들의 데모이기보다는 공역으로 맡았던 번역 문제였다.

그러니까 59년쯤이었을 것이다. 어느 날 만난 박희진이 하는 말이 "보성중학 자기 동창의 형님이 '창원사'라는 출판사를 하는데 이번에 우리나라 최초로 세계문학 전집을 내려고 의욕적으로 달려들고 있다, 그런데 자기더러 톨스토이의 「안나 카레니나」를 번역해 줄 수 없겠느냐고 제의해왔다, 물론 일어판 중역重譯으로이다, 그래서 이호철이라는 「문학예술」지 동기동창 소설가와 한번 의논해서 가부를 알려주겠노라고 했다"는 것이었다.

나는 금방 솔깃해 하였다.

"그거 좋은데. 조건은? 한 장 얼마씩 쳐서 한꺼번에 원고료로 받는 게 좋겠군."

"그건 이쪽 마음대로 하라더군. 인세로 하든지, 원고료로 하든지 이쪽 뜻대로."

"그럼 하지 뭐, 당신이 앞부분 맡으라구. 내가 뒷부분 맡을게. 일어판 중역이라면 엿 먹기 아니겠어."

사흘 뒤에는 종로 견지동 대로변의 창원사 2층 사무실로 둘이 찾아갔다. 대낮에도 어두컴컴한 속의 급경사진 삐걱거리는 나무 층층다리를 올라갔다. 까무잡잡한 얼굴에 체수가 작은 사장이라는 사람은 그지없이 착하게 생겨 있었다.

그 무렵 서울대 철학과 출신의 한국일보 문화부에 근무하던 이명원도 보였고, 사장의 친동생이라는 훤하게 생긴 미남자 한 사람과도 첫인사를 나누었는데, 주고받는 수작들로 미루어 그이들은 모두가 박희진과 보성중학 동창들인 것 같았다.

그날로 「안나 카레니나」 일어판을 반분하여 그 뒷부분과 창원사 상호가 찍힌 원고지 더미를 갖고 돌아와 신나게 번역에 착수했다.

바로 그런 와중에 4·19와 맞닥뜨렸으니 나로서는 당장 눈앞에 보는 대학생들 데모도 데모지만, 마음속으로는 「안나 카레니나」 번역

일이 몇 곱절 더 급했던 것이다. 그리고 이런 나 자신이 지금 저렇게 열을 내며 고함을 지르고 있는 대학생들에게 추호나마 미안하지도 않았다. 미안할 턱이 없었다.

그 뒤에도 마찬가지였다. 이기붕 일가족 자살, 이승만 대통령의 하와이 망명 등으로 세상이 온통 뒤집어지는 속에서도 나는 그저 멍멍하기만 하였다. 그런 일과의 관계에서 내가 진정으로 화끈하게 열을 낼 이유는 딱히 없었던 것이다.

뒤에 다시 이야기가 조금 나오겠지만 전후문학인협회 조직에 관여했고, 4·19 1주년에 즈음하여 동아일보에 백철, 조지훈 등과 함께 전후문협 2대 간사 자격으로 문단 쪽에 대한 짤막한 코멘트 몇 마디를 한 것이 고작이었다. 그것도 그런 청탁이 왔으니까 마지못해 응했을 뿐, 바로 서도 거꾸로 서도 그 무렵의 나는 단지 방관자에 불과했다. 매일매일 나는 그 일(「안나 카레니나」 번역 일)에만 온 정력을 쏟아 붓고 있었던 것이다.

얼마 뒤 박희진에게서 좀 급히 만나자는 엽서가 날아왔다. 나가본즉 이미 번역 완료한 200장 정도를 내밀며, 자기는 도저히 이런 일은 못하겠으니 나더러 몽땅 다 맡아 달라고 하질 않는가.

노산 이은상 선생의 "물건 조심하라"

1950년대에서 60년대에 걸쳐 우리 문단의 최고 원로 두 사람을 꼽자면 월탄 박종화와 노산 이은상을 들 수 있을 것이다.

이 두 원로는 귀가 엄청 크고 귓밥도 두툼하게 생긴 것이 공통점이었다.

횡보 염상섭도 그때까지 근근이 살아는 있었지만, 그이는 원체 바깥 나들이를 하지 않고 거의 칩거 중이다가 내가 동아일보에 「서울은 만원이다」를 연재하던 1966년에 세상을 떠났다.

한데 그 무렵 월탄은 충신동에 살면서 항시 우리 문단 중심부에 몸담고 서울신문 사장이다, '문총' 회장이다, 예술원 원장이다 등등 여러 직함을 맡고, 심지어 공화당 창당 때는 이효상이 맡았던 '당 의장' 자리까지 먼저 교섭이 갔던 모양이지만, 그 자리만은 본인이 극력 사양했었다는 소리를 나는 1970년대 말 「월간 중앙」지에서 있었던 그이와의 대담 중에 직접 들었었다.

노산 이은상도 월탄 못지않게 1950~60년대에 걸쳐 여러 직함을 맡으며 활동은 하였지만, 어찌된 셈인지 문단 중심부 쪽 하고는 늘 일정한 거리를 두고 있었다. 그 점이 나 같은 사람으로서는 조금 의아하게 여겨졌었는데, 그럴 만한 깊은 사연이 있었다는 것을 훨씬 뒤에야 자세히 들을 수가 있었다.

1950년대 그때 그이와 교분을 트고 지냈던 젊은이로 김의원金儀遠이라는 당시 건설부의 사무관 한 사람이 있었다. 어느 날 모처럼 시골서 상경한 노산이 그에게 전화를 걸어 점심이나 같이 하자고 하더란다. 그렇게 시청 뒤 용금옥에서 설렁탕 한 그릇씩 시키고 마주 앉았는데 마침 가판으로 나온 동아일보 한 장을 사서 펼쳐 보더니, 노산은 "아뿔싸, 이런 끔직한 일을 보겠나" 하고 혀를 끌끌 차며 대번에 낯빛이 창백해지더라는 것이다.

식당 계집애가 설렁탕을 갖다 놓아도 그냥그냥 그렇게 골똘하게 한 기사에만 눈길을 꼬나박고 있더니 "이거 미안하이. 그냥 나가서 차나 한 잔 하세나" 하곤 휭하니 일어서서 당신께서 설렁탕 두 그릇 값을 지불하곤 그대로 문밖으로 나서더라는 것이다. 맞은편에 앉았던 김의원도 마악 첫 수저를 뜨다가 말고 뒤를 따라 나섰다.

그렇게 가까운 찻집에 좌정을 하고서야 노산께서는 입을 열어 첫 마디가 "자네 지금 한창때지. 모름지기 그 '물건'부터 조심하게" 하더라는 것이다. 다짜고짜 '물건'부터 조심하라니, 대체 별안간에 무슨 소리인가 싶어 이쪽에서는 잠시 멀뚱멀뚱 노산을 쳐다보기만 하였다. 비로소 노산은 지나간 이야기를 차근차근 털어놓더라는 것이다.

저 1930년대 노산이 동아일보 기자로 있을 때였다고 한다. 그 무렵 가장 막역지우로 지냈던 친구 하나가 사업차 몇 달 동안 외국으로 나가 있게 되었는데 자기 없는 동안의 뒷일을 중언부언 노산에게 부탁을 하더란다. 노산도 원체 막역지우로 지내던 친구의 부탁이라 별로 어렵게 생각하지를 않고 흔쾌히 응낙을 하였다.

그 뒤 노산은 틈틈이 그 댁에 드나들며 이일저일 챙겨 주었다. 그러던 어느 여름 날 저녁이었다고 한다.

그 날은 해질녘 저녁 답에 그 친구 댁에 무심히 들렀는데, 마침 식모아이도 없고 친구 마누라 혼자서만 달랑 집을 지키고 있더란다. 한데 원체 더운 날씨라 친구 마누라는 대청마루에 속옷 바람으로 휘적휘적 부채를 부치고 혼자 누웠다가 소스라치게 깜짝 놀라 일어나 앉고 있었다. 식모가 나가고 나서 미처 빗장을 잠그지 않았던 모양이었다. 아아, 그때 그 친구 마누라의 살결이 백옥같이 고왔다는 기억만 있을 뿐, 그밖에 노산에게는 도통 아무 기억도 남지 않았고 모든 일은 그렇게 오리무중으로 진행되었다고 한다.

단지 그동안 얼마나 시간이 흘렀는가, 제정신을 차렸을 때는 "아니 이 일을 어짜노" 하고 못할 짓을 저질렀다는 자괴감과 그러면서도 그 어떤 황홀한 도취감 반, 허망감 반뿐이었다고 한다.

진짜로 왜 이 지경이 되었는지, 노산 자신도 도무지 알 수가 없더라는 것이다.

그 여름날 저녁의 취중몽사醉中夢事와도 같았던 그녀와의 단 한 번의 정사가 그냥 그것으로만 끝났다면 뒤에 아무 탈도 없었을 것이다. 두 남녀 사이에서 그렇게 얼결에 벌어졌던 그 일을 피차의 가슴 속에만 깊이깊이 묻어만 두고 전혀 발설을 하지 않았다면 뒤탈이 날 건덕지라곤 없었을 것이다.

그러나 노산 이은상이라는 사람은 애당초에 그럴 수가 없었던 사람이었다. 그 일을 그냥 없었던 일로 파묻어 두기에는 노산의 양심이 도저히 허락하지를 않았다.

하여, 몇 달 뒤 친구가 돌아오자 노산은 자기가 저질렀던 그 일을 죄다 친구 앞에 털어놓았다. 그 다음은 친구의 처분을 기다리는 일만 남아 있었다.

한데 그때 그 친구도 자초지종 이야기를 다 듣고는 대뜸 말뚝 하나를 박듯이 잘라 말하는데, 비록 나지막한 목소리였지만 시퍼렇게 서슬이 서 있더란다.

"그런가. 그러면 더 이상 여러 소리 할 것이 없네. 오늘부로 노산 그대가 저 사람을 데려가게, 저 사람을 맡게나."

그리하여 노산도 별 수 없이 그날로 그녀를 데려다가 그 뒤 평생을 바로 그녀와 해로를 하고 있노라던 것이다.

그러나 다만 그 일을 그렇게 겪고부터는 노산은 서울, 서울의 사람살이, 서울 바닥의 가파른 인간관계에 완전히 정나미가 떨어져서 자기 삶의 터전만은 절대로 서울에 뿌리를 두지 않게 되었다고 한다. 바로 그런 일환이었던 것이다. 노산이 서울의 문단 쪽과도 엄격하게 일정한 거리를 유지했던 것도 그때 겪었던 그 충격의 연장이었던 것이었다.

그러나 그 훨씬 뒤, 그이는 자유당 이승만 정권 때도 그랬지만, 제3공화국 박정희 대통령과도 긴밀한 관계를 유지, '새마을운동'이나 그밖에도 그 비슷한 여러 가지 사회운동·문화운동에는 나름대로 열의를 내어 참여하기도 하였으나, 그럼에도 불구하고 그 점 한 가지만은 끝까지 지켜냈다. 결코 서울에 터를 잡고 살지는 않았고, 서울의 인간관계나 서울 쪽 삶의 행태와는 끝까지 일정한 거리를 견지하였다.

그러면서도 노산의 우리나라 최고권력 쪽과의 인연은 그이대로의 팔자소관이기라도 했는가. 초대 이승만 대통령과의 관계도 그러저러하였으니, 그 점은 다시 뒤에서 짧은 삽화 한 토막으로 엿볼 수가 있으려니와, 그나저나 그때 김의원과 마주 앉았을 때 동아일보 사회면에 났던 그 기사는, 바로 노산의 그 막역지우와 그의 전처 사이에서 태어났던 다 자란 딸 하나가 미국에서 자살을 했다는 기사였더라고 한다.

어떤가. 이거야말로 또 거듭 충격이 아닌가.

하지만 그 일을 전해 들으면서 나는 흘끗 생각했었다. 그렇고 말고다, 한세상 사는 것이 그렇게만 끝날 리는 없고, 바로 그것이 씨앗을 이루어 그이는 그 딸 대代에서 다시 그렇게 운명의 화살 하나가 가슴에 꽂히듯 처절하게 갚았던 것이었구나, 하고 말이다.

그때 과연 그 죽은 딸의 아버지는 어디서 새 여자와 만나서 어떤 삶을 살고 있었으며, 한세상 살면서 겪는 그 모든 연계連繫를 이젠 그이도 노년으로 걸어 들었던 터이라, 어느 정도는 깜냥만큼으로라도 기별을 가 닿지 않았을까.

그렇다. 한평생 살면서 그런 일이 그렇게만 끝났을 리는 결코 없는 것이다. 이래서 세상은, 이 세상에서의 한평생 사람살이라는 것은 깊디깊고도 오묘한 것일 터였다.

젊었을 적의 그 욱 하는 기분으로 이미 딸 하나까지 두었던 미녀 마누라를 내팽개치듯이 버리고 나서, 그이대로도 당연히 마음이 평탄할리만은 없었을 것이고, 인생사 일반에 대해서도 나름대로 골똘하게 생각은 해보았을 터이지만, 그이도 말년에 이르러서는 일말의 회한도 없지는 않았을 것이다. 사람살이에서의 옳다 그르다 하는 것이 그런 식으로 한 칼에 결판이 나는 것이 아닐 터이니까.

그렇게 바로 몇 십 년 뒤에는 그 소생의 딸이 그 죄업을 몽땅 짊어진 채 자신의 업으로써 자살이라는 형태로 갚아냈던 것이 아니었을까. 세상만사, 필경은 이렇게 허망한 것임을 그이도 뒤늦게야 터득했던 것이 아닐까.

천관우 선생의 기개

노산 이은상이 겪는 다음 삽화 한 토막도 당대 권력과 문학인과의 바람직한 관계가 과연 어떠해야 할 것인가 하는 것을 생각하는 데 있어, 우리 후대 문학인들의 처신에서 명심해야 할 경종으로 받아들여야 할 우리 문단 이면사의 한 대목이 아니겠는가 싶다.

역사학자이며 언론인이었던 천관우가 조선일보 편집국장이었던 때였으니까, 1950년대 말의 어느 날이었다고 한다.

편집국장 자리에 무심히 앉아 있는데 사장실에서 사환 아이가 웬 문건 하나를 가져다주기에 펼쳐본즉, 이승만 대통령이 손수 지은 한시漢詩 한 편이었더라는 것이다. 물론 우리 한글로 번역을 한 것인데, 역자는 바로 노산 이은상이었다.

순간 천관우는, 아니 노산께서 이런 일도 하는가 하고 울뚝 노여움이 일었다. 그동안 편집국장 자리에 있으면서 천관우는 노산이라는 사람의 남달리 결곡한 성품을 비롯, 널리 애창되며 회자되고 있는 '가고파' 노래의 작사자로서도 마음속으로 존경하며 신춘문예의 시 부문 심사나 그밖에도 새해 첫날의 권두시 같은 것도 그이에게 부탁을 드리곤 했었는데, 바야흐로 지금 이때가 어느 때인데 고작 이런 정신 빠진 짓이나 하고 있는가 싶었다.

그 즉시 천관우는 '사직서'를 써서 편집국 사환 애를 시켜 사장실로 올려 보냈다. 그러니 사장실에서도 사장실대로 생난리가 났을밖에.

결국 천관우는 사장실로 불려 올라갔고 꽝 하고 사장실 문을 열고 들어서자마자 그이 특유의 그 우렁찬 목소리로 소리소리 질러댔다. 아니, 사장은 엄연히 사장이 할 몫이 따로 있을 것인데, 편집국장 할 몫까지 하려고 들려거든 편집국장이라는 게 이젠 이 회사에서 필요가 없을 것이니, 오늘부로 소생은 물러가겠소이다…… 하고.

그러니 어떠했을 것인가. 사장이고 사장실의 임직원이고 할 것 없이 모두가 우선은 천관우의 우렁찬 수사자와도 같은 목소리와 특유의 큰 체구가 온통 불덩어리로 화한 듯한 기세에 그만 하나같이 압도를 당하였다.

이리하여 끝내 그 일은 천관우 뜻대로 일절 처음부터 없었던 일로 유야무야 끝나게 됐던 모양인데, 보기에 따라서는 자취 하나 남기지 않은 그야말로 일과성으로 흘러가버린 하찮은 일에 불과했지만, 과연 긴 안목으로 볼 때도 그러할까.

바로 그때, 그 순간의 천관우는 한 몸뚱이로 당대 이 나라 언론을 혼자서 떠메고 있었다고 보아야 하지 않을까. 그야, 이승만 대통령의 한시 한 편이 지면에 실렸다 안 실렸다 하는 건 당시로서는 큰 대세와는 아무 상관도 없을 수는 있다.

그러나 1950년대 말이라는 그 막중한 때에, 언론인으로서의 천관우라는 한 사람이 혼자서 해낸 몫은 바로 이 나라 언론의 사활과 관련된 문제였던 것이다. 아니, 무소불위의 독재 권력에 당당히 혼자 맞서 이 나라 민주주의를 지켜내고 있었던 것이다. 실제로 남한사회에는 이런 사람 몇몇이 꾸준히 이어져 있었다는 것이 현 북한사회와는 근본적으로 다른 점이었다.

그 뒤, 1960년대 70년대로 이어오며 장준하, 함석헌도 대표적으로 그런 사람이었고, 김재준 목사와 지학순 주교도 종교계를 대표하는 사람들이었다.

천관우는 바로 그런 쪽으로 언론계, 그중에도 특히 일간신문 쪽을 대표하는 사람이었거니와, 1970년대로 넘어가면서 재야 단체의 효시로 떠올랐던 '민주수호국민협의회' 시절로 들어서면 천관우 그이는 한때 명실공히 온몸이 불덩이로 타올랐던 것이다.

당시의 문단 원로 시인이었던 노산 이은상과 관계된 1950년대의 천관우의 삽화 한 토막을 소개한 김에, 1960년대 초 어느 날의 그이와 당시의 원로 소설가였던 월탄 박종화가 관계되었던 이야기 한 토막도 우리 문단 이면사로서는 그런대로 뜻이 있을 것 같아 곁들여볼까 한다. 이야기도 1972년엔가, 그이와 매일같이 어울릴 무렵 직접 들은 것이다.

역시 천관우가 조선일보 편집국장으로 재직하고 있을 때였다고 한다. 요즈음은 각계 각처에서 거의 매일같이 벌어질 정도로 흔해졌지만, 소위 세미나다, 심포지엄이다 하는 것이 처음으로 우리나라에 상륙하던 1960년대 초엽이었다. 마침 합천 해인사에서 1박 2일로 정부 쪽에서 주최한 큰 심포지엄이 열려 당시 이 나라의 대표적인 명사들이 거의 빠짐없이 초청되었다고 한다.

당시의 우리 문단 원로였던 월탄 박종화도 응당 초청되었고, 천관우도 당시로서는 중견 역사학도에 조선일보 편집국장이라는 직함으로 그 자리에 말석으로나마 참여하게 되었다.

하여, 행사가 시작된 첫날밤에는 모처럼 국내의 제제다사들을 죄다 한자리에 모아놓은 것을 축하한다는 뜻으로 주최 측에서 제법 호화판 술자리를 마련했던 모양이었다. 아닌 게 아니라 당시로서는 보기 드문 양주까지 등장을 하였다던가.

그렇게 모처럼만에 술판이 벌어졌는데, 이미 중년 고비도 넘겨 60대 중반으로 마악 들어섰던 월탄께서도 양주 몇 잔에 그만 훼까닥 취하여 게걸게걸 이 소리 저 소리 두서없이 중언부언하다가, 맞은편 저 끝에 천관우의 얼굴이 보이자 느닷없이 지껄이더라는 것이다.

"암튼 이제 이 나라는 망했어. 망했다니까. 명실공히 이 나라 대표적인 대 신문사 편집국장이라는 자리에 천가 성 가진 사람이 앉았으니 더 이상 말해 뭣 해. 이제 나란 망했다니까!"

순간 천관우는 거나하게 취기가 오르는 속에서도 아찔하더라고 한다. 바로 자신을 빗대고 하는 소리더라는 것이다. 아니, 빗대기는 커녕 자신을 찝어내서 망신을 주자는 것으로 보였다. 바로 '천방지추마골피', 항간에 더러 속설로 내려오던 이 나라의 소위 천한 성씨들을 염두에 둔 소리더라는 것이다.

내로라하는 이 나라 제제다사들이 한 사람 빠짐없이 죄다 모인 좌중 앞에서 대놓고 저런 소리까지 해대니, 그때 마악 30대 중반을 넘어선 천관우도 그냥 당하고 있을 수만은 없었더라고 한다. 그리하여 천관우도 엉엉 울면서 저 앞쪽에 앉아 있는 월탄에게 대어들었다.

"그러는 월탄께서는 양반입니까? 충신동 사시는 월탄의 조상들은 무해 잡수신 분들입니까? 그건 세상이 다아 아는 일이올시다. 그렇소이다. 제 조상은 천짜, 만짜, 리짜, 천만리, 임진왜란 때 이 나라를 도와주려고 대국에서 들어왔다가 그냥 눌러앉은 분이올시다. 그래서? 대관절 그래서 어쨌다는 겁니다. '천방지추마골피'라고요? 아니 이런 막중한 자리에서 고작 그런 비속한 소리나 해대는 월탄은 그래서 장안의 어중이떠중이들이 존경해 마지않는 통속소설가입니까요?"

이렇게 되자 술자리는 금방 파장이 되었고, 월탄도 그제야 아뿔싸, 하고 후회막급이었으나 이미 때는 늦어 금방 토해낸 말을 도로 주워 담을 수도 없게 되었다.

이튿날 아침 월탄은 심포지엄 본 회장에 들어서는 길에 천관우 쪽으로 슬쩍 다가와, 간밤에는 자기가 그만 양주 몇 잔에 취해서 헛소리를 했노라고 사과 비슷하게 한마디 하더라는 것이다.

그야 천관우도 평소에 억수로 술 마시는 사람이라, 그런 정도의 월탄의 실수를 꼬옹 하게 두고두고 마음속에 담아둘 사람은 애당초에 아니었다.

"하지만 그 묘하더군."

하고 천관우는 그때로부터 10여 년이 지나서 후일담으로 그 일을 나한테 사실대로 털어놓곤 껄껄 웃으면서 한마디 덧붙이는 것을 잊지 않았다.

"사람이 살아가면서 가장 조심해야 할 것이 바로 입이더라고, 입.

하지만 그것도 뜻대로 되는가. 그러니까 종당에는 매사 그날그날의 운 노름 같아. 운이 나쁘면 별일이 다 있는 거야. 그날 월탄이 아주 아주 운이 나빴던 것이지. 나도 그래. 그간 일 잊자, 잊어버리자 하면서도, 그 뒤론 먼발치로 월탄이라는 사람이 보이기만 해도 마음 한 구석이 찔끔 하면서 정면으로 마주 나서지를 않고 슬슬 피하게 되더라고. 그러고 보면 사람 한평생 사는 것이 앞뒤가 빠안한 국면보다는, 이렇게 가도 가도 모를 국면이 더 많은 것 같아요. 껄껄껄."

큰 사람 천관우

천관우는 본시 충북 청풍 사람이다. 초등학교 때 어느 날은 담임선생이 자기 집이 양반이라고 알고 있는 아이는 손을 들어보라고 하여 천관우는 서슴없이 번쩍 손을 들었는데, 순간 주위가 조금 묘하더라는 것이다.

비시시 웃는 담임선생 얼굴도 그렇고, 한반의 몇몇 아이들도 비아냥거리듯이 웃고 있더라는 것이다. 그때 비로소 천관우는 아마도 자기 집이 양반은 못되는 모양이라고, 대강은 눈치껏 짐작은 했다던 것이다.

어릴 때부터 신동으로 당시의 동아일보 지상에까지 소개가 될 정도의 천관우였으니, '천방지추마골피', 항간에 천한 성씨로 일컬어 내려오던 '속설'도 커가면서 응당 알았을 터이다.

그이는 해방되기 직전에 일본의 어느 고등학교에 응시를 하였다가 신체검사에서 낙방(오른손이 육손이었다), 곧 잇대어 해방을 맞아 서울대 사학과에 들어간다.

해방 직후의 혼란 정국 속에서는 서울대도 '국대안' 반대다 뭐다

필자(왼쪽 세 번째) 오른쪽으로 천관우, 남정현

한바탕 소용돌이를 겪는데, 그 무렵의 그이는 좌·우 어느 쪽에도 가담하지 않고 지금의 돈화문 앞에 있던 벽초 홍명희의 아들 홍기문 집에 드나들며 몇몇이 같이 한문 공부와 국사 공부에만 전념했었다는 것이다.

그러나 뒤에 그 홍기문도 월북, 북에서 학술원 원장까지 지냈는데, 천관우도 드디어 6·25를 통해 북한체제를 몸소 겪게 된다. 더러 술이 취하여 간간이 나에게도 털어놓던 단편적인 이야기 편린을 종합해 보건대, 6·25 그때 '반동'으로 몰려 잡혀서 어디로 어디로 끌려 다니는 혹독한 고초를 겪었던 모양이었다. 그 뒤로 그이에게 있어 그 점만은 절대 절명의 원칙이 되어 있었다. 반공, 반공산주의.

천관우의 학문적 업적으로는 을유문화사에서 간행되었던 진단학회 편 「한국사」의 「근세사」 상권이 대표적인 것이 될 것이다. 간행될 때의 저자명은 이상백으로 되어 있지만, 당시 이상백은 올림픽위원이다 뭐다 갖가지 사회활동으로 바빠, 서울대 사학과의 제자였던 천관우가 맡아 실제의 저작 일을 해냈다고 한다.

이때의 이 저작이 오늘의 우리 국사학 통사의 기본 틀을 이루어낸 효시가 아니었을까. 나로 말하더라도 우리 국사의 통사는 60년대 초에 이 진단학회 편의 「한국사」를 구입하여 읽은 것이 최초였다. 「근세사」 하권의 실제 집필자도 역시 비슷한 경우로, 그이보다 서울대 사학과의 몇 년 후배였던 현재 심설당 사장인 이종복 씨.

내가 천관우와 자주 어울렸던 것은 70년대 들어서 그이가 혼신으로 정열을 쏟았던 우리 재야단체의 효시격인 '민주수호국민협의회' 대표위원 직함을 맡고 있을 때, 마침 내가 그 단체 운영위원의 한 사람으로 있으면서였다.

우연히 댁도 바로 코 닿을 이웃 간이었는데, 그 무렵의 일화들은 뒤에 다시 70년대 이야기에서 자세히 털어놓게 되겠거니와, 다만 이때까지의 내 평생에 천관우라는 사람만큼 강렬한 인상으로 꼬나박혀 있는 사람도 흔하지 않다. 그 큰 허우대에 어울리게 우렁찬 목소리 하며 매사에 '경우' 차리는 데 있어 철저한 점이며, 어느 자리에서나 분수없이 자신을 내세우지 않는 '자기절제'며, 어떤 일로나 자신의 잇속을 앞세우지 않고 그리고 추호나마 쩨쩨하지 않는 호탕한 점이며, 그러면서도 비록 짧은 문장 한 편을 두고도 구석구석 단어 하나하나까지 철저히 챙기는 섬세함이며. 그 뿐인가, 그 철두철미한 책임감 하며. 나로서는 당대의 어느 누구에게서도 볼 수 없는 '거인'이었다.

어느 누구를 함부로 얕보거나 소홀이 여기지 않는 점에서도 소심해 보일 정도로 조심스러웠다. 다만 표표하게 영리한 사람 쪽보다는 조금 아둔해 보이더라도 어느 한 가지 일에 끈질기고 외곬인 사람 쪽을 더 선호하는 것으로 보였다.

아무튼 나는 천관우라는 거인을 대하면서 '천씨' 성 가진 사람들에 대해 '천방지추마골피'라는 항간의 속설까지 곁들여 나 나름으로 생각도 해보게 되었는데, 그러고 보니까 내 주위의 '천씨' 성 가진 사람들에게서 강한 공통점을 느끼지 않을 수 없었다.

화가 천경자는 천관우와 친남매라고 해도 누구나 속아 넘어갈 만큼 닮은꼴의 그 우람한 허우대와 천의무봉이라 할까, 자유분방한 그녀 행태와 거의 마력에 가까운 낭만적인 매력, 그리고 강렬한 그 미술세계. 소설가 천승세의 소설이나 희곡에서 보는 그다운 독창성이며, 거의 괴벽에 가까운 그런저런 행태들. 그리고 여러 일화들을 남기고 있는 천상병. 이 세 사람과 함께 천관우를 그 옆에 세워 보기만 해도 '천씨' 성 가진 사람들의 압도적인 특색은 일목요연해진다.

그뿐인가, 임진왜란 때 이 나라를 돕기 위해 건너왔다가 그대로 눌러앉은 천만리 장군이라는 저들의 조상까지도 눈앞에 선히 와 닿지 않는가. 어느 면에서는 밑창이 훌렁 빠진 사람처럼도 보였을 터이지만 우람한 허우대에 한번 자리를 잡고 앉았다 하면 날이 새는지 저무는지 아랑곳하지 않았을 호주가, 천만리라는 그들의 조상 모습까지 보인다.

손창섭과 구자운

사실 최고 지순至純의 기준으로 접근한다면, 문학인이라는 것은 바닷가의 모래알 모양으로 꼭히 무한정 많을 필요는 없다.

진정으로 천재적인 한두 사람으로 족한 것이다. 그러나 그러한 걸출한 한두 사람의 문학인도 그냥저냥 황폐한 바닥에서 평지돌출로 나오는 것은 아니다. 그 바닷가의 모래알마냥 많은 별 볼 일 없는 사람들 속에서 군계일학群鷄一鶴으로 나오는 것이다.

다시 말하면 그 많은 숫자의 별 볼 일 없었던 문학인들은 바로 그 한 사람의 진짜배기를 건져내기 위해서 '터 잡이'를 했다고 해도 과언이 아니다. 요컨대 문화, 문화적인 분위기가 오랫동안 활기차게 들끓으며 누적되는 속에서만 그런 걸출한 진짜배기 하나가 태어나는 것이지, 황막한 바닥에서 어느 날 하늘에서 뚝 떨어지듯이 나올 수는 없는 것이다. 그런 점에서 지금 2015년이라는 시점에서 그 시절, 50, 60년 전을 되돌아보며 떠오르는 소설가 한 명과 시인 한 명을 소개해 본다.

바로 손창섭과 구자운이다.

황금찬 그이에게서 직접 들은 바에 의하면, 1922년생이었던 손창섭은 해방 직후 일본에서 돌아오자, 평양 쪽 어디선가 여학교 교직을 맡았었다고 한다. 그런 어느 날, 아이들 앞에서 몇 마디 한 것이 당국에 걸려 한바탕 소란을 겪고 나서 하숙방으로 돌아와 혼자서 화를 삭이지 못하고 있는데, 문득 바깥으로 난 유리창이 와장창 깨지며 돌덩이 하나가 날아 들어오더란다. 그 돌덩이를 보니, 조금 수상쩍었다. 돌덩이에 동여매어진 종이쪽지를 보니, "오늘밤 안으로 급히 떠나십시오. 오늘밤, 자정 안으로 꼭."

그리하여 손창섭은 부랴부랴 그날 밤 안으로 월남 길에 올랐는데, 바로 황금찬도 비슷한 경로를 겪었다고 한다. 그이도 해방 직후 양양에서 국어 교사로 있었는데, 역시 무슨 회의에선가 몇 마디 한 언동이 반동으로 찍혀 그날 밤 안으로 혼자 38선을 넘었다고 한다. 뒤따라 넘어온 아내에게서 들은 바에 의하면 이튿날 새벽 일찍 보안대에서 잡으러 왔더라는 것이다.

장용학도 함경북도 청진 쪽에서 교직에 있다가 똑같은 일을 겪으며 월남 길에 오른다.

그렇게 월남해 온 손창섭은 1952년 「공휴일」이라는 단편을 첫 추천 받으며 60년대 말까지 그야말로 피를 토하듯이 울분을 토하다가 이 썩어빠진 남한 땅에서도 못 살고 저주 끝에 아예 증발하듯이 일본으로 건너가 버린다.

1956년 무렵 나도 마악 작단에 나온 뒤 몇 차례 그이와 만난 일이 있었는데, 그때도 우리나라와 우리 민족에 대해 엄청 악담을 퍼대

손창섭 작가

어, 내가 당혹했던 일도 있었다.

하지만 그이의 그 소설들은 김동리의 첫 추천사에서도 비슷한 언급이 있었지만, 내 느낌도 본격 순수소설이라 하기에는 '통속성' 같은 것이 전혀 없지도 않았다.

한편 시인 구자운은 손창섭과는 전혀 대조적이었다.

미당 서정주에게서 추천 받았던 「균열」과 「청자수병」이 꽤나 화제가 되기도 하였지만, 이만한 세월이 지나서 차분하게 돌아보면, 일본 시의 영향을 받은 작품들이 아니었나 여겨진다.

새삼 내가 그이에게서 돋보이게 60여 년 전 1950, 60년대를 느끼는 것은, 그 기품 있게 깊고 넉넉했던 인간적 품성이었다.

한 다리를 심하게 절룩이던 자그마한 체수에 장딴지 아래까지 드리우던 긴 자락의 회색 오버, 그리고 중절모를 쓴 그의 모습이 지금 이 순간에도 와락 푸근함으로 다가온다. 그 무렵 그의 직장은 '광업협회' 사무장으로, 사무실은 명동의 동방살롱 맞은편의 허술한 2층 집이었다,

그 무렵에 그는 우리 가난뱅이들의 술값을 도맡았었고, 특히 우리들로 하여금 '고급 바'라는 술집을 처음 선보였다.

언제나 늘 히죽히죽 웃었고, 그이에게서는 누구하고건 다툼, 싸움이라는 걸 애당초에 상상할 수가 없었다. 그 당시에는 전혀 몰랐었는데, 이만한 세월이 흘러보니까 아, 그렇지, 그때 진짜배기 사람 같은 사람은 오직 그 구자운 한 사람이 있었구나, 하는 것이 새삼 절절해진다.

1957년이던가, 통신사에 근무하던 서기원과 공군 현역이던 최상규, 박재삼, 구자운, 박희진, 그리고 불초 나, 여섯이서 도봉산에를 간 일이 있었다. 아직 '등산'이라는 개념부터가 아예 없었던 때여서 천축사 아래 어느 식당에서 점심을 시켜 먹었던 것이 그날 일정의 전부였다. 그리고는 가고 오는 버스 승차. 그때 용케도 서기원이 카메라를 갖고 와서 몇 장 찍은 사진이 지금까지도 남아 있다. 그 사진이라는 것도 애들의 딱지 같은 흑백사진이어서 그 무렵의 풍정風情이 울컥 다가온다.

그때 개울 하나를 건너는데, 박희진이 중절모를 쓴 구자운을 업고 있는 모습이었다. 초겨울이었다고 기억된다. 점심상 앞에 앉은 모습들도 스물예닐곱 살의 애리애리한 청년들이었다. 나와 박재삼은 코트 차림이던가, 서기원도 같은 코트 차림이었다. 그이는 주로 사진을 찍는 쪽이었는데, 나와 단둘이서 찍은 것 한 장이 남아 있는 것으로 보아, 그건 박희진이 셔터를 누르지 않았을까?

실제로 그 50년대와 60, 70년대 뒤의 급격한 우리 사회 변화의 분기점分岐點에 섰던 대표적인 사람이 바로 그 구자운이 아니었을까?

1957년 도봉산. 좌로부터 최상규, 박희진, 구자운, 박재삼

구자운을 업고 개울을 건너는 박희진

그러고 보면 그 여섯 중에서 지금 살아남아 있는 것은 나 혼자뿐이다.

그동안 그 무렵에 살았던 대표적인 시인의 행태로서, 용산구에서 국회의원에 출마, 뒤에 총리까지 올랐던 장면 씨와 대결해서 효창초등학교 마당에서의 선거 행사로 화제를 모으기도 했던 김관식, 박봉우, 김종삼 등이 거론되어 오기도 했었는데, 그이들도 물론 충분히 그럴 만했지만, 구자운이야말로 첫손에 꼽아야 할 그 무렵의 대표적인 시인이 아니었을까? 시 한 편을 잘 쓰고 못 쓰고 하는 것을 떠나서 70년대 초, 빈궁과 파탄과 절망의 끝머리에서 세상을 떠났던 구자운이야말로 그 뒤 50, 60년 사이에 우리 사회가 어떤 변화를 겪어왔는가 하는 걸 일목요연하게 보여준다 할 것이다.

어떤 의미에서는 1970년대 초에 손창섭이 통째로 이 땅에서 아예 증발했듯이 70년대의 구자운의 죽음은 묘한 대조를 이루면서도 한 세트를 이루기도 한다.

그 무렵 구자운은 바로 지금의 조흥은행 본점 자리인 널찍한 안마당이 있는 단층 기와집에 살아서, 명동이나 세종로 근처에서 '통금(통행금지 시간)'을 맞은 동료 문인들은 시도 때도 없이 들이닥쳐 그 구자운 부부가 자는 안방에서 같이 끼어들어 자곤 했던 것이었다.

하지만 구자운은 언제 한 번인들 싫어하는 내색을 보인 일이 없었고, 아침에는 꼭 해장국을 끓여 먹여주곤 하였다.

나도 한두 번 아니게 그 댁 신세를 졌고, 이른 아침에 그의 사무실까지 같이 나가 근처 다방에서 커피도 한 잔 마시고는 했었다.

그런 그이는 70년대로 들어서 우리 사회가 격변의 회오리에 휘말려 들면서 실직자의 신세로 떨어지고, 드물게 예뻤던 아내는 보험회사 외판원으로 나다니며 집안은 거덜 나기 시작했다.

그러나 그이는 그이 특유의 기품은 잃지 않았다. 그 누구에게건 함부로 손을 내밀지 않았다. 절망의 끝머리에 몰렸을 때 더러 찾아갔던 것은 서기원 정도가 아니었을까.

특히 그이가 70년대 초에 답십리에서 세상 떠났을 때는 극도에 이르러 있을 때였다. 상가라고 그 이상 초라할 수도 없었다. 초저녁에는 그런대로 문우들 몇이 시끌벅적하게 막걸리를 마시기도 했었지만, '통금'시간이 가까워지자 하나둘 없어지고, 끝내는 구자운의 어린 두 아들과 남정현·박용숙, 그리고 나, 단 셋만 남아 있었다.

50년대에 그렇게도 그이 신세를 졌던 문우들은 다아 어디를 갔는가 싶었고, 이 세상이 바야흐로 이런 세상으로 접어들었구나, 하는 걸 절감하지 않을 수 없었다.

50년대의 구자운과 70년대 초 세상 떠날 적의 구자운의 그 대조야말로 그간의 우리 사회 변화의 단면을 여실하게 보여준 점이었다.

뒤에 민영 시인에게서 들었지만, 장지에서 하관할 때의 그이의 무게는 너무너무 종잇장 한 장처럼 가볍더라는 소리는 다시 한 번 내 가슴을 뭉클하게 했었다.

진보당 사건에 대한 첫 고백

4·19는 그 바로 10년 전에 북에서 홀몸으로 남쪽으로 내려온 나 같은 사람에게는 그 뒤의 우리네 민주화 성과에만 모두 자족하고 있다는 점에서 그 어떤 역사적 상투성 같은 것이 보여졌었다.

앞에서 얘기했듯이, 4·19의 끝마무리가 그렇게 쉽게 맺어졌다는 그 점이 우선 요행으로 받아들여졌다. 요컨대 그것은 당시의 독재자 이승만이 금방 권력에서 물러난 데서 비롯되었다. 즉 그이가 젊었을 적부터 미국에서 살며 철학박사 학위까지 받아 미국 사회에 속속들이 길들여져 여론, '언론'이라는 것을 귀히 여기는 양식良識의 소유자였다는 점, 그렇게 하와이로 쉽게 망명하였다는 점, 바로 이 점이야말로 요행이었던 것이다.

그리고 나는 4월 19일 그날, 적선동 길가의 구경꾼들 틈에 섞여 단지 재미있는 구경하듯이 서 있었고, 이게 과연 어떤 식으로 마무리될 것인가 못내 궁금해 하면서도 그저 그런 정도의 호기심에서 더 나가 있지는 않았다. 홀몸으로 북에서 월남해 온 평균적인 서울 시민이었을 뿐이고 하루하루 먹고 사는 데만 온 신경이 곤두서 있었다.

하지만 과연 그렇기만 했을까. 이미 5년 전인 1955년부터 이 나라 작단의 가장 젊은 소설가로 활동하기 시작한 나도 이미 나름대로의 정치적 색채가 전혀 없지는 않았던 것이 아닐까.

이 점을 두고는 비로소 이 자리에서 처음으로 밝히거니와, 놀라지 마시라. 1958년 진보당 사건이 터지기 직전인 1957년 겨울에 나는 우연히도 그 진보당의 '비밀청년회' 회원으로 가입이 되어 있었던 것이다. 그러니 4·19 직전의 그 상황에서, 진보당 사건이 처음 터질 때 내가 얼마나 조마조마했었겠는가. 며칠 동안 잠을 설쳤을 정도였다. 하지만 그 '비밀청년회' 문제는 수사기관에 포착되지 않아 그대로 유야무야로 넘어가 나도 나대로 안도의 큰 숨을 내쉬었고, 그 뒤로 그 일은 나 자신부터 아예 없었던 일로 지금까지 완전히 잊고 지냈다.

1957년 초 겨울이었다. 그 무렵 나는 을지로3가 근처 광문사라는 출판사에 근무하면서 아예 그 숙직실에서 기거하고 있었는데, 어느 날 저녁 그 근처에서 강원도 통천이 고향이라던 상이군인 출신 임성룡을 만났다.

그는 나보다 두어 살 위로, 1952년 동래 온천장의 미군기관에 경비원으로 근무할 때 동료 중의 한 사람이었다. 그이도 이미 내가 소설가로 등단해 있다는 것을 알고 있어 아주 반색을 하며 당장 어디론가 같이 가자고 하였다. 어디냐니까, 글쎄 가보면 안다, 가면 너도 틀림없이 좋아할 것이라고 하여 그렇게 나도 무심히 그이를 따라갔다.

가본즉, 시청 뒤의 용금옥 맞은편의 천장이 낮은 옴팡집인데, 예닐곱 청년들이 벌써 모여 있었고 그 한가운데 몸집이 우람하게 생긴 함경도 북청 사람이라는 30대 중반의 한 사람을 소개 받았다. 이름이 이옥규라고 하였고 일제 치하 말기에 총독을 살해하려는 목적으로 서울로 잠입해 들어왔는데 체포돼 서대문 형무소에 갇혔다가 금방 해방을 맞아 풀려 나와서 지금은 조봉암 선생 휘하의 '비밀청년회' 회장이라고 했다.

첫눈에 보기에는 사람이 조금 허황해 보였다. 사회주의 어쩌고 지껄이는 것도 속 알맹이가 차 있어 보이지 않았다. 북에서 5년 동안 겪으며 그쪽 체제의 '볼세비키 당사'며 '레닌주의의 제문제'며, 『강철은 어떻게 단련되었는가』라는 오스토롭스키의 소설이며, 시모노프며, 마이콥스키와 이시콥스키의 시며, 막심 고리키의 소설 등을 노상 읽었던 나 같은 사람이 보기에는 꽤나 유치해 보였다.

나는 돼지족발과 빈대떡을 안주 삼아 막걸리 몇 사발을 마시고는 사회주의라는 것이며 공산주의, 특히 사회민주주의의 대표적인 이론가들인 베른슈타인이며 카우츠키며, 그때까지 나 나름대로 심심풀이 삼아 읽어 두었던, 혹은 얻어 들었던 것들을 죄다 인용해가며 열나게 지껄이고 마음껏 털어놓았다.

그렇게 자리는 일거에 나 혼자 독차지하다시피 되었다. 거기 모인 누구 하나 그런 것들에는 죄다 무식하였던 것이다. 그러자 한참 뒤에 이옥규 씨가 아주 정색을 하며 갑자기 나지막한 목소리로 또박또박 물었다. "오늘 참으로 잘 만났소. 한데, 요즘 형한테 혹시 어려운 일이 있거든 말해보오." 그 억양이나 목소리가 너무 진지하여서 나도 술이 확 깨는 느낌 속에 솔직히 말했다.

"아직 저는 이북 피난민 신세로, 이 나라 적籍을 제대로 못 갖고 있습니다만"라고 하자, 대뜸 "알았소" 하곤, 아버지 어머니 할아버지 이름과 고향 쪽의 정확한 주소와 지금 기거하는 곳을 적어 달라고 하여 나도 휭 하게 술기운에서 벗어나 그것들 하나하나를 정확하게 적어줬다.

그 뒤 1주일쯤 지나서였다. 하루 일과가 끝나 그 광문사 숙직실을 혼자 지키고 있는데 회사 출입문 쪽에 인기척이 들렸다. 무심하게 문을 열었더니 키가 헌칠한 경찰복 차림의 한 사람이 내 이름을 대며 지금 있느냐고 물었다. 나는 기겁을 하며 우선 겁부터 났다. 그 무렵에 병역 기피자 단속이 원체 심해서 그런 쪽으로 우선 짐작했던 것인데, 중부 경찰서에 있다면서 웬 봉투 하나를 건네주고는 아무 말 없이 그냥 돌아가는 것이 아닌가.

비로소 그 두툼한 봉투를 뜯어보며 나는 다시 기겁을 하게 놀랐다. 그 속에는 '중구 장춘동1가 37번지'로 가호적 등본과 기류계, 병적계, 주민증 등등 일체가 들어 있었고, 그렇게 나는 비로소 정식으로 이 나라 대한민국의 국적國籍을 갖게 되었던 것이었다.

그리고 물론 그 진보당의 '비밀청년회' 회원으로 가입이 되어 있었다.

그 얼마 뒤, 진보당 사건이 터지고 나서 그 무렵에는 나도 공보실 촉탁으로 그곳에서 나오던 잡지 편집 보조원으로 근무, 그 일로 혼자 조마조마하기도 했었지만, 별 일 없이 무사히 넘어가는 동안에도 그 이옥규라는 사람 쪽에서는 아무런 기별도 없었다.

1966년, 「서울은 만원이다」를 동아일보에 연재할 당시 남산에서

하지만 끝내는 그 조봉암이라는 사람이 아예 처형된 뒤에도 그쪽에서는 아무 기별이 없어 그냥저냥 혼자서 궁금하게만 여겼었는데, 그로부터 10년 정도 지나서, 내가 동아일보에 「서울은 만원이다」를 연재할 때에 원효로 하숙집으로 딱 한 번 전화가 왔었다. 그러니까 바로 1966년 봄이었다.

그때도 나는 대단히 반가워하며 한 번 직접 만났으면 하고 조심스럽게 비쳤더니, 아직은 그런 때가 못 된다며 다시 자기 쪽에서 이 원효로 하숙집으로 전화를 걸겠노라고 하고는 그냥 수화기를 끊었다. 나도 다급하게 여보세요, 여보세요, 하고 소리를 질렀으나, 이미 전화는 끊겨 있어 달리 방법은 없었다.

그 뒤 1974년에 재야 운동 초창기, 1월 14일에 당시의 서빙고에 있던 군 '보안사령부'에 연행되었다가 10월 31일에 서울구치소에서 집행유예로 풀려 나오기 사흘쯤 전, 서울구치소의 '3사 상 2방'에 내가 갇혀 있을 때에 우연히 그곳에서 그이를 잠깐 만났었고, 다시 그 몇 년 뒤 1980년 소위 '김대중 내란음모사건'으로 남산 중앙정보부에 두 달여 동안 갇혀 있을 때에도 그곳에서 흘낏 만났다가, 다시 서울구치소에 넘겨져 풀려나기 며칠 전에 그 안에서 또 잠깐 만났었을 뿐, 그 뒤로는 한 번도 더 그이를 만난 일은 없었다.

그 뒤, 어느 누구에게선가 듣기로는 수락산 안의 한 암자에서 그 무슨 '단군교檀君敎'라던가, 그런 모임을 이끌고 있다는 소리까지는 들었지만, 지금쯤은 이미 세상 떠나지 않았을까.

한세상 산다는 것이 끝내는 이런 식으로 제각기 운명, '팔자놀음'이 아니겠는지.

「사상계」와 「문학예술」

60년대가 열리면서 문단 쪽의 가장 눈에 띄는 큰 변화는 「사상계」 잡지를 꼽을 수가 있을 것이다. 다시 말해서 「사상계」 문예란이 주축이 된 문단 변화다.

이미 잘 알다시피 「사상계」 문예란은 1958년 「문학예술」이 문을 닫으면서 박남수, 박성룡 등이 「사상계」 편집부에 합류, 아예 한청빌딩(지금의 종각 자리에 있던 5층 빌딩)에 자리해 있던 그쪽 사무실로 옮겨 앉으면서 새로운 문단 한 귀퉁이를 이어가게 된다. 조만식 선생의 비서였던 오영진이 더 이상 「문학예술」의 적자 운영을 감당하기가 힘들어 같은 서북 사람인 「사상계」사 사장 장준하와 담합 끝에 그런 형식으로 통합을 하게 된 것이다.

사실 오영진은 「문학예술」 발행인이었으면서도 큰 테두리의 재정 문제만 감당하며 밖에서만 주로 돌았지, 실제 운영은 같은 서북지방에서 1·4 후퇴 때 월남해 온 박남수, 원응서, 김이석 등이 주로 감당했었다.

따라서 「문학예술」지 소설 쪽의 문단 데뷔 제1호였던 나도 발행인이라는 사람이 어떻게 생긴 사람인지 알지 못했다. 그렇게 2년쯤 지나서야 그이를 처음으로 뵙게 되었는데, 그때 나는 대단히 실망했다.

얼굴 생긴 거며 몸집이며, 그리고 말하는 목소리며 내가 혼자 상상하고 있었던 오영진이가 너무너무 아니었다. 오영진이라는 이름에서 풍기는 느낌은 무척 우람하고 장중했었는데, 전혀 그렇지가 않았다. 조만식 선생의 비서로서도 너무너무 어울리지 않아 보였다.

중키에 호리호리하고 날렵한 몸집이며, 하얗고 갸름한 얼굴이며, 그리고 특히 첫 대면하는 나에게도 너무너무 스스럼없이 대해주어, 사람이 지극히 맑다 못해 조금 철딱서니 없는 사람이 아닌가 싶어지기조차 하였다.

왜냐하면 나이로 보나 사회적 위치로 보나, 문단에 갓 나온 햇내기인 나 같은 사람과 맞먹을 사람이 애당초에 아님에도, 그이 쪽에서 막무가내로 앞으로 서로 맞먹자고 대드는 형국이어서 나는 내심 신바람 나게 즐거우면서도 한편으론 당혹해했었다. 아잇적부터 고생이라는 것을 원체 모르고 자란 예쁜 개구쟁이처럼도 보였다.

그러나 첫인상은 비록 그랬지만, 나도 세월 따라 세상을 겪어보면 볼수록 그이의 그 드물게 맑은 허심탄회한 인간상이며, 가나오나 거드름을 피우며 헛폼 같은 걸 전혀 잡을 줄 모르는 그이의 진면목이 사목사목 깊이 와 닿았다. 동시에 조만식 선생과 친분이 두터웠다는 그이의 선친(목사) 인품까지도 대강 헤아려지면서, 일찍부터 이런 사람을 자신의 비서로 채용했던 조만식 선생의 그 깊은 안목까지도 미루어 짐작되던 것이었다.

이 오영진에 비하면 장준하는 전혀 다른 인간형이었다. 그이는 일본의 학병으로 동원되었다가 현지에서 탈주, 김구 선생의 수석 비서로 임정요인들을 모시고 8·15 뒤에 환국을 한다.

내가 그 장준하에게 처음 인사한 것이 1958년, 「사상계」지에 내 단편소설이 처음 실렸을 때였다. 사장실이 조금 으리으리했던 것이 첫인상의 기억으로 남아 있다. 단아한 얼굴에 쏘아보는 눈매가 날카로웠고, 처음부터 이쪽을 압도하는 무언가가 있었다. 그것이 정확하게 무엇이었는지는 잘 모르겠지만, 아무튼 그런 쪽 성향의 사람이었다. 사람 대하는 것이 지극히 공손하고 정중하였지만, 이쪽에서 그닥 편하지는 않았다.

그 사장실에는 깃대에 꽂힌 태극기 하나도 한쪽에 모셔져 있었는데, 첫 대면한 나에게도 그이는 그 태극기의 내력에 관해 몇 마디 설명하는 것을 잊지 않았다. 중국의 임시정부가 중경에 자리해 있을 때 게양했던 태극기라는 것이었다. 그런 태극기라면 어느 누구건 정중하게 공손히 모셔야 하는 것은 응당 당연하였다. 바로 누가 맡든 맡아야 할 그 응당 당연한 일을, 이 사람, 장준하라는 사람이 맡고 있다는 것도 무척 어울려 보였다. 그렇게 첫 대면한 나에게 나직나직 정중한 말씨로 그동안의 사연을 설명하는 것도 무척 그이다웠다.

그이는 대한민국 정부가 수립된 뒤 당시의 문교부 국민정신 계몽 담당관 자리에도 있어보고, 내무부장관 비서실장으로 들어갔다가 사흘 만에 사표를 던지기도 한다. 내무부에 들어가 나름대로 서정을 쇄신, 관기를 바로 잡아보려고 했으나, 이미 자신이 부패하지 않고서는 그 자리에 있을 수 없다고 판단되어 그대로 뿌리치고 나왔다고 한다.

그렇게 그이는 1951년 임시수도였던 부산에서 부인과 단둘이 월간 「사상」을 발간, 본인은 책이 실린 리어카를 앞에서 끌고 부인은 뒤에서 밀며 독한 마음으로 시작을 한다. 2년 뒤 1953년 3월에는 「사상계」로 제호를 바꾸게 된다.

그리하여 불과 몇 년 뒤 58년에는 함석헌이 첫 필화사건으로 구속되고, 59년 4월에는 경향신문이 폐간 처분되기에 이른다. 그러나 그해 6월 26일자로 서울고등법원에서 '폐간 처분 효력 정지 가처분'으로 확정되자 같은 날짜로 정부는 무기한 정간 처분을 내린다.

바로 이 무렵에 「사상계」지는 명실공히 이 땅의 지성지로 군림하면서, 1959년 12월호의 편집위원 명단에는 김상협 전 총리에서 엄민영, 황산덕 전 내무·법무장관을 비롯, 기라성 같은 이 나라 지성계의 제제다사들 스물한 명이 즐비해 있게 된다.

바로 이런 「사상계」에 같은 서북인 문학인들이 주축을 이루었던 「문학예술」지가 합류했으니 어떠했을 것인가. 문단 내 기류는 일거에 달라지기 시작했던 것이다.

이렇게 바로 60년대의 문단이 열리기 시작하게 된다.

김관식의 출사표

요즘에는 까맣게 잊혀진 인물인 김동명金東鳴. 4·19 직후 제2
공화국 때는 잠깐 참의원까지 지냈던 그는 본시 강릉 사람으로 드물
게 고고한 인품을 지켜냈다. 문단 안의 어느 패거리에도 껴들지 않
은 채 묵묵히 자기 일에만 전심하며 살았는데, 언제 그이가 세상을
떠났는지는 이 글을 이렇게 쓰고 있는 나도 전혀 모른다.

1950년대 말인가, 그이가 주례를 섰던 내 동창생 하나의 결혼식
장에서 나는 축사를 해달래서 문장으로 몇 장 써서 읽었던 일이 있
다(그 당시 결혼식 풍습은 그랬었다). 축사를 듣고 나서 그이께서 가만
가만 내 곁으로 다가와 몇 마디 격려 말씀 비슷한 것을 해주었다.

그와는 한 번의 인연밖에 없지만, 그로부터 반세기가 지난 요즘
우리 후대 사람들의 선배 챙기는 법도나 관심하는 범위가 이 지경으
로 얇아지고 또 얕아지고 자발머리들이 없어졌는가 하는 걸, 그이를
떠올리면서 새삼 절절해진다. 50년 전 그때는 그렇게도 장안의 지상
을 누볐던 그 시인이 이렇게도 깨끗이 잊혀질 수가 있을까. 자못 의
아해지기도 한다.

이 자유세계라는 것은 바로 이렇게 생겨 있어서 각계를 막론하고 살아생전부터 자신의 죽은 몸까지를 스스로 챙기려고 저렇게들 두 눈에 불을 켜고 아우성들인가 싶어지기조차 한다.

시인 김동명이라는 사람을 우리 모두가 이렇게도 까맣게 잊고 있 다는 것은 바로 이 자유민주주의 체제가 안고 있는 문제점이자 한계 이기도 할 것이다.

각설하고.

그럭저럭 1962년 12월에 개헌안 국민투표라는 것이 실시되고 열 달 가까이나 정치권은 이리 뒤척 저리 뒤척 우여곡절 끝에 드디어 1963년 10월 15일에 치러진 대통령 선거에서는, 투표율 84.99%에 상대 후보 윤보선과 겨우 15만여 표 차이로 박정희가 아슬아슬하게 당선, 제3공화국이 탄생된다.

뒤이어 11월 26일에 치러진 국회의원 선거에서도 투표율 69.8% 에 공화당 압승으로 새 정부가 자리를 굳힌다. 그렇게 초대 내각 총 리에는 최남선의 동생 최두선이 취임을 한다.

이 과정이 질서정연하게 진행되는 북한체제의 진척 상황과 비교 하면 도무지 위태위태해 보이고 웃기는 구석이 있었다 하지만, 그로 부터 반세기 정도 지난 오늘에 서서 남북한체제가 각기 걸어온 지난 50여 년을 비교하며 돌아볼 때도 과연 그러할까. 새삼 착잡한 느낌 을 금할 수 없다. 그 착잡한 느낌은 그 당시를 우리 문단 쪽으로 한 껏 시야를 좁힐 때 더욱 두드러진다.

가령 시인 김관식의 서울 용산구에서의 국회의원 출마. 그것도 5·16 때 혼자서만 내빼어 꽁꽁 숨었던 전 총리 장면에 대항해서 출

마. 백주 대낮에 미친 척하고 이럴 수가 있었던 것이, 이런 웃기는 일이 사통팔달로 통할 수 있었던 것이 이 남쪽, 삼엄한 북한체제와는 다른 이 만화경 같은 남쪽체제였던 것이다.

김관식은 본시 충청도 논산 태생으로 박재삼과 동갑, 나보다는 한 살 아래였다.

1955년 여름 단편 「탈향」으로 내가 작단에 첫발을 들여 놓은 뒤 문예살롱 다방에서 박재삼의 소개로 첫인사를 나누었다. 그의 마지막 추천작이었던 「계곡에서」는 50년이 지난 지금까지도 기억할 정도로 명품이었다. 더구나 그때 마악 첫 데뷔한 신인 소설가로는 내가 만 스물세 살로 가장 나이가 어렸고, 시인으로는 박재삼과 김관식이 나보다 한 살 아래였으니, 만나자마자 쉽게 의기투합했을 밖에.

11월 늦가을의 햇볕 좋은 어느 날이었다.

그날 청파동 언덕 위의 청파초등학교 운동장에서 용산구 출마자들의 합동유세가 있었다. 주로 김관식 또래 젊은 문인들이 삼삼오오 떼를 지어 땡땡거리는 지상 전차를 타고 갈월동에서 내려 언덕배기를 향해 올라갔다. 하나같이 흥분 상태였다.

평소의 김관식의 행태로 보아서는 왕창 죽을 쑬 것 같기도 하여 불안하였지만, 경기상고의 교사로 학교 강단에서 섰던 이력이 있어 설마하니 엉망진창으로 망신이야 하겠는가 하고 조심스럽게 기대도 가져졌다. 그렇지만 나로서는 솔직히 우스울 뿐이었다. 구경거리치고는 이 이상 재미있는 구경거리도 드물겠다는 생각이었다. 그 긴 언덕을 올라가며 설왕설래하였는데 그때 누구랑 같이 갔는지는 기억이 아물아물하다. 박재삼에 신경림에 민영이가 같이 끼어 있지 않았는가 싶지만 정확치는 않다. 우리가 현지에 닿았을 때는 유권자들이 꾸역꾸역 모여들고 있을 뿐, 아직 유세는 시작되기 전이었다.

마침 점심시간이어서 학교 바로 앞의 허름한 식당 하나를 아예 통째로 세를 내었는가, 아는 얼굴들이 와글바글하였다. 주로 새파랗게 젊은 문인들이고, 어지간히 나이 드신 분들은 전혀 보이지 않았다. 들어서는 족족 밀국수 한 그릇씩 말아 안기는데, 저편 안쪽에서는 몇몇이 막걸리를 마시며 떠들썩했다. 아니다. 원래가 식당인지, 미리 그런 뭔가 하나를 빌렸는지 아리송한 그 집은, 애당초에 안팎을 따질 수 없이 그냥 한 일(一)자 집이어서 들어서고 어쩌고 할 틈서리조차 처음부터 없었다. 더구나 그 좁은 공간의 한쪽은 주방인 셈이어서 주부 몇이 구슬땀 범벅으로 법석을 피우며 연신 국수를 말아내는 것이어서, 그 앞 한길에서 국수 한 그릇을 받아 눈 깜짝할 사이에 훌훌 마셔 치우곤 그대로 유세장인 학교 운동장으로 들어가는 판국이었다.

다만, 지금까지도 내 기억에 깊이 아로새겨져 있는 광경 하나는 김관식의 부인인 방 여사가 어린아이를 등에 업고 있던 모습이었다. 엄마 등에서 아이는 그렇게 잠이 들어 있었다. 나는 그때 "저 촌놈, 김관식이, 여부없이 충청남도 논산 촌놈이로구나. 자기 연설 들으러 오는 손님들, 주로 문단 동료들 챙기겠다고! 아서라, 아서. 저 혼자 이러는 거야 제가 좋아서 이런다 치고, 마누라와 아이들꺼정 왜 저런 고생을 시키는가 말이다. 세련된 서울 사람 같으면 절대로 이런 짓은 않지"라고 군시렁거렸다.

경기상고를 나오고 어릴 적부터 신동소리를 듣던 김관식은 당대의 한학 대가들인 정인보·오세창·최남선 등에게 수학, 20대 초반부터 기고만장하여 웬만한 사람들은 아예 사람같이 여기지 않고 그야말로 안하무인이었다. 초기의 그의 시를 보더라도 그 점은 능히 그럴 만했겠다고 나로서도 이해는 되었지만, 팔자로 타고나는 재승박덕이야 어쩔 것인가. 그 점은 김관식 본인부터가 일찌감치 체관하고 있었던 것도 같다.

주위에 노상 득시글거리던 문학인들 속의 가짜와 진짜를 한눈에 가려내고 권력 지향 쪽의 문인들에게는 생득적인 혐오감을 가졌던 것도 그의 특색의 하나였지만, 그런 그가 자신을 몰랐을 리가 없는 것이다.

결국은 미당의 추천을 받기 위해 마포 공덕동 집을 드나들던 그는, 어느 날 미당의 처제를 그 댁에서 보곤 그대로 눈독을 들인다. 하지만 정작 본인은 기겁을 하고 김관식의 그 열렬한 청혼을 단호하게 거절한다. 하여 김관식은 갖은 방법을 다 쓰다가 끝내 마지막에는 음독자살 소동까지 벌인다. 병원에 실려 가서도 그는 결혼이 안 되면 그냥 이대로 죽어버리겠다고 펄펄 뛴다. 그렇게 해서 결혼이 이루어진 것이다.

그 뒤 나는 미당 댁에서도 김관식의 아내 방 여사를 한두 번 보았었고, 관식에게 끌려가다시피 해 그의 집에 처음 갔을 때도 김관식의 명을 받고 한참이나 걸려 막걸리를 받아오던 방 여사를 보았지만, 관례적인 인사말 이외에는 한 번도 이렇다 할 대화 한마디 나눈 일은 없었다. 하지만 그때 청파초등학교 운동장 유세장 앞에서 국수를 말아내던 그 북새판 속에 어린 것을 등에 업고 서 있던 방 여사의 모습은 무언지 썩 아픈 기억으로 지금까지 남아 있는 대목이다.

우리가 유세장으로 들어갔을 때 이미 유세는 시작되고 있었다. 그때 용산구에는 여섯인가 일곱인가 출마해 있었는데, 5·16 때 꽁꽁 숨었던 전 총리 장면을 비롯해 지금까지 기억에 나는 한 사람은 김춘봉 변호사이다.

차례차례 연단에 올라 제각기 자신들의 경륜을 펴는데, 김관식도 그럭저럭 합격점은 받았지만 당체 위태위태해서 보고 있을 수가 없었고, 한 순간 한 순간이 그렇게도 길 수가 없었다. 대목대목 소리소리 지르기도 하고, 팔놀림이며 몸놀림이며 육중한 것과는 애당초에 거리가 멀었다. 아무리 어른처럼 보이려고 안간힘을 써도 갈 데 없는 어린아이였다. 김관식은 시인으로서는 드물게 보는 귀재였고 어린 그 나이에 이미 인생 만사를 꿰뚫어보고 있었지만 아아, 어쩔 것인가, 내가 보기에는 근본적으로 허한 사람이었다.

바로 그 점이 드물게 보는 그의 시재詩才로 뻗기도 했지만, 그런 사람 태반이 동서양을 막론하고 대체로 그러했듯이 김관식도 '영원한 아이' 반열에 드는 사람이었다. 그날도 별 수 없이 허했다.

박목월과 김관식

내가 광문사라는 출판사에 난생 처음으로 취직을 했을 때, 그 회사의 상근 편집상무가 소설가 허윤석이었고, 또 비상근으로 시인 박목월도 껴 있었다.

1955년 늦가을 그때 출판사마다 검인정 교과서로 아우성들이었다. 이 출판사도 고등학교 영어책의 저자가 연세대 영문과 교수인 권명수였고, 중학교 교과서 저자는 당시 태릉의 육군사관학교 교수였던 홍찬호, 국어작문 저자는 계용묵과 박목월이었는데, 특히 박목월은 그 출판사 직원 자격으로 어엿하게 자기 방 하나까지 배당받고 있었다. 비상근이라지만 원체 때가 때니만큼 매일 나와서 도와주었으면 하는 것이 출판사의 뜻이었다.

한데 목월은 애당초에 나 몰라라 하고 그런 쪽으로는 아예 눈치코치도 없었다. 오후 한 시나 지나서 어슬렁어슬렁 나와서는 자기 방의 2층 창으로 머리를 쑥 내밀고 혼자 휘파람이나 불고 있었고, 바빠서 정신이 없는 판임에도 오불관언 세 시쯤이면 혼자서만 설렁설렁 퇴근을 하였다. 그렇게 매일 건들건들 왔다리갔다리하다가 두어 달 뒤에는 슬그머니 그만두었다.

그만둔 것도 다른 이유가 아니었다. 당시 중앙대학인가 다니던 여학생 하나와 사랑에 빠져 제주도로, 이를테면 '사랑의 도피행' 줄행랑을 쳤던 것이었다.

이 자리서 비로소 밝히거니와, 그때 나는 편집부 교정 일에 여북하면 '곰'이라는 별명을 들을 정도로 열심이어서, 을지로3가에서 지금의 조선호텔 앞 청구인쇄소까지를 매일 서너 번씩 오고가고 하면서 교정본을 넘기고 다시 새 교정쇄刷를 받아오곤 했었다.

이런 판국이라 원효로4가 끝에 있던 그이 댁으로 전차를 갈아타며 물어물어 찾아갔던 일이 있었는데, 무척 놀랐다. 박목월이라는 시인이 이렇게까지 가난한가 싶었던 것이다. 마침 방문마다 열려 있어 흘깃 들여다본 방들은 그야말로 돼지우리 같았고, 나를 맞이한 사모님의 옷차림도 매일 건들건들 오며가며 하던 목월 모습과는 하늘과 땅 사이만큼 달라서 여간 놀랍지가 않았다.

이리하여 그 훨씬 뒤 60년대 후반에 들어서 목월이 육영수 영부인에게 시 지도를 하고, 박재삼과 함께 그 영부인의 전기를 써 냈던 일도 어느 정도는 이해가 되었다. 여북 힘들었으면 그렇게까지 했을 것인가 하고.

그러니까 혹여 그 십여 년 전이던 50년대 중엽에 김관식이라는 새파랗게 젊은 시인이 문예살롱 다방 안에서 여느 문인들이 죄다 보는 앞에서 만취상태로 유독 목월에게만은 차마 눈뜨고 볼 수 없을 정도로 마구 행패를 부렸던 것도, 바로 그이의 그 정치권력과의 관계를 시인 특유의 감각으로 이미 날카롭게 예감하고 있었던 것은 아니었을까. 그리고 그런 때도 목월은 한마디 대꾸도 없이 완전히 우그러든 얼굴로 당하기만 할 뿐이었던 것도, 지금 돌아보면 우습기 짝이 없었다.

그때 김관식이 그렇게 목월에게 행패한 이유인즉 다름이 아니었다. '강나루 건너서 밀밭길을 구름에 달 가듯이 가는 나그네'라는, 나도 무척 애송해 마지않던 그이의 그 대표작 격인 시 구절이, 옛날 당나라 어느 시인의 시를 자기 것마냥 훔쳤다는 것이었다. 어찌 저럴 수가 있을까 싶을 정도로 그때 목월의 반응은 나로서는 여간만 의외가 아니었다.

'문예살롱'에서 그렇게 김관식이 목월에게 여러 문인 환시리에 행패를 한 뒤, 바로 그 얼마 뒤였다. 단둘만의 자리에서 나는 김관식에게 이렇게 말했다.

"자네의 그 견해에 나는 반대다. 그 시는 누가 뭐래도 틀림없이 목월 것이야. 네 말대로 옛 당나라 시에도 우연히 그런 구절이 있었겠지만, 그건 엄연히 한문자였어. 그걸 목월이 훔쳤다고? 아니야. 그 시는 100% 우리 조선글로 된 목월의 시야. 나는 절대로 그렇게 믿는다."

그제서야 김관식도 피시시 웃으며 비로소 내 그 의견에 찬성을 하는 표정이었다. 그리곤 금방 딴소리를 꺼냈다. "그건 그렇고, 모처럼 왔으니 오늘은 이제부터 한 판 또 벌이자. 재삼이도 불렀으면 좋겠다만 당장 방법이 없고. 아무튼 오늘은 술 퍼마시다가 여기서 나하구 같이 자, 이 형도."

그 무렵 김관식은 한서漢書에 달통하여 최두선과도 가까이 교분을

트고 지냈는데, 그이가 제3공화국의 초대 내각의 총리가 되자 우격
다짐으로 세검정 끝의 몇 만 평 산야를 제 것으로 차지, 한때는 기고
만장하였다. 법적인 소정절차까지 필했었는지 어쨌는지는 알 수 없
으되, 그 무렵 나는 세 번을 그의 집으로 끌려간 일이 있었다.

한 번은 뒤에 작은 시냇물이 졸졸 흐르는 자그마한 단층 재래가옥
이었는데, 어느 가을 오후나절이었다. 그날 그는 많은 한서들도 꺼
내 보이며 서너 시간을 혼자 지껄여댔다. 그 내용은 지금 죄다 잊어
버렸지만, 그때 그가 나에게 시종 보였던, 여느 때 볼 수 없었던 정
중한 태도는 묘하게 잊히지 않는다.

그때부터 김관식이 나라는 사람을 대강 어떻게 보고 있었느냐 하
는 점으로, 지금 이 나이에도 혼자서 뿌듯해지기까지 한다. 사람이
란 이런 점에 들어서는 너나없이 영원한 어린애가 아닐까. 사실 그
날 막걸리 한 되 정도 나누어 마시면서 두어 시간 같이 앉았던 김관
식에게서 나는 가장 평상적인 자연스러운 김관식을 꼭 한 번 접하지
않았었을까. 이리하여 나는 그날 말고도 그 자하문 밖 댁에서 그 뒤
로도 몇 차례나 잠을 자기도 했었다.

두 번째는 억수로 취한 상태로 그에게 끌려갔었는데, 그 전의 그
집이 아니라 깊은 골짜기에 있는 무언지 으스산한 덩다란 집이었다.
그 집 헛간(딴채로 있었다)에는 노상 천상병이가 와서 자곤 한다던
것이었다.

세 번째는 후배 시인 조태일이가 그의 집에서 신혼살림을 차렸을
때 개 한 마리를 잡았다고 하여 여럿이 같이 갔었는데, 그 무렵은 이
미 김관식은 병상에 있었던 때여서 그의 모습은 기억이 없다.

가부장적 문단을 등진 '외톨이' 김수영

김수영은 1920년에 서울에서 태어나 선린상고를 졸업하고 도쿄 상대에 응시하기도 했다. 이 대학은 소월도 일찍이 응시했다가 낙방을 한 명문이었다.

그 뒤 김수영은 연극운동에도 기웃거리고 모더니즘 시에도 한때 심취했다가, 염상섭·유치환·안수길·손소희·윤동주 등이 가 있던 구만주(동북중국)에 들어가 전전하다가 해방 뒤 돌아와 1947년에는 「예술부락」 동인지에 '묘정의 노래'를 발표하면서 시작詩作 활동을 시작한다. 이 동인지는 46년에 조연현 등이 창간했었다.

그러나 김수영은 천성적으로 「문예」, 「현대문학」으로 이어지는 당시의 가부장적 문단 체제에 적응하지를 못하고 외톨이로 지내며 잡푼벌이로 그런저런 영어 번역을 많이 하고, 저녁이면 명동의 '은성'과 광화문 근처의 술집을 비잉빙 돌았다.

그리하여 그 무렵 언론계 한가운데 중진으로 자리 잡고 있던 비슷한 연배의 선우휘나 이병주와는 다른 쪽으로 20세기 현대의 서구예술이나 철학 쪽으로 왕성한 독서를 하였다. 더러 심심하면 '한전' 공보실에 촉탁으로 근무하던 박연희를 찾아가 그럭저럭 회포를 풀었다. 나도 몇 번 그 자리서 오상원이며 김중희랑 같이 끼어 어울렸었는데, 그때 그 나이의 선배치고는 드물게 맑고 천진무구하던 모습에 홀딱 반하기도 했었다.

한번은 북창동의 「세대」지 편집부에서 열한 시께 만났었다. 그날 김수영은 급전이 필요하여 어렵사리 번역료 선불을 요구했다가 거절을 당한 것 같았다. 점심시간이 가까워 오는데도 누구 하나 코빼기도 안 보였다.

"김 선생님, 나가십시다" 하고, 내가 벌건 난로 앞에 잔뜩 우울한 낯빛으로 앉아 있는 그이에게 나직이 말했다. 그렇게 북창동 어느 중국집에서 자장면인가, 소마면 하나씩을 시키고 배갈 작은 것 한 병을 나누어 마셨다.

문득 김수영은 "호철, 어때? 호철은 아직 혼잣몸이라 견딜 만할 거야. 도대체 뭐가 뭔지 모르겠어. 이게 도대체 사는 건지 안 사는 건지, 무슨 쌕쌕이 판인지 당최 모르겠어. 문학? 시? 모두가 웃기고 있어. 모두가 생지랄들이야!" 하곤 그이다운 괴이한 모습으로 한바탕 낄낄거리며 웃던 일이 묘하게도 선렬하게 떠오른다.

단편 「판문점」에 얽힌 사연

4·19 뒤의 정치·사회적 격동에 따른 시대적 기류는 어김없이 문단 쪽으로도 흘러들어 그 해 1960년 6월에는 기왕에 자유당 정권과 밀착해 있던 '문총'도 해체되고, 새로 과도적인 임시기구로 '문화단체협의회'라는 것이 발족된 것 외에는 문단 중심부로까지는 아무런 기별도 닿지 않았다. 말하자면 아직은 깊은 잠에서 깰둥 말둥이었다.

그러나 조금만 시야를 넓혀서 본다면 사회대중당(김달호), 혁신당(장건상), 통일사회당(서상일, 이동화, 윤길중), 민족자주통일중앙협의회 등이 결성되고, 민족통일전국학생연맹이 장면 총리에게 미국과 소련을 차례로 방문하라며 압력을 가하고 남북학생회담을 성사시키라는 등 우리 사회 일각은 급격하게 달라지고 있었다. 그리고 그해 60년 말에는 서울시의원·도의원 선거, 시·읍·면의원 선거, 서울시장·도지사 선거 등 지방자치제에 따른 민주화도 괄목하게 진척되고 있었다.

그리하여 「사상계」사도 이러한 세상 변화에 따라 변화하기 시작, 장준하는 아예 잡지 운영을 부완혁에게 맡기고 국토건설 본부장으로 옮겨 앉아 본때 있게 경륜을 펴볼 의욕에 불탄다. 하지만 그이의 그 경륜이라는 것도, 막혔던 봇물 터지듯이 '혁신계'가 대거 떠오르면서 몇 년 동안 독야청청했던 그 「사상계」도 어느새 스름스름 색이 바래어져 가고 있었다.

홍사단도 장리욱·김재순이 주축이 되어 월간종합지로 「새벽」지를 창간하고, 「신태양」도 그럭저럭 건재했다. 이 잡지에서는 조금 엉뚱하게도 양주동과 이숭녕 사이에 국학 논쟁이 벌어지기도 했다. 이 논쟁은 4·19 한 달 전인 그해 3월에 조선일보를 통해 시작됐는데, 그동안 6·25 전란으로 좌우 격돌이 거의 자취를 감추어버린 무풍지대인 학계에서 혼자서만 이리저리 날뛰며 자칭 '국보', '천재' 운운까지 하던 양주동에게도 그런 식으로 제동이 걸리고 있었다.

그나저나 세상 변해가는 양상에는 좌우 이념이라는 것보다 더 깊은 일종의 흐름, 세勢, 추세라는 것이 있어 보인다. 4·19를 전후해서 문화 양상으로 터져 나온 이런 일련의 움직임 하나하나에도 그 어떤 일관된 이 시대 나름의 기맥氣脈 같은 것이 있어 보인다.

그 무렵 나로서 특기할 만한 것은 두 번에 걸쳐 판문점 남북 회담에 취재기자의 일원으로 다녀온 일이었다. 첫 번째는 1960년 9월에 다녀와 단편소설 「판문점」을 써서 이듬해 「사상계」 3월호에 발표하였고, 두 번째는 1961년 5월초 5·16이 일어나기 바로 1주일쯤 전이었다.

판문점에서 남북 간에 중요한 회담이 열릴 때마다 국내외 각 통신·신문·방송의 취재기자들을 모아 버스로 다녀오곤 하였는데, 당시 우리 정부의 공보처 보도과에서 그 일을 맡았던 관리는 60년대 말에 급환으로 세상을 떠난 강릉 사람 최규정이었다. 어느 날 나는 무심결에 한마디 던져 보았는데 그는 대뜸 반색을 하며 말했다.

"그거 어렵지 않아. 좋오치, 좋으다마다. 내가 적당히 유령 통신사 기자로 적어넣을 테니까 같이 한번 가보자구. 이 일을 담당하는 8군의 양키도 내가 명단 적어서 디밀면 그냥 오케이 오케이야. 일일이 챙기질 않는다구. 설령 챙긴다 한들 지들이 쥐뿔이나 알 수가 있나. 다음번에 연락할 테니 꼭 한번 같이 가자구. 소설 소재로도 그저 그만일걸."

아닌 게 아니라 나도 그런 쪽의 조금 이색적인 소설 한 편을 쓰고도 싶었다. 4·19 뒤였으니, 남북 간 문제도 종래의 고식적인 '반공' 일변도에서 조금 벗어난 소설 한 편쯤 써보고 싶었던 것이다.

그리고 또 한 가지, 이렇게 판문점에 가는 길에 현지 형편을 보아 북의 가족들에게 내가 이 남쪽에 살아 있다는 소식이라도 전할 길이 혹시 없겠는지 싶은 나대로의 은밀한 꿍꿍이속이 없을 수 없었다. 그거야, 인지상정이 아니었겠는가.

결국 60년 9월 어느 날, 보도과에서 그 일을 맡아하던 최규정에게서 연락이 왔다. 내일 오전 열 시 조선호텔 앞에서 버스가 떠나니 평상복 차림으로 나오라는 거였다. 그날 하루의 일은 소설 「판문점」 내용과 거의 같거니와, 단지 기본설정에서 주인공 진수의 형님, 형수 등과의 관계가 전혀 허구이고, 그밖에도 소나기 퍼붓는 속의 지프 안에서 북쪽 여기자와 어쩌고저쩌고했다는 것은 생판 허구였다.

그러나 그밖에는 거의 그날 내가 보며 겪은 그대로 문장까지 논픽

선 문체로 단숨에 써 갈겼었다. 결국 그 소설은 그해 「현대문학」상까지 안겨주었지만, 나로서는 모처럼의 그 소재를 그렇게 단숨에 휘딱 써 갈기지 않고 좀 더 공들여 시일을 두고 썼더라면 얼마나 좋았을까, 하고 그 뒤 두고두고 후회막급이었다.

그리고 또 한 가지, 그때의 나 혼자만의 은밀하고도 간절한 꿍꿍이속도 나로서는 기대치 이상으로 이뤄냈던 셈이었다.

나는 그 「판문점」 소설 속에서처럼 그런 일로 합당하게 보이는 북쪽 처녀기자 하나를 물색, 토론을 벌이던 중에, 당시 북쪽 권력고위층에 몸담고 있던 두 사람과 나와의 관계를 은근슬쩍 귀띔하듯이 털어놓았던 것이다. 당시 그쪽 '국가계획위원회' 부위원장으로 있던 모모가 내 이종사촌 형님이고 노동당 국제부장 모모는 외육촌 형님

1961년 봄 현대문학상 수상식장에서 (조선호텔)

이라고 그러자, 그 처녀기자는 대뜸 두 눈이 휘둥그레지며 대단히 놀랐다. 그렇게 잠깐 모습을 감추었는가 싶더니 5분이나 지났을까, 커다란 사진기 하나를 떠멘 인민군 군관복 차림 하나와 같이 나타나더니, 그 군관이 대번에 나를 가리키며 "그게 바로 이 동무라는 말이오?" 하고는 찰각 찰각 찰각 내리다지로 예닐곱 번이나 셔터를 눌러 댔다. 그리고 나는 그게 기분이 썩 나쁘지는 않았다.

나쁘긴커녕, 이제 내가 남쪽에서 이렇게 살아 있다는 게 어떤 길로건 알려지겠거니 하고 흐뭇하기까지 했다. 특히 그 이종사촌 형님은 어릴 적의 나를 유별나게 예뻐해 주었던 터여서 틀림없이 큰 이모에게 내 소식을 발설할 것이고, 이모님도 나를 극진히 아끼고 있었으니 은밀하게 어머니에게 알릴 것 아닌가.

그 뒤, 그 작품이 「사상계」 61년 3월호에 발표되고 두 달쯤 지났을까, 정확히 61년 5월 초 어느 날 나는 다시 최규정의 연락을 받고 두 번째로 판문점엘 갔다.

북한 기자들 면면은 저번과 대동소이했다. 특히 일정 때 이화여전 나왔다던 그 서글서글하게 마음씨 좋게 생겼고 입심도 걸던 한복차림의 아주머니 기자는 나를 보자 와락 반색을 하며 슬쩍 한마디 속삭이기까지 하였다.

"소설 읽었시오. 근데, 그런 걸 써 설라므니, 그 기자 이젠 못 나오게……."

"네? 그럼 그 기자…… 나 때문에……."

"아니, 일 없이요. 단지 다른 부서로 옮겼을 뿐이니까네" 하고 그녀는 그대로 우물쭈물 넘겼고, 우리는 나무벤치에 나란히 앉아 같이 사진도 찍으며, 나는 그녀의 손거울 하나와 손수건, 그리고 수첩만 달랑 들어 있는 핸드백 속까지도 열어보며 우스갯소리 한마디를 하기도 했었다.

"여자 손가방이 원 이렇게도 비어 있어요. 하긴 원체 혁명사업에만 바쁘시니까 그렇긴 하겠소만."

그녀도 대답은 없이 히죽히죽 웃기만 하였으나, 마치 시동생 대하듯이 나에게 유난히 호감을 보이며, 소련 이즈베스티아지 특파원에게까지 러시아어로 나를 소개하며, 나더러 정식 인터뷰에 응할 수 없겠느냐고 하여 나는 완곡히 사양을 했었다.

5·16 쿠데타

내가 5·16 쿠데타가 일어난 것을 처음 안 것은 그날 이른 새벽, 통의동 하숙집 주인 안방에서 우렁차게 터져 나온 행진곡 섞인 라디오 방송, "반공을 국시의 제1의義로 삼고……"를 내 방 잠자리에서 듣고서였다. 우선 가슴이 철렁하며 벌떡 일어나 앉았다. 기어이 일은 터졌구나, 하고.

그때 나는 4·19를 겪었던 청운동 꼭대기 하숙집에서 적선동으로 옮겼다가, 다시 국민대학 옆 통의동으로 옮겨 있었는데, 새벽잠이 없는 하숙집 주인 늙은이는 이 놀라운 소식을 나더러 들으라고 라디오 볼륨을 왕창 올려놓고 있었던 것이다(그땐 아직 텔레비전이라는 게 나오기 전이었다).

아홉 시 넘어 조금 이르다 하게 중앙청 사무실에 들러본즉, 마침 직방으로 나에게 전화 한 통이 걸려오는데, 이제 마악 나가볼 참인 광명인쇄소였다. 그것도 사장 이학수 씨가 아닌가.

"아니 웬일입니까. 이른 아침부터 사장께서."

"급하게 조금 이야기할 것이 있으니 지금 당장 좀 나오우."

조금 헐떡헐떡거리듯이 숨차 하는 듯한 목소리였다. 화신백화점 뒤의 지난번 언젠가 만났던 그 2층 다방으로 어서 당장 나오라고 하곤 철컥 전화를 끊었다.

이 광명인쇄소 주인 이학수라는 사람은 함경도 명천明川인가에서 1·4 후퇴 때 월남해 온 피난민으로, 부산 시절부터 군 쪽으로 아는 켠이 있어 주로 군 상대의 소규모 인쇄업을 시작한 사람이었다. 이를테면 군부대에서 필요한 각종 용지며 명함이며 표어며 상장 같은 것, 그리고 전단 나부랭이, 그밖에도 그런저런 인쇄물들을 주로 맡아 하고 있었다. 모로 퍼진 뚱뚱한 생김새며, 매사에 말은 적고 그저 시물시물 웃는 얼굴이며, 겉보기로 우직해 보이지만 만만치 않게 노회한 구석이 있는 사람이었다.

술이라곤 맥주 한 잔도 입에 대지를 않았다. 그러나 말끝마다 만주에서 광명학교 다닌 것을 내비치며, 정일권을 비롯, 이 학교 출신이 지금 우리 군 안에서 막강한 위치에 있음을 은근히 자랑하곤 하였다. 그렇게 인쇄소 이름도 아예 광명인쇄소로 하였노라고 하던 것이었다.

버스를 타고 견지동 길가의 그 인쇄소 앞을 지나며 무심코 창밖을 내다본즉, 인쇄소 앞에는 벌써 얼룩무늬 군인 하나가 집총을 하고 서 있었다.

그리고 보면 사흘 전 저녁인가, 인쇄소 2층의 자기 방으로 나를 불러 이제 며칠 안에 크게 놀랄 일이 벌어질 것이니 이 형만 가만히 알고 있으라고 뜬금없이 귀띔을 해주던 이학수 사장의 얼굴이 새삼 떠올랐다.

"그게 무슨 일인데요?"

"글쎄, 그 이상 묻진 말고 가만히 기다려 보라구."

그리하여 나대로도 이미 대강 낌새를 채며 그 허름한 다방으로 들어선즉, 저 안쪽 구석에서 이학수 사장이 한 손을 번쩍 들며 반색을 하였다. 본시 벌건 얼굴이 그날따라 시뻘개져 있었다. 내가 맞은편 자리에 가 앉자마자 이 사장이 말했다.

"지난 며칠 동안 십년감수했구먼. 이번 거사의 인쇄물을 몽땅 우리가 맡아 했어. 우리 인쇄소가, 광명인쇄소가……."

"네? 그게 정말입니까?" 하고 나는 왕창 놀라면서도 나도 모르게 비시시 웃었다.

"이 형 왜 웃어?" 하고 이사장은 나를 빠안히 마주 건너다보면서 조금 못마땅하다는 듯이 물었다.

"아니, 웃지도 못합니까? 어쩐지 우습네요."

피차에 나이 차이는 꽤 있었지만 평소 비교적 허물없이 지내온 터이라, 나는 또 웃었다. 정말로 우스웠다. 그 무시무시하고 어마어마한 일에 이 사람이 그런 식으로 껴 있었다는 것이 어쩐지 자꾸 우스웠다.

"이번 거사는 함경도 출신 군인이 주축이었거든. 특히 광명학교 출신들."

"장도영 장군도 그 학교 출신입니까?"

"어림없는 소리, 그이는 그저 '가오마담'이구, 이번 이 일을 주동한 박정희 장군은 경상도 사람이고 광명학교 출신은 아니지만 김동하, 이주일 장군들이 모두 함경도라는 말이오. 실은 이주일 장군과 나는 5촌 당질 간이어서 박정희 장군도 직접 만나 부탁을 받았고, 이낙선 소령이 며칠간 우리 인쇄소를 드나들면서리……."

하곤, 안 포켓에서 박정희 장군의 짤막한 사신私信 하나까지 꺼내 보여주었다. 그 글씨가 장군치고는 꽤나 단아했다. 비록 짤막한 펜 글씨였지만 그 글씨로 벌써 박정희라는 사람이 만만치는 않겠다는 느낌이 흘끗 들었다. 그리고 이학수 사장은 이 짤막한 사신을 벌써부터 애지중지 연연세세 영원토록 간직해갈 모양이었다. 그나저나 그로서는 이 거사에 이렇게 본인이 가담한 일을 두고, 지금 누구에게라도 자랑을 하고 싶어 미칠 판이다가, 우선은 그 만만한 첫 상대로 나를 꼽았다는 것이 나도 약간 대견하기는 했지만 자꾸만 우스웠다.

"암튼 이 사장 큰일 해냈소이다. 이제 이 사장 앞날은……."

"아직은 몰러. 이 형도 보다시피 양키들이 어떻게 나올라는지."

"그건 그렇겠소만, 장면이 저렇게 꽁꽁 숨은 것으로 보아선…… 아무튼지 이 사장도 며칠간은 회사 나오지 말고 며칠 어디 시골이나 갔다 오구레. 온천장 같은데."

이렇게 말은 하면서도 나는 내심으론 여전히 어이가 없었다. 그동안 겪어보아 이 사람을 속속들이 잘 알지만, 이런 무시무시한 거사와는 도무지 어울리지 않는 사람인 것이다. 대표적인 북한 피난민이었고, 생긴 모습이나 행태나 '곰' 같은 사람이었다.

'좌' 쪽으로건 '우' 쪽으로건 그런 쪽과는 애당초에 거리가 먼 사람인 것이다. 그러한 그 사람이 이런 무시무시한 거사에 그런 식으로 껴들다니, 만화다 만화야, 코미디야, 하고 나는 자꾸 웃음이 나오는 것을 참을 수가 없었다.

혁명이냐 쿠데타냐

그러나 한편으로 생각하면 이학수라는 사람이 바로 그런 사람이었기 때문에 이런 일도 그렇게 겁 없이 쉽게 맡아 해내지 않았을까. 그리고 이렇게 이학수라는 사람도 주역의 한 사람으로 끼게 됨으로써 '5·16 혁명'이라는 무시무시한 거사가 일거에 만화 같은, 코미디 같은 것으로도 나에게는 비치던 것이었다. 웃긴다 웃겨, 하고.

그러나 그럼에도 불구하고 실제 정황은 아닌 게 아니라 무시무시하였다. 통행금지가 저녁 여덟 시부터 실시되고, 비상계엄 속에 라디오에서는 "반공을 국시의 제1의義로 삼고"가 연성 낭독되고 곳곳에서 사람들이 잡혀가고 있어, 나도 판문점에 두 번 갔던 일과 그걸 소설로 발표한 일을 두고 마치 제 방귀에 놀라듯이 며칠 동안 숨어 있었던 것이다.

그렇게 숨어 지내면서도 이학수 사장 생각을 하면 자꾸 웃음이 나왔다. 왜 그렇게도 웃음이 나오는지는 나도 잘 알 수는 없었다. 흔한 활자를 통해 그때까지 내 머릿속에 박혀 있던 '혁명가'라는 것과 이학수 사장은 너무너무 얼토당토하지 않았기 때문이었다. 그러나 과

80

연 그런가. 내가 속속들이 잘 아는 이학수 사장 같은 사람이 참여하는 '혁명'은 어째서 본래적인 '혁명' 속에 들지를 못하고 만화 같은 종류라는 것인가.

바로 이러한 내 생각에 그때 아직 서른 살이었던 어린 치기가 드러나 있었고, 그런 쪽의 책이나 몇 권 읽고 '혁명', '혁명가'라는 것의 꿈같은 환상을 가미해 과대포장을 하고 있었던 내 유치한 수준이 드러나 있었다.

근 40년이 지난 지금까지도 5·16 거사가 '혁명'이냐, '쿠데타'냐를 두고 더러 논란이 벌어지고 있는 모양이지만, 그 거사의 이름이야 뭐든 간에 그게 뭐 그다지나 중요하다는 말인가. 이를테면 북한의 '남조선 혁명' 같은 것만 제대로 된 '혁명'이고 5·16 거사는 몇몇 도당의 폭거였더라는 것인데, 그러고 보면 하긴 이학수 사장 같은 사람이 끼인 점으로 본다면 '몇몇 도당'이라는 소리도 나름대로 실감이 없을 수는 없었다.

내가 속속들이 잘 알고 있던 이학수라는 사람으로 대표되는 5·16 거사는 분명히 몇몇 도당의 그것임에 틀림없었다. 그런 반면에, 이를테면 러시아의 볼셰비키 혁명 같은 것이나 중국의 모택동 혁명 같은 것이 진짜 제대로 생긴 혁명이라는 생각이었다.

레닌이며 트로츠키며 카메네프며 지노비에프며 부하린이며 스탈린이며, 또 혹은 중국 혁명을 이끌었던 모택동이며 주덕이며 주은래며 그런 직업 혁명가들, 그런 것들이 진짜 혁명이며 혁명가들이라는 생각이었다.

그러나 그 소련·동구권이 통틀어 거덜이 나고 중국도 저렇게 급격한 변화 속에 휘말려 들어 있는 오늘 97년이라는 시점에 서서, 그리고 내 나이도 어언 60대도 중반을 넘어선 오늘에 이르러서 다시 차근차근 돌아보면, 그쪽이나 이쪽을 막론하고 인생사 모두가 잠깐의 뜬구름이었음을 확인하지 않을 수 없고, '혁명'이라는 것을 두고도 어느 쪽은 진짜고 어느 쪽은 가짜였다는 식으로 판별하려고 든 것부터 평소에 먹물깨나 든 자들의 객쩍은 짓이었던 것이다.

어쨌거나 그런 식으로 5·16 거사에 끼어들어 이학수 사장은 만리동의 구 조선총독부 관할 인쇄소였던 으리으리한 3층 붉은 벽돌집, 정부 간행물주식회사를 인수했다. 그뿐인가, '고려원양'을 설립, 원양어업으로 떼돈을 벌면서 그야말로 5·16을 대표한 신흥재벌로 승승장구하였고, 그러자 나 같은 별 볼 일 없는 글쟁이와 언제 그런 일이 있었더냐 싶게 천리만리 바깥에 있던 그이도 70년대 중엽에는 한남동의 자택에 에스컬레이터까지 설치했다가 박정희 대통령에게 불려가 된통으로 혼쭐이 나면서 스름스름 내리막으로 들어섰다던 것이었다. 그 이야기도 나는 훨씬 뒤에 인편으로 들었고, 그이가 세상 떠났다는 소식도 몇 년이 지나서야 뒤늦게 들었던 것이었다.

그러나 지금까지도 나에게 있어서의 5·16 혁명이라 하는 것은 그 이학수라는 사람의 이미지로 농축이 되어 있다. 무시무시한 얼룩무늬 군인들의 거사였으면서 바로 그 속에 이학수 같은 사람이 그런 식으로 껴 있어 실소도 자아냈지만, 한편으로 바로 그래서 제대로 사람 냄새도 물씬하게 풍겨주는 것이다.

바로 이게 더도 덜도 아닌 인생살이 그 자체가 아닐는지. 이 점에 들어서는 러시아혁명이나 중국혁명이나 우리나라의 5·16 혁명이

나, 실제 국면에서는 대차가 없었던 것이 아닐까. 단지 이때까지 그쪽의 혁명은 잔혹성에 있어서 엄청나게 한 수 위였음에도 그 하나하나가 신화로 미화되는 데 범지식인들이 동원되었던 것은 아닐까. 그리고 그 실제 정황은 몇 십 년이 지나, 그쪽 체제가 송두리째 무너진 다음인 오늘에서야 적나라하게 드러나고 있는 것은 아닐까.

이 점으로 말한다면, 일찍이 니체가 『이 사람을 보라』라는 책 서두에서 했던 다음과 같은 말은 새삼 마음속 깊이 박혀 온다.

내가 지금 이 자리에서 절대로 예고하지 않으려고 드는 것은 인류를 '개선하겠다' 어쩌고 하는 것이다. 나는 새로운 우상을 세우는 자는 아니다. 단지 낡은 우상들이 죄다 가짜였음을 제대로 알게끔 하려는 것뿐이다. 우상(이것이 '이상'에 해당하는 나의 용어인데)을 뒤집어엎는 것. 이것이 이미 그 전부터의 내 직업이다. 이제까지 세상 사람들은, 이상적 세계라나 하는 것을 날조해낸 정도에 따라, 이 현실체계로부터 그 가치, 의미, 진실성을 저버렸던 것이다……. 즉 독일어로 '진정한 세계'와 '가상의 세계'로 불리고 있는 것의 뿌리로 말한다면, 저들이 일컫는 '진정한 세계'란 날조된 것이고 '가상의 세계'라고 일컫는 것이야말로 제대로 현실인 것이다. '이상'이라는 거짓이 이때까지 현실세계에 '저주'로 걸쳐 있었던 것이다. 인류 자체가 이 거짓에 의해 그 본능의 깊숙한 속까지 거짓말쟁이가 되어버리고, '가짜'로 사기꾼으로 떨어져버린 것이다.

난세 속 푼수 같았던 미당

1961년 두 번째로 판문점에 갔던 내가 소련 정부기관지 이즈베스챠지 기자의 인터뷰 신청에 순순히 응하지 않았던 것은 썩 잘한 일이었고 요행이었다. 왜냐하면 그렇게 내가 두 번째로 판문점에 다녀오고 나서 불과 1주일 쯤 뒤에 바로 5·16이 터졌기 때문이다.

그 뒤 며칠 동안을 나는 전전긍긍하며 피신해 있기까지 했다. 혹여 그 얼마 전의 「사상계」 3월호에 실린 「판문점」 소설을 읽은 얼룩무늬 군복 차림들이 그 소설의 작자인 나를 잡으러 오지나 않을까 잔뜩 겁이 났었다. 그 작품 내용은 당시로서는 그 정도로 파격이었던 것이다.

아무리 소설이라곤 하지만, 그 무렵의 남과 북 체제를 1 대 1 동격同格으로 마주 세웠다는 것부터가 그러했다. 북 체제의 논지나 주장을 비록 북쪽 체제 여기자의 입을 통해서일망정, 이 남쪽에서 활자화시켰다는 것부터가 그 군인들의 기준으로서는 국헌國憲 위반으로 보일 수도 있었다.

그러나 그때 내가 진정으로 겁났던 것은 지금에서야 솔직하게 털어놓거니와, 북쪽 당국에다 내가 지금 남한에 살아 있다는 사실을 그러한 경로를 통해 알려주었다는 바로 그 점이었다. 물론 이 점은 오직 나 혼자만이 알고 있고, 그밖에는 북쪽의 그 처녀 여기자와 그녀의 보고를 받고 득달같이 나를 찾아와 "그게 이 동무란 말이오?" 하곤 그쪽 사진기에다 내 모습을 담아간 그 북한 군인뿐이었을 것이다. 이것은 그 당시 5·16 직후의 살얼음판 같던 삼엄한 분위기 속에서는 그냥 홀홀하게 넘어갈 수 있는 문제는 아니었던 것이다.

가령 한창 검거의 회오리바람이 휩쓸던 그 무렵 성균관대학 교수였던 조윤재 박사의 꼬드김으로 우연히 어느 모임에 나갔던 미당 서정주 시인까지도 중부경찰서에 잡혀가는 판국이었으니까. 미당이 친북? 옛날 그때나 지금이나 그건 도무지 어불성설, 말도 안 되는 소리였다.

뒤에 그 무렵의 이야기는 한동안 문단의 우스갯소리로 떠돌기도 하였지만, 진보당 조봉암 당수의 친 사위였던 이봉래 시인도 같은 중부경찰서에 잡혀갔었는데, 그 유치장 안에서의 미당의 행태는 여러 가지로 웃겼다고 한다.

독방에 갇힌 미당이 아침저녁으로 때 없이 "간수니임, 간수 나으리, 지금 몇 시나 됐습니까요?" 하고 묻는다거나, 그밖에도 뭐라 뭐라 혼자 구시렁거리던 행태는, 어떻게 저런 사람이 이 나라 제 일급의 시인일까 보냐 싶어질 정도로 웃기더라는 것이다. 그야, 그런 점으로라면 동리나 조연현 같은 사람은 애당초에 잡혀올 리도 없었다.

그 점, 미당은 시 하나는 끝내주게 잘 쓰는지는 몰라도 사람들 사는 평상인 쪽으로는 말 그대로 '푼수'에 다름 아니었다. 하지만 그래서? 그 정도로 푼수여서 어쨌다는 말인가. 나 같은 사람으로 말한다면 그때도 바로 미당의 저런 점이 기똥차게 좋았던 것이다. 아니 말은 바른대로, 좋았다기보다는 제대로 생긴 시인다워 보였다. 처음부터 웃기는 구석이 전혀 없는 조연현 같은 사람보다는, 타고난 자연 그대로의 사람 냄새가 짙게 풍겨서도 좋았던 것이다.

말하자면 저래서, 저렇게 푼수 대가리여서 바로 이 나라 제 일급의 시인이 아니겠는가.

6·25 초기 북한군이 밀고 내려올 때도 그이는 고향 쪽으로 피신을 하여, "하늘에서 무슨 소리가 들린다"고 노상 실성한 사람 같은 소리를 해대어 화제가 되기도 했었지만, 바로 그런 와중에서 그이는 '무등을 보며'나 '산중문답', '상리과원' 같은 이 나라 시 역사에 뚜렷하게 각인될 걸작들을 무더기로 내놓기도 했었다.

그 시들을 게재했던 「현대공론」지의 편집장이었던 이종환 같은 분은 두고두고 그 시들 두어 편을 자기 잡지에 실었던 것을 평생의 보람으로 여기기도 했었다.

요컨대 제대로 된 시인이란, 예술가란 난세 속에서는 바로 그런 주책바가지요 푼수 대가리였음을, 나는 5·16 직후 중부경찰서에 잡혀들어 갔던 미당의 행태에서도 예외 없이 보고 있었던 셈이다. 난세란 바로 그러해서 난세가 아니겠는가.

타협을 모르는 시인 박희진

60년대 초 언젠가, 조연현이 우리 문단에서 한창 승승장구하던 어느 날, 젊은 시인 박희진이 을지로 입구 한길에서 그이와 단둘이 딱 마주쳤다고 한다. 조연현은 명동 쪽에서 종로로 건너오던 길이었고, 박희진은 마악 명동으로 들어가던 길이었다.

　그렇게 두 사람은 정면으로 눈길이 마주친 상태로 끝까지 어느 쪽도 눈길을 피하지 않은 채 서로 엇갈렸다는 것이었다. 그때 박희진은 얼굴을 더 빳빳이 든 채 대놓고 모멸에 찬 비웃음을 조연현에게 던졌으나, 조연현도 조연현대로 끝까지 눈길을 피하지 않고 어느 동네 강아지 새끼냐는 듯이 눈 하나 깜빡하지 않고 지나치더라는 것이다.

　나는 이 이야기를 박희진에게서 직접 들었다. 박희진이 껄껄 웃으면서 방금 전에 그런 일을 겪었노라고 하던 것이었다.

　물론 다른 사람이 아닌 박희진이니까 그런 일은 능히 가능했을 것이다. 박희진도 나 이상으로 조연현 같은 사람과는 원체 기질적으로 맞지 않는 성향의 사람이었으며, 고희를 바라보는 지금까지도 그는 그러한 자신의 성품과 문학적 입장을 일관되게 견지해 오고 있다.

박희진도 나와 매한가지로 조연현에게 특별히 원한을 품을 정도로 피해를 본 일은 없었을 것이다. 조연현의 휘하에서 「현대문학」의 편집 실무를 보던 박재삼과도 시단에 갓 나온 신인 시인으로 서로 첫인사를 트고 어울려들면서 그렇게 자연스럽게 시 청탁도 받아 그 잡지에 실리고도 있었으니, 그 잡지의 주간인 조연현에게 꼭히 불만을 품을 까닭일랑 애당초에 있었을 리가 없었다. 더구나 당시의 박희진은 고대 대학원 재학 중에 조지훈의 시 추천으로 문단에 데뷔했었다. 이를테면 나와는 「문학예술」의 첫 졸업생, 동창 간이었다.

그뿐인가. 그 조지훈으로 말할 것 같으면 조연현과는 청년문협 시절부터 그 단체의 핵심 주역이었고, 1954년 문협이 두 조각으로 쪼개질 때도 월탄·동리·미당·목월·조연현 등과 함께 문협의 골수 주역이었던 것이다. 그렇다면 박희진으로서는 조지훈이 자신의 사부이듯이 조연현도 그에 맞먹는, 혹은 준하는 사부여야 응당 마땅했을 것이다.

그렇다 해도 박희진의 경우 생득적으로 조연현이라는 사람은 싫은 것이다. 당시의 문단 안에서 조연현에 대해 이러쿵저러쿵 험담을 일삼는 사람들이 원체 많아서, 그렇게 박희진도 덩달아 부화뇌동하듯이 그랬던 것이 아니고 (박희진이라는 사람은 그때나 지금이나 내가 익히 알거니와) 생득적으로 절대로 그런 사람은 싫어할 사람인 것이다.

바로 이 점은 북한과 다른 이 남쪽 사회 속 인간관계의 어느 핵심 국면과 직통되는 대목이 될 것이다. 비단 문단 안의 인간관계뿐만 아니라, 이 남한 사회 속의 어느 분야에서건 범汎 인간관계의 핵심을, 조연현과 박희진으로 대표되는 이 대목은 가장 약여하게 드러내 주고 있어 보인다. 뿔뿔이 흩어져 있는 개개인마다 끝내는 제각기 저 생긴 대로 산다는, 살 수가 있다는, 사람살이의 가장 자연스러운 모습, 바로 그것을 말이다.

조연현이 그 무렵에 아무리 문단의 주도권을 잡으며 승승장구하고 있었을망정, 박희진에게는 그것이 전혀 대단해 보이지 않았다. 그 조연현 앞에서 젊은 시인, 작가들깨나 죄다 고양이 앞의 쥐처럼 벌벌 떨며 하나같이 아양을 떨고, 조연현도 매일매일 주위의 그런 행태들에 깊이 익숙해지고 길들여져 있었지만, 박희진 입장에서는 시를 안 쓰면 안 썼지, 절대로 덩달아서 그러고 싶지가 않았다. 그렇기는커녕 그런 쪽의 인간 작태들이 통틀어 우스워 보이고 가엾어 보였다. 대강 이랬을 것이다.

바로 이 대목, 어떤 종류의 권력이건 권력과의 관계에서 이런 제각기 개개적인 끝머리 입지立地가 본원적으로 보장되어 있었던 것이 바로 북한과는 다른 이 남한 사회였던 것이다. 그리고 뭐니 뭐니 해도 바로 이 점이야말로 자유민주주의 체제의 근간을 이룬다. 지난 50년간 이 사회가 이만큼 성장해 온 그 내재율도 바로 이 대목이다.

다채로워지는 출판계

응당 당연했을 터이지만, 60년대 초의 문단도 4·19네, 5·16 이네 하는 정치적·사회적 격동은 비록 겪지만, 문단 성원 개개인에게 그 격동이 속속들이 미치지는 않았고, 차라리 어느 편이냐 하면 50년대의 연속선 속에 문단 그 자체로서의 독자성은 그대로 유지할 수가 있었다. 다시 말하면 정치적 격동이 아무리 우심하다 한들, 그것이 고냥 고대로 문단 쪽으로 압박해 온다던가 하지는 않았다.

이 점, 이 남쪽은 북한체제 쪽과는 근본적으로 달랐고 그 이상 요행스러울 수가 없었다. 가령 5·16 뒤에도 그런 쪽으로 찍혀 있던 조윤제, 이봉래, 유정, 송지영, 그밖에도 좌익 성향의 당에 관계됐던 인사들이 대거 체포되는 회오리 속에서 미당 서정주까지 얹혀서 잡혀가는 만화 같은 일도 벌어지지만, 그밖에는 이때까지 살아오던 방식대로 추호도 변함이 없이 살아갈 수가 있었던 것이다.

가령 예를 든다면 김동리, 조연현이 주도해온 명동 쪽 다방 중심의 문단 분위기는 털끝만큼도 상처를 입지 않았다. 4·19 후 한때 문단 안의 '만송족(晩松族: 만송 이기붕에 아부하고 찬양하던 부류)'을 가

90

려내자는 움직임도 전혀 없지는 않아 그런 쪽에 뒤가 구린 몇몇 사람들이 한때 매우 곤혹스러운 입장으로 몰리기도 했으나, 그것도 5·16이 터지면서 언제 그런 일이 있었더냐 싶게 금방 유야무야가 되고 있었다.

그리하여 명동 쪽의 동리, 조연현이 주도하던 문단은 '문예살롱'에서 '대성' 다방으로, 그리고 한때 잠깐은 명동극장 뒤편 골목 안의 '명천옥' 뒤 2층 다방으로 거처를 정하기도 하다가(내가 박재삼을 통해 박경리를 처음 소개받았던 것도 이 다방이었다) 다시 명동 동회장 부인이 경영하던 2층 다방 '갈채'로 전전, 정치권이 뒤집어지건 물구나무를 서건 아랑곳없이 매일같이 이른 저녁에 다방에 나와 차 한 잔 마시고는 삼삼오오 명동 바닥으로 흩어져 막걸리를 마시며 제각기 생긴 대로 기염을 토하기는 50년대 중엽이나 60년대 초나 전혀 다를 것이 없었다.

그리고 그런 종류의 행태는 예술원 발족을 계기로 '문총' — 문협에서 갈려져 나갔던 김광섭, 이헌구, 모윤숙, 이하윤, 변영로 등 자유문협 쪽 멤버들 — 도 대동소이하였다.

정동의 방송국 건물에 사무실 하나를 얻어 57년부터 이산, 김광섭 주도로 「자유문학」이 창간되고, 그 근처 세종로에 있던 김종완이 하던 「희망」 잡지사의 단골 필진들, 가령 다리 하나를 절던 악바리 평론가 임긍재에 박연희, 김중희, 그리고 김수영 등도 친구 따라 강남 가듯이 그쪽으로 합세, 몇몇 다방과 술집들이 노상 시끌짝하기는 마찬가지였다. 그들은 그렇게 저녁이면 세종로 근처에서 빈대떡 안주에 막걸리깨나 마시면서, 같은 시각 명동 쪽의 몇몇 다방과 '명천옥'

등 술집을 들락거리고 있을 동리, 조연현에 대한 악담으로 밤새는
줄 모른다는 식이었다.

그리고 종합 지성지를 자처하던 「사상계」도 「문학예술」을 흡수,
그때까지 「현대문학」 쪽에서 소외당했던 김팔봉·백철·안수길에 송
우성·이휘영·여석기·김붕구·송옥·전광용·신일철 등 대학교수들
이 대거 몰려들고, 그뿐 아니라 김성한·장용학·선우휘·손창섭에
오상원·서기원, 불초 소생에다 이어령·유종호 등이 껴들면서 50년
대 후반부터 이미 문단 판도는 크게 달라지기 시작하였는데, 이러한
대세의 흐름에 5·16이라는 것은 전혀 영향을 끼칠 수가 없었던 것
이었다. 그뿐인가, 홍사단 계열의 장리욱·김재순이 나름대로 특색
있는 종합지 「새벽」을 새로 창간하여 시인 신동문이 관여를 하면서
최인훈의 전작장편 「광장」을 얻어내어 일거에 기반을 잡아간다.

그리고 정음사, 을유문화사, 학원사가 여전히 정상에 떡하니 버티
고 있었고 세종로에 터를 잡고 있던 희망사와 시청 앞의 신태양사에
다 새로 민중서관, 계몽사, 삼중당, 신구문화사, 그리고 그보다 조금
늦지만 현암사, 삼성출판사, 휘문출판사 등이 우후죽순처럼 일떠서
면서 출판계와 문단 전체가 흥청흥청 다양화되기 시작한다.

특히 58년에 민중서관이 36권짜리 문학대전집을 우리 역사상 처
음으로 발간하여 이미 충격을 주고 있었다. 대저 세상 흘러가는 자
연스러운 추세가 그러하고 한 사회가 변화해가는 실제 국면도 그렇
게 진폭이 엄청 커서, 어느 한 단면만을(가령 '60년대 초' 하면 으레껏
4·19와 5·16만을 주축으로) 단선적으로 접근해서는 그 전체 상像을
잡기가 어렵게 되거니와, 60년대 초 불과 몇 년 어간에도 어느새 문

단이나 출판계는 그야말로 천지개벽이라 할 정도로 엄청나게 바뀌어져 있었는데, 그것은 흔히 운위되듯이 4·19나 5·16 격동에 따른 것이기보다는 훨씬 더 깊은 사람살이 그 자체의 흐름에 따른 것이었다.

그리고 정작 그 속을 살아가는 사람들은 (혹은 글쟁이들은) 마구잡이로 뒤엉켜 있는 구태舊態와 새 기류를 제각기 제 형편과 제 사정만큼으로 뒤섞어 붙안은 채 같이 어영부영 휩쓸려가고 있었다.

물론 나도 예외는 아니었다.

1950년 12월 9일, 만 열여덟 살의 소년으로 단신 홀몸으로 월남해 왔던 나도 미처 이렇다 할 나 나름의 세계관이나 인생관의 싹이나마 움틀 새 없이 단지 그때그때 이리저리 내동댕이쳐지듯이 살아오다가, 61년 스물아홉 살에 쓴 단편소설 「판문점」으로 제7회 '현대문학상'을 받기에 이르렀고, 역시 같은 해 「사상계」 7월호에 발표한 단편소설 「닳아지는 살들」로 제7회 '동인문학상'을 연달아 타게 되었다.

이리하여 나로서는 이게 꿈인가 생시인가, 그저 어리삥삥해지며 단신 홀몸으로라도 이렇게 월남해 왔던 것이 거듭거듭 요행으로만 여겨졌다.

그리고 나는 예술원 주최 '이육사 탄생 100주년 기념 심포지엄'이 열렸던 안동엘 갔다가 겪은 기이한 경험 한 가지를 털어놓을까 한다.

지난 1998년, 이곳 청하동 택지개발 때 어느 무덤 하나에서 우연히 출토된 1586년의 한 아낙네의 애절한 글이 바로 그것이다.

죽은 남편 이응태에게 보낸 그 마지막 편지의 글은 용케도 원형이 그대로 보전되어 400여 년 만에야 우리 앞에 모습을 드러냈는데, 그 편지 내용은 다음과 같다.

원이 아버지에게 병술년 유월 초 하룻날 아내가.

'당신 언제나 나에게 둘이 머리 희어지도록 살다가 함께 죽자'고 하셨지요. 그런데 어찌 나를 두고 당신 먼저 가십니까. 당신 나에게 마음을 어떻게 가져왔고, 또 나는 당신에게 어떻게 마음을 가져왔었나요. 함께 누우면 언제나 나는 당신에게 말하곤 했지요. 여보, 다른 사람들도 우리처럼 서로 어여삐 여기고 사랑할까요? 남들도 정말 우리 같을까요? 어찌 그런 일 생각하지도 않고 나를 버리고 먼저 가시는가요? 당신을 여의고 아무리 해도 나는 살 수 없어요. 빨리 당신께 가고 싶어요. 나를 데려가 주세요. 당신을 향한 마음을 이승에서 잊을 수가 없고 서러운 뜻 한이 없습니다. 내마음 어디에 두고 자식 데리고 당신을 그리워하며 살 수 있을까 생각합니다.

이 내 편지 보시고 내 꿈에 와서 자세히 말해 주세요. 꿈속에서 당신 말을 자세히 듣고 싶어서 이렇게 써서 넣어 드립니다. 자세히 보시고 나에게 말해 주세요.

당신 내 뱃속의 자식 낳으면 보고 말할 것 있다 하고 그렇게 가시니, 뱃속의 자식 낳으면 누구를 아버지라 하라시는 거지요? 아무리 한들 내 마음 같겠습니까? 당신은 한갓 그곳에 가 계실 뿐이지만, 아무리 한들 내 마음 같이 서럽겠습니까? 한도 없고 끝도 없어 다 못 쓰고 대강만 적습니다.

이 편지 자세히 보시고 내 꿈에 와서 당신 모습 자세히 보여 주시고 또 말해 주세요. 나는 꿈에 당신을 볼 수 있다고 믿고 있습니다. 몰래 와서 보여 주세요. 하고 싶은 말 끝이 없어 이만 적습니다.

어떤가. 이 글이 1586년, 그러니까 지금으로부터 4백 몇 십 년 전의 글이라는 것을 곰곰 한번 생각들을 해보자. 그 마음속 정경까지 이렇게도 손에 잡히듯이 속속들이 약여할 수가 있을까. 요즘 항간에 나도는 저 수많은 시다, 소설이다, 라는 거며, 그런 것 써내는 우리 글쟁이라는 사람들, 이 원이 엄마의 글을 100번쯤은 읽어보아야 하지 않을까.

연상의 전광용과 동인문학상 공동수상

최근에 우연히 아직 일면식도 없는 문재호라는 젊은 문학도가 모 대학의 학술논문집에 발표한 「이호철의 '닳아지는 살들'에 나타난 담론 연구」라는 꽤나 긴 연구논문을 접하고, 이 작품을 쓰던 30여 년 전을 내대로 새삼 떠올리며 야릇한 감회에 젖기도 했지만, 사실 이 작품은 60년대 그때부터 천이두·정명환을 비롯, 여러 평론가들이 지난 30년간 수없이 다루어 주었고, 김승옥·최인호 같은 작가가 고등학생 때 이 작품이 소설 문장 공부에 매우 도움이 되었노라고 실토하기도 하여, 그런 소리를 들을 때마다 나로서는 흐뭇하기도 했었다.

그런데 이번에 문재호라는 사람이 쓴 이 논문은 하나의 작품론으로서는 더 이상 바랄 수 없을 정도로 철저하고 면밀하여 작가인 나 자신부터 내심 혀를 내둘렀었고, 이때까지 그다지 관심을 안 가졌던 대학교 국문과의 젊은 사람들 일부의 피나는 공부와 높은 수준에는 이 땅에서 40여 년 간 소설을 써온 한 작가로서도 새삼 뿌듯한 보람을 느끼며 고무됐었다.

사실은 이 작품이 제7회 동인상을 받게 되는 데에는 약간의 곡절이 있었다. 그 당시 규정은 주로 단편소설을 대상으로 하되, 전년 8월호부터 7월호까지 발표된 작품으로 잡고 있었다.

물론 발표 지면은 기본적으로 제한을 두지는 않았다. 그러나 그 당시의 우리 작단 형편으로는 이심전심 누구나가 승복하지 않을래야 않을 수 없는 공통 감각 하나가 있었으니, 대강 「사상계」와 「현대문학」 그리고 57년에 창간된 「자유문학」, 이렇게 세 잡지에 실린 작품들이 주 대상으로 오를 수밖에 없었던 것이 그것이었다.

그때까지의 역대 수상자 면면을 보더라도 제1회에 김성한, 2회 선우휘, 3회 오상원, 4회 손창섭으로 이어지다가 5회는 당선작을 못 내고 두 사람의 후보작으로 이범선과 서기원, 그리고 6회에도 당선작을 못 내고 후보작으로 남정현을 내는데, 사실 여기에는 문제가 없지 않았던 것이다.

예를 든다면 「오발탄」과 「이 성숙한 밤의 포옹」이 끝머리에 가서 경합이 붙은 것은 그렇다 치려니와, 그 두 작품이 4회까지의 수상 작품보다 과연 못하냐 하는 점에 들어서는 애당초에 문제가 있었던 것이었다. 오늘에 와서는 그 세 사람 모두 똑같이 본상 수상작가로들 취급하고 있거니와 그때 처음부터 응당 마땅히 그래야만 했던 것이다.

5회부터 6회에 부딪친 심사 과정에서의 이러한 문제는 7회 심사에서도 여지없이 부딪쳤던 모양이었다. 전광용의 「꺼삐딴 리」와 나의 「닳아지는 살들」이 또 결선에서 맞붙은 것이다. 이런 경우 바둑이나 축구, 농구, 배구 같은 스포츠 경기라면 몰라도 소설 심사인 경우에는 여간 곤혹스럽고 난처해지지 않는다.

심사위원 한 사람 한 사람의 문학 취향이나 사사로운 인정이 껴들기 십상인 것이다. 당시의 심사위원은 1회 때부터 내리로 심사를 맡아왔던 김동리에, 황순원, 최정희, 그리고 평론가 백철과 영문학자 여석기였다.

그때 초장부터 여석기가 불문곡직하고 내 「닳아지는 살들」을 적극 밀며, "우리나라에도 이런 작품이 나오는 것을 뵌, 이제 제대로 구미 선진국에서와 같은 수준의 현대적 실험소설이 가능해졌다"고 극구 칭찬을 했던 모양이었다.

동리도 일단 그 점은 인정하면서도 조금 떨떠름해 했던 것 같았다. 내가 작단에 처음 나올 때부터 두 번째 추천작품이었던 「나상」을 입이 닳도록 칭찬했던 터라, 응당 그 상을 탈 만한 신인이라는 것은 인정하고 있었지만, 나보다 15년이나 연상에 서울대학교 국문과 교수인 백사 전광용과 맞겨루게 됐으니, 그이로서도 여북 곤혹스러웠을 것인가.

최정희 입장으로서도 그랬을 것이다. 작품 경향이야 어찌 되었건 두 작품 모두 탈 만한 작품 수준임을 인정하는 터에, 한쪽을 떨구면서 다른 한쪽으로 편을 서기가 얼마나 난감했을 것인가. 더욱이 백사나 나나, 당신과 같은 함경도 출신으로 남달리 친숙한 정을 나누던 터가 아닌가.

그 당시 나로서도 그랬다. 감히 백사와 맞겨룬다는 것은 어쩌다가 한번 그럴 수 있었다는 것만으로도 과남하게 생각해야 할 일이었다.

불과 몇 년 전, 51년이던가, 동래 온천장 미군 재크 기관에 근무할

1962년 제7회 동인문학상을 수상하고 나서. 앞줄 왼쪽부터 장준하 선생 미망인, 김동인 선생 미망인, 이호철, 정광룡, 김동인 선생의 두 자제. 뒷줄 왼쪽부터 양호민, 김준엽, 김동리, 황순원, 장준하, 백철, 안수길, 여석기 등이 함께 하였다.

때 서울대학 국문과 응시 원서까지 써서 디밀어보기까지 했던 것이었다. 부산 피난 시절 내 기억으로 그때 서울대학과 동국대학이 가까이 이웃해 있어 원서를 어느 쪽으로 넣을까 망설이다가 서울대학 쪽으로 정했던 것이었다. 그러나 결국 끝내 응시는 못했었다. 당장은 재크 경비원으로 있다고 하지만 언제 어느 때 별안간 어떤 일에 휘말릴지 알 수가 없는 내 처지로서는 '과욕이다' 싶었던 것이다.

그런데 그로부터 4년이 지나 55년 겨울 명동에서 백사와 첫인사를 나누며 술자리를 같이 했을 때는 내가 털어놓은 그 이야기를 듣자마자, 백사 쪽에서 더 여간 아쉬워하질 않던 것이었다. 그이 특유의 함경도 사투리를 섞어 대번에 흥분을 하며 "항이 그런 일이 있었음매? 그때 응시를 했더면 날 만났겠구먼. 구두시험을 나한테 쳤었겠구먼. 앙이앙이, 그랬더먼야 여부 있나, 기냥 합격이었지머. 아, 내가 뉘긴데 이 형 같은 사람을 놓쳤겠수까. 앙이, 저런 아까버라! 부산서 그런 일이 있었구먼" 하고 진정으로 아쉬워하고 아까워했던 것이었다. 그런데 그 부산 시절부터 꼭 10년이 지나서는 바로 그이와 제7회 동인상을 두고 결선을 하게 되었으니, 나로서야 그것만으로도 감지덕지 과남했던 것이었다.

뒤에 알게 되었거니와 끝내는 나를 추천했던 황순원 선생께서 나서서 백사와 나를 공동 수상자로 정하는 게 어떻겠냐고 제안을 하여, 이번만은 사측에서 정해진 상금 5만 원에다 만 원을 더 얹어 6만 원을 내도록 교섭을 하여, 결국 3만 원씩 받으면서 둘이 같이 제7회 수상자의 영예를 안게 되었던 것이었다.

그 상금으로 나는 동료문인 여나믄 명을 불러 요즘으로 치면 해외여행이라도 가듯이, 버스 타고 멀리 멀리 태릉으로 단풍 구경을 가기도 했었다.

고교 후배 최인훈의 등장

60년대로 들어서면서 소설 쪽으로도 주목할 만한 신인들 몇이 새로 등장하는데, 60년의 최인훈, 61년의 서정인, 그리고 62년의 김승옥 등을 들 수 있을 것이다.

우선 최인훈의 장편소설 「광장」은 4·19 후에 새로 창간된 종합지 「새벽」에서 편집 일을 하던 시인 신동문이 입수하여, 그만한 분량을 한꺼번에 전재全載하여 기세를 잡았다. 이건 그야말로 당시의 우리 문화계에 회오리바람을 일으키면서 「새벽」지를 일거에 반석 위에 올려놓는 계기를 이루었다.

이런 일은 97년 요즘도 함부로 시도할 수 없는 특수한 경우에 속할 터이거니와, 특히 당시의 가부장적인 문단 체제하에서는 명실공히 천지개벽과도 같은 대담무쌍한 편집이었다. 신춘문예나 소정의 문학잡지 추천을 거치지 않은 채, 전혀 이름 없는 새파란 신인을 매달 연재도 아니고, 일거에 이렇게 대접한다는 것은 그때로서는 거의 상상도 할 수 없었던 것이다.

편집 기획 면에서 명실공히 역사적인 전기를 획했다고 볼 수가 있

최인훈과 작품심사 광경

었다. 그러나 한편으로 생각하면, 슬그머니 안면 닦고 혹은 미친 척하고, 능히 이럴 수가 있었던 것이 바로 4·19가 몰아온 일종의 사회 변화이기도 하였다.

기왕의 재래적인 문단 틀을 그 정도로 원천적으로 무시하며, 시쳇 말로 마구잡이로 나간다 한들 누구 하나 뭐라고 시비를 걸 사람이 이미 없었던 것이다. 이를테면 이것은 새파란 시인 김관식이 장면 전 총리에 맞서 미친 척하고 용산구에서 국회의원 출마를 했던 것과 한 쌍을 이루는 행태였다고도 볼 수가 있었다. 그리하여 김관식은 응당 떨어질 만해서 떨어졌지만, 반대로 최인훈 「광장」은 무법천지 속을 그야말로 승승장구할 수가 있었던 것이다. 바로 그런 시절이었다.

그로부터 근 40년이 지난 오늘에 이르기까지 우리 사회는 정치·경제·문화 어느 분야건 이런 종류의 행태가 우리 사회 전 국면으로 확대 재생산되어 왔던 것이 아닐까. 이를테면 4·19 후의 문화 내지 문단 쪽에서 감히 내로라하고 주인을 자처해 나서는 사람이 아무도 없어진 상황을 신동문이 날렵하게 엄습한 일종의 기습이 바로 최인훈의 「광장」이었다고도 볼 수가 있었다.

그 당시 최인훈은 육군 중위였다. 법과대학을 다니다가 중도에 육군에 입대를 했다. 내가 세종로의 월계다방에서 남정현을 통해 처음 인사를 텄을 때에도 그는 육군 중위 견장을 단 군복 차림이었고 비쩍 마른 청년이었다. 그리고 조금 어눌한 목소리로 뜨염뜨염 지껄이는 그의 이야기를 들으면서 나도 아슴아슴 기억이 되살아나던 것이었다.

실은 최인훈은 북한에서 내가 다녔던 원산고등학교의 2년 후배였다. 본시 함경북도 회령 태생인데 48년엔가 원산 송도원 옆으로 솔가해 와서 역시 내가 다녔던 한길중학교에 편입을 했었다고 한다.

그리하여 내가 고3 때 그는 고1이었고, 7개 학급 속의 6반에 속해 있었다. 그리고 고3 때 나는 전교 문학서클의 책임자로 있었는데, 1학년 6반에 매우 자질이 있는 아이가 하나 있다고 해서 어느 날 점심시간이 끝날 무렵에는 그에게 문학서클에 들도록 권고하기 위해 6반까지 찾아가 보기도 했던 터이었다.

그렇게 복도 창문으로 들여다보며 최인훈이라는 아이가 누구냐고 창가에 앉은 한 반 아이에게 물어본즉 둘째 줄 앞에서 두 번째인가 앉았던 최인훈을 가리켜, 그 학급으로 마악 들어서려 할 때 마침 수업시간이 시작되며 선생님이 들어서는 것과 맞부딪쳐 그냥 돌아섰던 것이었다.

그러나 그때 순간적으로 흘낏 보았던 그 소년의 얼굴 생김새는 여직 머리 한구석에 박혀 있었는데, 그로부터 10년이 지난 60년대 초에는 그나 나나, 다 같이 월남을 하여 지금 비쩍 마른 육군 중위 차림의 이런 최인훈과 월계다방에서 마주 앉아 있었던 것이었다.

더구나 고1 때의 최인훈 반의 담임은 국어선생 김희진 선생님이었던 것도 기이하다면 기이하였다. 그이는 내가 고1 때 우리 반 담임이었고 그때 내가 조금 긴 시 한 편을 써서 크게 칭찬을 들었었고 귀염을 독차지했었는데, 최인훈도 바로 같은 고1 때 역시 담임이었던 김희진 선생님에게 재주가 있다고 귀염을 독차지했다는 것이 아닌가. 이것은 또 웬 인연이었다는 말인가.

실은 그 김희진 선생님도 우리가 월남하던 50년 12월에 같은 배를 타고 월남, 처음에는 엿장수나 행상도 하다가 어느 고등학교 국어선생으로 들어갔다는 이야기를 전해 들었었다. 그 이야기를 전해 주었던 것도 다른 사람이 아니라 고3 때 내 반의 담임이었으며 국어문법을 가르쳤던 손태산 선생님이었다.

그 선생님은 51년 가을 어느 날인가, 임시수도하의 구포 어느 여학교의 교직에 몸담고 있으면서 기별을 해와서 나 혼자 찾아갔었는데, 마침 가는 날이 장날이라고 그날이 그 학교의 운동회 날이었다. 그때 김희진 선생님 소식뿐만 아니라 원산고등학교에 재직 중이던 여러 선생님들 소식도 들을 수 있었는데, 그때도 새삼 놀랐거니와 선생님들 중의 8, 9할이 죄다 월남해 온 것을 확인했었다. 그때도 그 손태산 선생님이 혼자 푸념하듯이 말했었다.

"이제 북에는 남은 사람이 없다고 보면 돼. 제대로 사람 같은 사람은 한 사람도 빠지지 않고 죄다 월남했다고 알면 돼. 쌍놈의 새끼

들……." 하고.

　이 대목에서도 어언 50년이 지난 오늘의 남북 관계의 생생한 원천과 본질을 새삼 확인하게 되거니와, 아무튼 오늘 우리 작단에서의 우리 두 사람의 위상을 떠올릴 때도 나와 최인훈이 같은 원산고등학교 2년 선후배였다는 사실은 새삼 뿌듯한 감회로 와 닿는다.

시인 신동문과의 만남

그렇게 최인훈의 「광장」을 「새벽」 잡지에 일거에 전재하여 문단 뿐만 아니라 그 당시의 우리 사회에 일대 충격을 준 신동문이라는 시인은 대저 어떤 사람이었을까.

내가 신동문을 맨 처음 만난 것은 55년 늦가을이나 초겨울로 기억된다. 겨울 날씨치고는 드물게 푸근한 날씨였다는 것도.

나는 그해 「문학예술」지 1월호를 통해 두 번째 추천이라는 문단 등용의 관문을 통과해 있었는데, 명동성당 서쪽 담에 거의 붙어 있다시피 한 허름한 왜식 2층집 식당에서 그를 처음 만났다. 시도 쓰고 뒤에는 영화평론을 하며 영화잡지도 하던 이영일의 소개로였다. 그때 나는 이영일과도 동방살롱 같은 데서 더러 만났던가, 피차에 안면이나 겨우 익힐 정도였는데, 그날 저녁 이영일이 일부러 문예살롱까지 나를 찾아와 끌어낸 것으로 미루어, 그건 내 추천작 「탈향」과 「나상」을 읽었던 신동문의 채근에 말미암았던 것으로 짐작된다.

신동문과 이영일은 공군 하사로 같이 있으면서 친숙하게 지냈던 모양인데, 바로 그때 신동문은 폐결핵인가로 마산 요양원에 있다가

신동문 시인

모처럼 서울로 올라왔다던 것이었다. 이건 정확하지는 않지만, 어쩌
면 그때 신동문은 조선일보 신춘문예에 응모할 시 원고를 갖고 모처
럼 어렵사리 상경하지 않았었을까. 그렇게 나를 만나고 싶노라는 뜻
을 이영일에게 발설했던 것이 아니었을까.

우리 셋이 들어간 그 2층 식당은 그날 저녁 손님이라곤 우리 말고
단 한 사람도 없었다. 휘영청하게 널따란 다다미방이었다. 서창으
로는 해질녘의 석양이 유난히도 찬란하게 들이비쳤던 일이 지금까
지도 묘할 정도로 선연하게 기억된다. 그리고 또 한 가지, 우리 셋이
마주 앉은 그 식당 2층 방의 입구 구석 켠 축축하게 습기 찬 바닥이
다다미 깔린 채로 삐딱하게 내려 앉아 꿀렁꿀렁하여, 위험신호로 새
끼줄을 쳐 놓고 있었던 점이었다. 그 점도 묘하게 강한 인상으로 아
직 남아 있다.

원체 낡은 2층 집 적산가옥이었던 것이다. 신동문과 이영일이 나
란히 앉은 상 맞은편에 내가 혼자 앉았었고 우리는 막걸리에 빈대떡
에 동태찌개 같은 것을 시켰던 것 같다.

그렇게 금방 해가 지고, 우리 셋 말고는 여전히 개미 새끼 한 마리
얼씬하지 않았다. 천장에서 파리똥이 까맣게 붙은 알전등 하나가 줄

에 매달려 내려드리운 가운데 연성 막걸리 주전자가 가파른 층층다리로 오르내렸고, 술 취한 내가 많이 지껄인 데 비해 신동문은 처음부터 끝까지 별로 말이 없었다. 두툼한 입술부터가 과묵형이었다. 초록색 공군 털잠바 차림으로 시종 반듯하게 앉아 술도 그닥 많이 마시지를 않았다. 드물게 참하고 그러면서도 의협심이 강해 보였다. 나보다 서너 살 위였다.

그 뒤 57년 봄이던가, 그때는 이미 신동문이 조선일보 신춘문예에 시가 당선되어 있었는데, 당시 내가 몸담고 있던 출판사의 일로 청주에 출장을 갔다가 다시 만났다. 그때는 우연히 들렀던 청주시내 한 서점에서 박맹호와 정인영을 우선 만났었는데, 정인영은 현대문학에 계용묵의 1차 추천으로 소설이 마악 나왔고, 박맹호는 바로 2년 전 55년에, 한국일보 신춘문예에 「자유만세」를 투고, 화제를 일으켰던 바로 그 장본인이었다.

그때 당선작과 가작으로 오상원의 「유예」와 정한숙의 「전황당인보기」가 나란히 입선되었는데, 심사위원의 한 사람이던 평론가 백철은 끝까지 「자유만세」를 고집, 같은 심사위원이었던 동리와 최정희로 하여금 곤혹스럽게 했다던 것이었다. 심사 후기에까지 그런 사연이 나와 있어 서울대 불문과 출신의 박맹호라는 이름은 알 만한 사람에게는 널리 알려져 있었다.

그 서점에서 정인영이 나더러 아무개가 아니냐고 물어 그렇다니까, 입놀림이 걸쭉한 박맹호가 옆에 서 있다가 대뜸 "흥, 두 천재가 해필이믄 여기서 만나는군! 하기사 서점이니까" 하고 그이 특유의 어투로 빈정대었던 것까지 묘하게도 선렬하게 기억되는 건 무슨 조횟속인지 모르겠다. 그러자 정인영도 비시시 웃으면서 "쓸데없는 소리 마" 하고 박맹호에게 가볍게 핀잔을 주면서 나에게 인사를 시켰던 것이다.

"아 그래요? 바로 박맹호 씨군요. 그렇잖아도 그 「자유만세」를 한번 읽었으면 했는데" 하고 나도 대뜸 반색을 하여, 우리는 금방 십년 지기라도 된 듯이 신동문이 지금 시각에 틀림없이 나와 있을 것인 근처 2층 다방으로 찾아갔던 것이었다.

난로가 벌겋게 달아 있는 그 2층 다방은 벌써 그 시각에 당시의 청주시내 문학인들로 와글바글하였다. 그렇게 민병산을 소개받고 또 누구를 소개받고, 돌아가면서 소개받는 족족 덮어놓고 팔을 아래 위로 활개치듯 휘저으며 연성 악수를 하였다.

그리고 그날 저녁에는 최병길 변호사가 걸판지게 집에서 한판을 호화판으로 벌여 신동문에, 민병산에, 박맹호에, 전인영에, 그때 서울대 법대 4학년생으로 학생위원장이라던 남재희에, 여류시인 박정희까지도 한자리에 어울려 걸판지게 마셔댔었다.

그 뒤 이야기거니와, 최병길 변호사는 국회의원으로 네다섯 번이나 출마, 번번이 낙선을 하여 끝내는 거의 알거지가 된 채 어린 딸아이가 유세장에 나와 유권자들에게 눈물로 호소하기도 했다는 신문 기사를 읽으면서 무척 가슴이 아프기도 했으나 어쩔 것인가. 나로서야 별 뾰족한 방법이 있을 리가 없었다. 결국은 그렇게 얼마 뒤에 그이는 세상 떠났다던 것이었다. 이게 더도 덜도 아닌 바로 자유천국이라는 대한민국이기도 하였다.

결국은 그날 저녁 만취상태로 신동문에게 이끌려 어딘가 논두렁

밭두렁 길 같은 곳을 한창 더듬어 우람한 조선기와집 고옥에 닿아 파파 늙었으되 단아하게 품위 있던 그의 모친에게 큰절을 하곤 묘하게 생겨 있던 그 댁 길쭉한 좁은 방에서 잤었다.

청진동 시절의 주역

그 뒤 신동문은 60년대로 접어들면서 일찌감치 상경, 초기의 「새벽」지 편집에 관여하다가 곧이어 한때는 명동극장 주인이 인수하여 경영하던 경향신문사 특집부 기자 노릇도 한다.

그 무렵에 신동문이 써서 발표했던 조국의 산천을 노래한 시 하나가 북한의 당 기관지 노동신문에 전재轉載되기도 하여 18일 동안이라던가, 서대문 구치소에 구속되기도 하였으나 기소유예로 풀려나기도 한다.

그 뒤 이어령의 알선으로 신구문화사로 옮겨 앉아 60년대 문단의 주류를 형성하게 될, 일컬어 청진동 시절의 주역의 한 사람으로 등장하며 「전후문학전집」, 「한국의 인간상」, 「세계사 인간상」, 오영수, 박연희로부터 시작된 「현대한국문학전집」 18권 등을 비롯하여 그 밖에도 굵직굵직한 전집물들을 편집 발간하면서 우리 국학과 문학에 의미 있는 기여를 한다.

사장은 일찍이 서울 상대를 나온 파주 사람 이종익이라는 사람으로 겉으로는 느물느물하면서도 매사에 빈틈 없는 사람으로 알려졌었다. 그이도 우리 사회의 급한 회오리를 따라 70년대 말에는 출판에서 거의 손을 떼다시피 하고 신구전문학교를 설립, 후학들 교육쪽으로 방향을 틀었었는데, 80년대 중엽인가, 강원도 영월 쪽으로가다가 눈에 미끄러져 차 사고를 당하여 아깝게도 세상을 떠났다.

이렇게 60년대 초반 몇 년 동안에 청진동의 신구문화사를 중심으로 우리 문단 분위기가 홱 바뀌게 되는데, 물론 이미 50년대 말에대형 한국문학전집을 낸 민중서관이나 노양환·곽학송의 노력으로「이광수전집」을 낸 삼중당의 자취도 소홀히 넘어갈 수는 없겠고, 그밖에도 전봉건이 편집하던 「문학춘추」나 원웅서 편집의 「문학」 등단명한 잡지들도 없진 않았지만, 60년대적으로 새롭게 바뀌는 젊은문단 쪽에 초점을 맞출 때는 단연 그때 이어령이 관여하고 신동문이몸담고 있던 신구문화사를 떠올리지 않을 수 없다.

「전후문학전집」과 18권짜리 「현대한국문학전집」을 만들던 신동문의 주위에 젊은 사람들이 몰려들었고, 한창 젊었던 소설가 김문수, 평론가 염무웅·김치수 등이 그의 휘하에서 일을 거들기도 했던것이었다.

신동문은 그런 쪽으로도 가장 어울리는 인품이었다. 중키에 표준형의 체대에 입술이 조금 두꺼운 것이 특색이라면 특색일까. 타고난위엄 같은 것이 있었고 무언지 모르게 사람을 끄는 힘을 지니고 있었다. 사람이면 누구나 항용 지니고 있는 일정 수준의 자기 잇속 챙기는 구석을 드물게도 신동문은 본원적으로 넘어서고 있었다.

그건 흔한 먹물 끼 섞인 달관 같은 따위가 아니라, 그의 경우는 거의 생득적인 것이었다. 그리하여 선배들은 선배들대로 그를 미더워

하였고, 후배는 후배들대로 형님처럼 따를 수 있었다. 구상 시인은 말할 것도 없고 동리까지도 신동문이라는 사람은 한 몫 단단히 놓고 있었음을 나는 알고 있었다.

나도 어느새 이렇게 형님처럼 대하곤 했는데, 그 무렵 명동으로 말한다면 금문다방 시절, 백기완조차 신동문에게만은 대놓고 형님 대접을 깍듯이 했던 것이었다.

그때의 나로 말한다면 백기완을 슬금슬금 피하곤 하였는데, 내가 금문다방 위의 3층 바둑 집에 드나들지 않은 탓도 있었지만, 꼭 의도적이었다기보다 내 나름의 직관으로 그렇게 됐었는데, 그러니까 백기완과 나는 피차에 상대가 누구라는 것은 훤히 알고는 있었으면서도 딱 부러지게 인사를 나눈 일은 한 번도 없었다.

그 무렵의 일화로 잊혀지지 않는 한 가지가 있다.

이건 내가 직접 내 눈으로 본 일은 아니었고 누군가에게 들은 이야기였거니와, 64년의 6·3 사태 직후였다고 한다. 일초 고은도 신동문에게는 그렇게 형님 대하듯이 깍듯이 대하고 있었던 것으로 아는데, 그렇게 어느 날 6·3 사태의 주역이었던 김중태와 비슷한 주역이었던 또 한 사람, 그리고 백기완에 고은이 점심나절에 술 한 잔씩 마시고 얼근히들 취해 충무로 길을 걷는데, 김중태와 그 한 패거리의 젊은 사람이 번갈아 고은에게 손찌검을 했었다고 한다. 아마도 점심 때 설왕설래했던 토론 같은 것의 연장으로 그런 행태에까지 이르렀던가 보았다.

그러나 고은은 그때마다 길 한가운데 벌렁 넘어졌다가는 벌떡벌떡 되일어나 같이 걸었다고 한다. 그렇게 저만큼 신세계백화점이 보이는 충무로 입구까지 걸어오는 동안 네댓 번이나 연속적으로 그런 일이 되풀이되자, 보다보다 못한 신동문이 이게 뭣들 하는 짓이냐고 우선 백기완에게 일갈, 일거에 그 자리를 수습했었다고 한다. 아닌 게 아니라 이런 경우의 신동문은 매우 단호하고 나름대로 위엄도 있었을 것이다.

훨씬 뒤 73년 말, 장준하가 '개헌청원 백만인 시국성명'을 주도하며 당신 혼자서 불덩어리가 되어 우선 30명의 발기인을 모을 때였다. 그이가 불광동의 우리 집에 헌털뱅이 지프차를 타고 왔을 때는 아직 해 떠오르기도 전, 영하 15도의 혹한의 날이었다. 그이는 내 방으로 들어서자마자 양말 신은 속에서 그 문건(개헌청원 백만인 시국성명)을 꺼내며 첫마디가 "신동문 형께서도 벌써 도장 찍어 주었소. 그러니 모든 건 나 혼자서 감당할 터이니 여기다 이 형 도장 하나만 눌러주소" 했던 것이다.

그때 나로서야 이 혹한의 날씨에 그이 홀로 고생하는 것이 안쓰러워서라도 즉각 도장을 눌러드릴 요량이었지만, 그이께서 득달같이 나간 뒤에 혼자서 곰곰 생각해보니 조금 우습기도 했었다. 그이로서는 이런 경우에도 신동문의 이름을 대어야 내가 마음 놓고 응하리라고 계산했던 것이었다. 뒤에 알았지만 신동문은 그런 문건에 도장을 찍은 일은 없었다. 그러나 그때 장준하가 그런 일로 찾아갔었다면 필경 신동문도 틀림없이 도장을 찍었을 것이었다.

그나저나 아무튼 장준하도 신동문이라는 사람을 그런 정도로 벌써 평하고 있었던 것이었다.

1950, 60년대의
우리네 문학인들의 형편들

그 무렵 한때 「학원」 잡지로 승승장구하던 '학원사'에서는 대대적인 기획물로 '위인 전집'을 내게 되어 그 편집 일을 맡았던 총책임자는 함경도 사람 이주철이었는데, 그이는 같은 함경도 정평 사람 최현식과 막역한 친구 사이였다.

그 최현식은 1957년에 조선일보의 신춘문예에 단편소설 「노루」가 당선되어 데뷔하였고, 최정희 여사와 고향 쪽에서 아접 조카뻘이었다. 그리하여 나와는 열 살 가까이 나이 차이가 있었지만, 나로서는 그이가 문단 후배뻘이어서 금방 친구처럼 사귈 수가 있었다.

특히나 그 무렵 최현식은 군에서 마악 제대하여 노모에 처자까지 딸려 있어 하루하루가 어려운 상태였다. 매일 끼니때면 심란한 모습으로 다방에 앉아 있곤 하였다. 집에 쌀이 한 톨도 없는 걸 아침에 보고 나왔다는 거였다.

"이거 정말 어쨌음 좋겠지비" 하고 순 함경도 사투리로 울상을 짓곤 하였다.

같은 함경도의 가까운 이웃이었던 전광용에게도 더러는 구원을 청하는 것 같았다. 그때 서울대학교에 몸담고 있던 전광용은 조금 나은 편이 아니었을까. 그 점에 있어 전광용은 특히 인정이 많고 따뜻한 사람이었다.

최정희 여사나 박연희는 같은 함경도 사람이면서도 좀처럼 그런 내색을 안 냈다. 아침에 나올 때 쌀이 바닥이 나 있는 것을 뻔히 보고 나왔으면서도, 저녁에 어느 술자리에라도 어울려들면 박연희 같은 사람은 어느 누구보다도 호쾌하게 웃으면서 마신다. 그 모습만 보아서는 집에다 쌀가마니를 쟁여 놓고 있는 사람 같은 모습이었다.

한데 '학원사'에서의 그 '위인전' 기획은, 하나같이 어슷비슷한 처지에 있던 그 무렵의 문학인들에게는 그야말로 구원의 여신이나 다름이 없었다.

나폴레옹이니 알렉산더 대왕이니 진시황이니 공자니 석가니 톨스토이·괴테·셰익스피어 등등 전 세계의 위인들을 망라하였는데, 그 무렵의 우리네 출판사 형편으로서는 독자적으로 꾸려낼 능력이 애당초에 없었다. 아닌 말로 소크라테스를 책으로 내자고 해도 독자적으로 써낼 만한 집필자를 찾아내기가 힘이 들었다.

그러니 별 수 없이 일본에서 나온 것을 그냥 번안飜案해 낼 밖에 다른 방법이 없었다. 그렇게 최정희며 방기환이며 누구며 누구며 '학원사' 주위의 문학인들은 그 번안물 하나씩을 맡아, 일본어로 나온 책을 출판사에서 받아다가 번역해 내었다.

하지만 세종대왕, 을지문덕, 이순신, 왕건 등은 그럴 수가 없었다. 그건 누군가가 오리지널로 써내야 하는 것이었다. 한데 당시의 우리네 문학인들로서는 제대로 생긴 자료만 찾자고 해도 막막한 판이라, 누구 하나 선뜻 맡으려고 하지를 않았다. 출판사로서도 난감할 수밖에 없었다.

바로 그때 최현식이 이주철을 통해 두어 개 번안물을 맡아 해 내고, 이순신도 일단 자기가 쓰겠다고 맡았던 모양인데, 도무지 엄두가 나지 않았던 모양이었다.

어느 날 그는 고심 끝에 은근슬쩍 나한테 귀띔을 하며, "이 형이 할 생각이 있으면 해 보라구. 난 도저히 못 하겠어" 하질 않는가.

나는 그걸 제꺽 맡았다. 2백자 원고지로 850장 정도 써야 한다는 거였다.

하지만 나라고 별 뾰족한 수는 있을 리가 없었다. 사방으로 이순신 자료를 구해 보았지만, 썩 맞춤한 것이 나와 주지는 않았다.

아직 유성룡의 「징비록」도 나오기 전이었고, 이순신의 「난중일기」도 한글판이 나오기 전이었다. 그러니 당장은 막막하기 짝이 없었다.

그러니 이광수의 장편소설 하나를 읽고. 그밖에 설의식의 충무공 이야기 등, 그밖에도 몇 가지를 섭렵해서 읽고 나서 두어 달 남짓 걸려 880장을 써서 편집부에 넘겼다. 그렇게 매절賣切로, 그때로서는 거금의 원고료를 받았을 때는 내심 흐뭇하였다. 지금은 그런 일까지는 기억이 안 나지만, 이 일을 알선해준 최현식에게 술 한 잔도 샀을 것이다.

그 뒤 듣자 하니, 내가 쓴 그 「이순신」 원고는 출판사 안에서 나름대로 화제가 됐다지 뭔가. 젊은 사람이어서 별로 기대를 안 했는데,

놀랍게 잘 쓴 원고였다고 칭찬이 자자하여, 총 편집을 맡았던 이주철도 나만 보면 싱글벙글, 번번이 술대접까지 받았었다.

그러고는 「을지문덕」이나 「왕건」을 또 맡아 달라고 애걸하였으나 나는 사양을 하였다. 이런 것에 너무 맛들이면 안 될 것이라는 점을 나대로의 낌새로 이미 챙기고 있었던 것이다.

그로부터 수십 년이 지난 지금에 와서도 장담하거니와, 그 뒤 60년대, 70년대, 80년대로 이어져 오며 여러 출판사에서들 나온 어슷비슷한 아동물 '위인전' 중의 「이순신」은 거의 죄다가 그때 내가 썼던 그 「이순신」을 기본 틀로 한 것들이 아니었겠는지. 그리고 원고료도 매절로 하지 않고 인세印稅로 했다면 엄청 큰돈을 벌지 않았을까.

또 한 가지, 그때 안수길 씨가 번역했던 원고 속에는 모기 한 마리가 납작하게 죽어 있었고, 최현식의 번역원고 속에는 정체불명의 털한 개가 낑겨 있더라는 것이었다.

이것은 그 무렵, 지금부터 60년 전의 우리네 문학인들 하루하루 살림의 상징처럼도 여겨진다.

혁명정부가 만든 '문인협회'

1962년 이른 봄에는 드디어 '문인협회'라는 이름의 문학단체가 소위 혁명정부 주도로 떠오르게 된다. 장소는 퇴계로의 현 세종호텔 자리에 있던 수도여자 의과대학의 강당. 강당이래 봤자 도무지 어수선하고 보통 크기의 교실과 별로 차등이 없어 보였다.

이를테면 혁명정부로서는 문단이 '문협'과 '자유문협'으로 두 조각이 난 것을 이참에 다시 하나로 통합한다는 뜻이 담겨 있어, 평소에 문단 패권 쪽으로는 전혀 관심이라곤 없으셨던 목사이면서 원로소설가인 늘봄 전영택 선생을 어디선가 용케도 끌어내 초대회장으로 앉혔었다.

그러나 그 창립총회에 나가본 즉, 양측 '문협'과 '자유문협'의 우두머리들이었던 월탄이나 이산·영운·소천 등은 코빼기도 안 내밀고 있었고, 동리와 조연현에 백철이가 나왔던가. 대체로 젊은 사람들 판이었다. 이형기에 문덕수에 김시철에 박재삼에 김관식에 송영택이며 천상병이며 주로 직장 없는 젊은 문학인들이거나 자영업을 하는 사람이 태반이었다.

응당 그럴 것이 그 창립총회는 평일의 오전 열 시에 개회되어 학교 교직에 몸담고 있는 사람들은 거의 보이지 않았다. 그 전년인 61년 초에 동아신문의 신춘문예를 시와 시조로 휩쓸다시피 하여 화제를 뿌렸던 서라벌예대 학생 이근배라는 땅딸막하게, 다부지게 생긴 아이도 나와 있었다는 식이었다.

그러나 그저 한 번, 그런 창립총회나마 한 번 했다는 데에 나름대로 뜻이 있었다고 할까. 당시의 문단 성원 누구를 물론하고 그런 것(새로 생긴 문인협회)에 추호나마 심리적으로 매이지는 않았다. 가령 회원이 된 것을 특별히 영광스럽게 생각한다거나 하지를 않았다. 그런 쪽으로 처음부터 야욕이 있는 사람이면 몰라도 말이다. 새 회장인 원로 소설가 늘봄 전영택부터가 애당초에 그런 데에는 관심조차 없었고, 일반 회원들도 으레 전영택 목사로 알았지, 그이를 새 문인협회 회장으로 알고 있지는 않았다.

그런 일을 해낸 새 혁명정부부터가 그랬을 것이다. 이참에 저들 힘으로 두 조각난 문단을 하나로 통합, 제대로 본래의 모양새나마 갖추어 주었다는 데 주로 뜻을 주었을 뿐, 창립총회를 치르고는 그 본인들조차 그런 일은 금방 새까맣게 잊어버리고 있었을 것이다. 따라서 문단의 기본 틀은 여전히 명동 쪽은 '문협'이, 세종로의 정동방송국 주변은 '자유문협'이 주도하는 분위기로 매일 밤 술타령들이기는 5·16 전이나 5·16 후나 매한가지였다.

그뿐인가. 혁명이 일어났다고 하지만, 문단 성원 개개인은 군인들 몇몇이 벌이는 그런 쪽은 애당초에 나 몰라라 하고 얼마든지 만판 자유롭게 살아갈 수가 있었다. 가령 우스갯소리로 전해져 내려오는 다음과 같은 삽화 한 토막을 보아도 이 무렵의 문학인들 살이의 기본양태를 흘낏이나마 들여다볼 수가 있을 것이다.

1·4 후퇴 때 평양 쪽에서 단신 월남해 온 소설가 김이석은 그보다 먼저 47년엔가 원산 여자사범 재학 중에 내려온 박순녀와 그 무렵에 결혼을 하게 된다. 보나마나 이 서북 남자와 관북 여자는 세종로 근처의 다방 같은 데서 처음 만났을 것이다.

그때 박순녀는 정동방송국의, 요즘으로 말하면 구성작가로 근근이 입에 풀칠이나 하고 있었고, 김이석은 친족은 몽땅 북에 둔 채 1·4 후퇴 때 단신 남하, 동가식서가숙으로 떠돌이였다. 그러니 응당 박순녀는 초혼, 김이석은 북에 본처가 있었다. 그렇게 그 두 사람이 명륜동에서 새살림을 차리고 얼마 안 된 때였다고 한다.

어느 하루는 원응서가 마악 지상전차에서 내려 명륜동 골목으로 들어서는데, 바로 코앞에 낯익은 뒷모습이 느적느적 걸어가는 게 눈에 띄었다. 손에는 야채며 생태 대가리며 두루마리 휴지며 수북히 들어 있는 저자 바구니 하나를 들고 있었다. 김이석이었다. 원응서는 비죽이 웃으며 한참을 말없이 뒤따라가다가 행인이 뜸한 곳에 이르자 혼잣소리마냥 한마디 던졌다.

"그 참 보기 좋구먼. 아주아주 그럴 듯해."

순간 김이석은 이크 싶은 듯이 홱 돌아보곤, 그대로 길 한가운데 선 채 한 손으로 뒤통수를 비벼대며 잔뜩 쑥스러워하는 얼굴로 뭐라 뭐라, 변명 비슷한 소리를 늘어놓으려 하였다. 그러자 능청덩어리인 원응서는,

"길쎄, 누가 뭐랜? 길 한가운데서 웬 사설이 그리 많아?"

하고 받았다던가.

이 삽화 한 토막도 나는 원응서 선생 본인에게서 직접 들었거니와, 문학인들 살아가는 평상의 모습은 이 이상도 이 이하도 아니었던 것이 그 시절이었다. 썩 행복할 것도 없었지만 어느 누구에게건 필요 이상으로 억눌리지도 않았다.

거개의 문학인의 경우 무시무시한 군인들의 '혁명 권력'이라는 것은 늘 멀리멀리 있었던 것이어서 호주머니에 돈 몇 푼만 있으면 혼자서건, 혹은 술 한 잔 마시고 여차여차해서 몇몇이 작당해서건, 얼마든지 만판으로 '종3'에도 드나들 수가 있었던 것이다.

김승옥과 전혜린

1964년 그 무렵은 나로서 또 한 가지 잊지 못할 묘한 추억거리 두 가지가 있다. 그것은 바로 김승옥이라는 후배 소설가와, 독일 뮌헨에 유학 갔다가 마악 돌아왔던 전혜린과의 첫 만남이 그것이다.

실제로 일본 오오사카(大阪)에서 1941년에 태어나, 해방된 뒤에 부친과 함께 고향 순천으로 돌아와 서울대학 불문과를 나왔다던 김승옥은, 바로 1962년이던가, 한국일보 '신춘문예' 단편소설 부문에 당선, 그 독특한 문체로 처음부터 기성 문단에 크게 충격을 주어, 나나 서기원·한남철 등과 함께 당시 회현동의 황순원 선생 댁에 세배를 갔다가, 우연히 염무웅·김현·김수 등과 함께 그 댁에 들렀던 그를 처음 만나면서 그 뒤로 엄청 친해졌으며, 본시 북한 평양 쪽에서 일찍부터 월남해 퇴계로 근처에 살고 있던 서울 법대 출신의 그야말로 파천황破天荒의 재녀로 장안에 소문이 나 있던 전혜린도, 바로 같은 무렵에 「사상계」 편집부에 근무하던 한남철을 통해 명동 미도파 옆의 경향신문사 앞 한길에서 나는 처음 인사를 나누었었다.

그 점은 지금 돌아보아도 스스로도 묘하게 여겨질 정도로 기억이 또렷한데, 그렇게 처음 만날 때부터 유난스러울 정도로 무척 반가워 하던 전혜린의 조금 부웅 공중에 경중 뜬 것 같던 그녀의 눈길, 나를 정면으로 마주 보지 않고 자기 발아래 쪽을 살짝 내려다보는 것처럼 도 보이던 그때 처음 만났던 전혜린의 그 묘했던 두 눈길만은 그로 부터 50년이 지났음에도 지금까지 나에게는 선명한 기억으로 남아 있다.

대저 이런 것이, 이를테면 말 몇 마디 같은 것으로는 도저히 설명 이 안 되는 바로 이런 순간 같은 것이, 사람들 사이에서의 흔히 이야 기되는 '운명적인 해후' 어쩌고 운운하기도 하는 그런 것의 정체가 아닐는지. 전혜린과 처음 만났던 이 순간도 바로 그런 순간이 아니 었겠는지 싶다.

그러고 보면 그렇다. 그 전혜린도 그 무렵 전봉덕이라고 하면 서 울 장안에서 죄다 알만 했던 유명한 변호사를 부친으로 둔, 역시 북 쪽 평양에서 월남해 와 있던 집안 출신이었다.

그런데 우리네 작단作壇은 1970년대 초까지는 시인, 소설가, 평론 가 할 것 없이 그 무렵 이 서울에서 왕성하게 활동하던 문학인들의 90%가 거의 북한 출신이었다. 그러니까 이 점 한 가지만 이 자리서 곰곰 생각해 보아도 8·15 해방 뒤, 소련군이 진주해 온 저 북한에 새로 김일성 정권이 들어선 직후, 제대로 자기 자신의 앞날을 두고 어떻게 무엇을 해 먹고 살아가야 할 것인가 하는 걸 최소한으로나마 엄두라도 낼 수 있는 지적知的 능력이 있는 사람들은 백이면 백, 죄 다 월남의 길로 들어섰다고 보이는 것이다.

요즘 항간에 더러 나도는 그 당시 갓 해방되었던 북한에서의 '친

일파', '재산가' 등등 일제 치하 지난날의 행적을 두고 계급적으로 잘 살고 잘 먹고 지내던 자들이, 그 새로운 스탈린 치하의 북한 정권에 의한 숙청이 두려워서 내뺐다, 도주했다, 어쩌고 하는 그러저러한 흔하게 돌아가기도 하던 이야기들은, 공산치하라는 그 세계를 전혀 못 겪어본 자들의 헛소리에 불과하다는 것이 작금의 내 생각이다.

결국은 바로 그 연장선 위에 사실은 오늘에 우리 모두가 보고 있는 2016년의 저 북한이라는 사회의 실상이 있는 것이다.

이를테면 그때 소련군이 진주해 와 있던 북에서는, 그런 일은 너무 철저히 말끔하게 잘해서, 그 뒤 어찌되었는가. 그렇게 그 북한 땅에서 숙청을 당해 쫓겨나 대거 월남해 왔던 능력 있는 인재들이, 이 남쪽에서 정계를 비롯, 경제며 군이며 경찰이며, 심지어 종교계·문화계까지 모든 영역에서 새 대한민국, 이 나라를 이만큼 키워낸 원동력이 되지 않았을까.

이 무렵 처음 만났던 김승옥의 살아온 그간의 내력을 들으면서는 나도 조금 의아해졌었다.

바로 해방 뒤에 일본에서 고향 순천으로 돌아왔던 그의 부친은 1948년인가, '여수·순천사건' 때에는 그 무렵의 남로당, 좌익으로 그 사건에 연루되었다가 끝머리에는 지리산으로 들어가 소식이 끊겼다지 않는가. 그렇게 혹여 북으로까지 들어가지 않았을까, 일말의 기대도 가졌는데 지리산 현지에서 이승을 떠났음이 뒤에는 확인이 되었다고 한다. 특히 그 부친은 해방 직후 그 무렵 한때는 신익희·조병옥 등의 야당 쪽의 대변인도 했던 조재천과도 재在 일본 시에는 엄청 친숙한 사이였었다고 하는데, 그러나 이미 그 1948년 그 무렵에는 조재천은 남로당 쪽 빨갱이를 잡는 민완 검사였다고 하니, 그 해방 무렵 이 남쪽 세상 인간관계의 일단까지 엿보인다 하겠다.

그뿐인가. 김승옥보다 조금 뒤로 작단에 등장했던 이문구며 김원일이며 윤흥길이며 김성동이며, 그밖에 이근배며 이문열이며 누구누구 등등, 중요한 작가들도 그 선친들은 이 남쪽에서 그 좌익 패거리들과 관계가 있었고, 박태순·황석영은 나나 마찬가지로 북에서 월남해 왔었다.

2016년 오늘에 와서 우리네 문학사를 다루는 데 있어서도, 이 점은 특히 유의해서 다루어져야 할 일로 나는 생각하고 있다.

다시 말해서 그 무렵 대체로 일본에 유학이라도 다녀왔을 만하게 집안 형편이 먹고 살 만하고, 머릿속에 뭣 좀 들었다는 남쪽 엘리트일수록 거개가 남로당 좌익 쪽으로 편을 들었던 대신에, 북쪽에서 대강 그런 비슷한 형편에 있었던 사람들은 거의 죄다가 남쪽으로 월남들을 해 왔었다는 사실, 기본 정황이 그랬다는 사실은, 지금 이 시점에 와서도 가장 중요하게 감안되어야 하며, 앞으로도 깊이 연구되어야 할 과제의 하나라고 생각되어진다.

아무튼 그렇게 나보다 두 살 아래였던 전혜린(1934~1965)도, 언제 월남해 왔는지는 딱히 모르지만 북쪽 평양에서 월남해 왔었다는 사실만은 확실하다.

그런데 그 전혜린과의 관계도 원체 짧은 동안의 만남이어서 나 자신도 그이가 세상 떠나던 때의 극적인 일 한 가지 밖에는 떠오르는 것이 거의 없다.

다만 2007년인가, 고양시 선유동에서 '이호철 소설 낭독회'가 열렸을 때, 그 한 작품의 진행을 맡았던 민봉기 씨가 그 자리에서 다음과 같이 한마디했을 때는, "그렇지, 그런 일이 있었지" 하고 나부터도 무척 놀랐었다.

"1965년으로 기억합니다. 서울 명동에 유명한 막걸리 집이 있었어요. 제가 대학을 다닐 때 같이 농촌계몽운동을 하던 학생이 군의관으로 있다가 마침 휴가를 나와서 거길 들르게 됐습니다. 그런데 이호철 선생님이 계시더라고요. 그때 선생님이 누구랑 술을 잡숫고 계셨냐 하면, 전혜린 여사하고 몇몇 문인들이셨어요. 한창 문학소녀였던 제가 멀리서 동경하던 분들이지요. 그런데 전혜린 선생님이 술이 조금 취하셨는지, 한 손을 번쩍 들더니, '여기, 대한민국의 소설가 중에 이호철이가 최고야' 하시는 거예요. 그 장면이 굉장히 인상적이었습니다. 그런데 그런 일이 있고 일주일인가, 열흘쯤 뒤에 전혜린 선생님이 돌아가셨다는 뉴스를 접하게 되었어요."

"그렇습니다. 바로 1965년 1월 9일 저녁이었지요. 그날 밤의 일은 나도 바로 어제 겪었던 일마냥 선명하게 기억이 납니다."

민봉기 씨에게 이렇게 대답했다.

그 무렵만 해도 명동거리는 곳곳이 그냥 6·25 뒤의 폐허 덩어리여서 남대문로의 전차가 다니던 큰길에서 마악 명동으로 들어서는 왼편의 명동극장이며 서점이 있는 쪽은 말짱하였지만, 그 맞은편의 오른쪽 초입은 그냥 황량한 폐허로 명동 파출소가 자리해 있던 근처며 그 뒤쪽 갈채다방으로 가는 길옆 같은 곳도 곳곳이 폐허 덩어리였다. 뿐만 아니라 시공관이라는 극장에서 충무로 쪽으로 오르던 돌체다방 동쪽의 널따란 곳도 건물들이 죄다 없어져, 그냥 황막한 빈터 속에 커다란 군청색의 천막 하나가 쳐져 있었고, 그 한구석에 술이랑 뭐랑 대강 팔던 가게 하나도 있어 전혜린과 그녀의 친동생이라던 채린, 그리고 김승옥, 그밖에도 여럿이 술을 마시고 있다가, 천막 밖에 싸락눈도 흩날리는 속에 나와 김승옥은 그 무렵 내가 하숙하고 있던 명보극장 앞 초동 골목 쪽으로 돌아가려고 나서는데, 그 근처 어느 건물의 공중전화에서 전화를 걸고 있는 전혜린을 보고는, 이만 우리는 돌아가련다는 인사 한마디라도 하려고 전화가 끝나기를 기다렸으나 원체 그녀의 전화가 길어, 더구나 우리 모두가 술들이 취해 있어, 나와 김승옥은 그냥 그대로 내 하숙집까지 돌아와서 나는 내 침대에 그냥 누운 채 잠을 잤는데, 자다가 말며 보아하니, 김승옥은 그냥 내 의자에 앉은 채 내 원고지 뒷장에다 뭔가 그림 같은 것을 그려내고 있었다. 그 광경도 나는 그저 자며 말며, 보는 둥 마는 둥 이었다.

그렇게 새벽 여섯 시나 됐을까, 마침 배달되어 온 조간신문을 펼쳐 본즉 간밤에 전혜린이 세상 떠났다지를 않은가.

아아, 그때 얼마나 놀랐던지. 그러고 보니까 김승옥이 그렇게 내 원고지 뒷장에다 마구잡이로 그려냈던 그림 같은 것도, 그냥 그렇게 허투로 넘길 그림만은 아니었다. 1965년 1월 9일의 날짜까지 적혀 있는 그 그림의 제목으로는 "1965년 1월의 李浩哲"로 되어 있는데, 노회해 보이는 내 모습 뒤로 기인 얼굴 하나가 그려져 있는데, 바로 그것은 그 시각에 저승으로 들어가던 전혜린이 틀림이 없어 보였다.

그러고 보면, 바로 그 보름 전쯤 크리스마스 날에는 전혜린에게서 새해 연하장이 왔었는데, 그 한 면에는 이런 글이 쓰여 있었다.

"사람은 살아가야겠지요? (혹시?) 새해에도 또 그 다음 해에도. 왜? ─ 묻지를 말라(건강에 해로우니)"

그리고 나머지 한 면에는 그녀의 여섯 살쯤 되어 보이는 딸 사진이 붙여져 있고, 그 곁에 독일어로 몇 자 글귀가 휘갈겨 쓰여 있었다.

나는 이것들을 지금까지 그대로 보관하고 있지만, 그녀의 이 따님도 지금쯤은 50 중반을 넘긴 중년 여인이 되어 있을 것이었다.

나와 최인훈이 북한의 항구도시 원산고등학교에서 선후배 사이였듯이, 61년, 62년에 나란히 작단에 데뷔한 서정인과 김승옥도 남쪽 바다와 가까운 도시 순천고등학교에서 선후배 사이였다고 하는 건 우연의 일치라곤 하지만 조금 묘하다.

서정인은 62년에 「사상계」 신인상(「후송」)으로 작단에 등단을 했었다. 그때 가작은 박순녀(「아이 러브 유우」)와 황석영(「입석부근」)인데, 그 당시 황석영은 경복고등학교 학생이었고 박순녀는 본시 함흥에서 태어나 원산의 여자사범학교에 다니다가 47년에 월남을 했다.

한편 김승옥은 62년에 한국일보 신춘문예에 「생명연습」이 당선되면서 화제를 일으킨다. 또한 김승옥은 서울대생이 중심이 되었던 동인지 「산문시대」에 「건」 같은 작품을 발표하여 벌써부터 기성작단의 주목을 끌고 있었다. 그때 「산문시대」의 주요 멤버는 김승옥 말고도 염무웅, 고故 김현, 김치수, 강호무 등이 껴 있었다.

내가 이들을 처음 만난 것은 1963년 1월 1일이었다. 그 무렵 매년

1970년, 춘천 삼악산 등산길
에. 왼쪽부터 김영기, 박건서,
한남규, 이문구, 이호철

1월 1일이면 회현동의 황순원 선생 댁에 같이 세배를 가는 것이 관
례였는데, 바로 황 선생을 통해 추천을 받았던 서기원·오유권·최상
규, 그리고 조금 연하이면서 서울대학교 철학과 재학 중에 「사상계」
신인상을 탄 뒤 그 편집부에서 일을 하여 노상 같이 어울리게 됐던
한남규 등이었다.

그렇게 열 시 반경 우리 다섯 명이 황 선생 내외분에게 마악 신년
세배를 올리고 우선 차 한 잔씩 마실 참이었는데, 뒤따라 줄레줄레
들어선 것이 바로 김승옥에 염무웅에 김현에 김치수에 강호무 등이
었다.

그리하여 차 한 잔씩을 그야말로 게 눈 감추듯 휘딱휘딱 마셔버리
곤 황 선생을 모시고 모두 비잉 둘러앉았다. 그렇게 뒤이어 들어온

황순원 선생을 주례로 모시고 조민자 여사와 결혼식을 올리는 모습
(1967. 11. 26)

막걸리 몇 잔씩도 마셨다.

한데 그때 누가 어느 자리에 앉았던 것까지 나는 30년이 지난 지금도 환히 기억이 난다. 그 서재는 꽤 널따란 방이었다. 내가 이날의 화창했던 날씨는 물론 우리가 앉았던 자리 배정까지도 선연하게 기억하는 것이 무슨 조홧속인지는 나도 잘은 모르겠다.

온통 벽 하나가 유리 창문으로 되어 있는 남창으로는 오전 열한 시경의 맑은 햇살이 쫙 하니 들이비쳤던 것이다.

그리고 보면 신동문을 처음 만났던 명동의 그 적산가옥 낡은 2층 식당에서도 마악 넘어가던 석양이 쫙 하니 들이비쳤던 일을 저번에도 썼었지만, 그날 황 선생 댁에서 이「산문시대」동인들과 처음 만났을 때도 오전 시간의 그 찬란했던 햇살이 묘하게도 선연하게 되살아온다.

햇살 이야기를 하자니까 또 한 가지 털어놓을 것이 있다.

55년 늦은 봄이었다. 첫 작품 「탈향」을 황 선생께서 추천해 주시겠다는 전갈을 받고도 도무지 그 작품이 내심 성이 차질 않아 혼자 조바심을 피우며 어쩔 줄을 몰라 하다가 저녁 이른 시간에 문예살롱 다방엘 들렀는데, 텅 빈 다방에 혼자 앉아 있자니, 이건 또 웬일인가.

그 이른 시각에 동리께서 나오시질 않는가. 그렇게 내 앞자리에 앉으며 내 그 작품 「탈향」을 읽어보신 소감을 말씀하여 나로 하여금 기겁을 하게 하였는데, 바로 동리와 마주 앉았던 그 지하다방 탁자 위에 때마침 남대문로 큰길 쪽으로 난 가느다란 공기구멍 틈으로 고작 1~2분 정도 들이비치는 저녁 햇살이 들어와 영롱하게 같이 앉았던 것이었다.

60년대 중반을 넘어선 이 나이가 되어서 그런가, 젊었을 적 그때그때의 그 햇살들이 왜 이렇게도 새삼스럽게 생생하게 떠오르는지 모르겠다. 그날도 그 자리에서 가장 말이 많았던 것은 젊은 김승옥이었다. 구체적으로 무슨 말을 나누었던지는 죄다 잊어버렸지만 암튼 김승옥이가 가장 말이 많았던 것만은 기억이 된다.

그 이후로 김승옥과 자주 어울렸었는데, 그 무렵 김승옥은 하루하루 견디기가 무척이나 힘들었던 것 같았다. 삼각동의 하동관 곰탕집에서 여러 번 곰탕 얻어먹었던 것을 90년대에 들어서도 몇 번씩 되뇌일 정도로 나에게 고마워하곤 했다.

그때 나는 초동의 스카라극장 골목 안에 하숙을 정하고 있었는데, 언젠가는 누군가가 콜드크림 한 통을 주어서 갖고 있다가 뒤늦게야

그것이 여성용임을 알고 마침 들렀던 김승옥에게 주며 어머니 갖다
드리라고 했었다. 그 뒤 김승옥에게 듣자하니 어머니는 그걸 무척
애지중지하며 잘 쓰고 있다고 하던 것이었다.

1964년 그해

최근에 나는 한국문학연구회 이름으로 국학자료원에서 펴낸 『현역 중진작가 연구』라는 꽤나 두툼한 책을 우연히 입수하였다. 필자들은 주로 연세대 출신의 국문학도들로, 여기서 다루어진 현역작가는 김승옥·박상륭·박완서·윤흥길·이문구·이청준·조세희·황석영에 그리고 불초 나였다. 그러니까 주로 60~70년대 초에 등단한 작가들을 주축으로 다루면서 50년대에 나온 작가로는 나 혼자만 껴있었다.

편편마다 원체 분량이 긴 「작가, 작품론」들이어서 아직 전부 읽어내지는 못했으나, 우선 내 것을 다룬 이호규, 권명아 두 사람의 글을 읽은 소감부터 말한다면, 지난 42년간의 내 문학생활에서 이 이상의 보람을 느낀 일이 없으며, 오늘 우리 30대 중반의 국문학도들의 높은 수준에 명실공히 감탄해 마지않았고, 우리 대학들의 한국문학가들에 대해 평소에 별로 호감을 못 느꼈던 나로서는 내심 놀라움을 금치 못했다. 그야말로 기성 평단이 무색해질 수준이었다.

그중의 이호규는 「새로운 현실로 나아가기 위한 현실검증과 그

새김」이란 제목으로 나의 초기 작품 「탈향」과 「나상」 두 편을 2백자 원고지 약 130장 분량으로 다루어 주었는데, 오랜만에 혼자서 눈물이 핑 돌았다. 내가 문학, 문단과 관련해서 울어본 것은 이것으로 두 번째가 아닌가 싶다.

그 첫 번째는 1956년 가을 서기원과 박희진·성찬경과 같이 명동의 미도파백화점 뒤 중국집에서 배갈을 마시고 대취하여 울었는데, 그때는 아마도 18세 소년으로 홀로 집 떠나 비로소 처음으로 남쪽의 문학 친구들을 만난 20대 초반의 감격이었을 것이다. 그리고 그 두 번째는 이번의 이 일, 60대도 중반을 넘어선 이 나이에 내 작품에 관한 글을 읽으며 혼자서였다.

또 한 사람, 권명아는 최근에 「작가세계」인가를 통해 평단에 등단한 젊은이로 「안으로부터 열리는 새로운 관계성에 대한 탐색」이라는 제목의 120장가량 되는 분량의 글을 싣고 있었다. 1955년부터 70년까지 15년 어간에 쓴 내 초기 단편소설 중에서 이번 글의 표제와 논지에 걸맞은 11편을 골라 다루고 있었다. 이걸 읽으면서도 나는 혼자서 감격하여 혀를 내둘렀다. 내가 본시 사소한 일에도 감격을 잘한다는 것은 익히 알고 있는 터이지만, 지난 40여 년 동안에 나는 내 작품을 다룬 수없이 많은 평문들을 문학잡지 같은 것을 통해 읽어왔으나, 대체로 '겉핥기'거나, 내 작품이 평소의 저들 논지를 펴기 위한 상투적 수단으로 떨어지고 있지나 않은가 하고 생각되는 경우가 비일비재하여 뒷맛이 개운치 않곤 했었다.

한데 이번 이호규와 권명아의 이 글들은, 무엇보다도 내 그 '기본 텍스트'에 속속들이 철저하여 인용문 하나하나까지도 더 이상 바랄 수 없을 정도로 완벽하게 풀어내고 있었다. 원작자로서 우선은 내 작품을 이렇게까지 투철하게 깊이 읽어내 주었다는 것만도 여간 고맙고 대견한 것이 아니었다. 40여 년 간 애오라지 소설을 써온 나로서도 비로소 처음으로 맛본 뿌듯한 보람이었다.

그러고 보면 나는 작단에 데뷔를 하고 꼭 10년 만인 1964년에 월간 종합지 「세대」지에 장편 「소시민」을 1년여에 걸쳐 연재한 것을 비롯, 이 해에 가장 왕성한 작품활동을 하게 된다. 가령 일제하 36년에 손기정 마라톤 우승에 따른 소위 '일장기 말소사건'으로 인한 제4차 동아일보의 무기정간에 따라 함께 못 내게 됐던 월간 종합지 「신동아」도 30년 만인 이 해에야 속간이 되는데, 바로 그 속간호에 단편소설 「등기수속」을, 또한 이 해 「사상계」 1월호에 역시 단편소설 「부시장 부임지로 안 가다」를 발표하였고, 그뿐인가. 같은 해 여름에, 당시 대학생들의 격렬한 한일회담 반대 데모로 인하여 비상계엄까지 선포되는 바로 그 무시무시한 검열 와중에 시인 전봉건이가 주간으로 있던 「문학춘추」에 단편소설 「추운 저녁의 무더움」을 발표했던 것이다.

흔히 오늘에 와서는 '6·3 데모'라고 불리기도 하는 그때 서울대학 주도의 데모 주동 학생들은 김중태·김도현·현승일·김지하·김정남·최동전·최혜성 등이었던 것으로 기억되는데, 바로 그때 그들은 한창 「세대」지에 연재 중이던 내 소설 「소시민」을 열나게 읽고 있었음을 얼마 뒤 수배 학생으로 쫓겨 다니던 그들과의 교섭이 이뤄지면서 확인하게 된다.

그렇게 1964년은 오늘까지의 나의 작가생활 중에서 작품들을 쏟아낸 면에서나 교우 관계 면에서나 또한 우리 작단 중추에서 활동하기 시작했다는 점에서나 매우 획기적인 해였다. 물론 그 서울대학생들과는 몇 년 뒤에야 서로 낯을 익히게 되거니와, 그러나 하나같이 처음 인사를 할 때도 서로 간에 구면처럼 아주아주 익숙했던 것은 우리 중간에 그 소설 「소시민」이 있었기 때문이었다.

아무튼간에 그 해 64년, 한일회담 반대 6·3 데모로 하여 비상계엄이 선포되는 등 가장 시끌시끌 삼엄하던 그해에 내리다지로 지금까지도 나의 대표적인 장편소설의 하나로 꼽히고 있는 「소시민」을 비롯, 단편소설로도 그런 짭잘한 것 세 편을 내놓았다는 것이 98년 지금에 서서 돌아보면 조금 기이한 생각마저 든다.

왜냐하면 한창 그 데모 와중에, 정작 나는 저 데모들로 들끓고 있는 게 대체 어느 동네들 이야기냐 싶어 하며, 지금의 스카라극장 건너편 초동 골목 안의 적산가옥, 왜식 건물 2층 하숙방에서 러닝 바람으로 연성 부채를 부치며 「추운 저녁의 무더움」을 열나게 쓰고 있었던 것이다. 다만 한 가지, 그러저러한 나름대로의 기별이 와 닿았다면, 이때까지 내 작가생활 40여 년 동안에 이 작품만큼 빨리 속필로 써낸 일이 없었다는 사실이다.

60장 내외의 그 작품을 앉은 자리에서 두세 시간 만에 써냈다면 곧이듣겠는가. 암튼 팔목은 아파오는데 번쩍번쩍 좋은 생각은 줄줄이 떠올라 미처 주체할 수가 없을 정도여서, 그것들이 날아갈까 보아 금방금방 원고지 칸이 아닌, 원고지 위아래에다 메모까지 해가면서 신바람 나게 써나갔던 것이다.

1964년 그 격렬했던 한일회담 반대 대학생 데모와 이에 대한 당국의 비상계엄 선포 속의 삼엄한 언론검열 와중임에도 나 개인적으로는 지금 돌아보아서 가장 의미 깊은 작품들을 그해에 써냈다는 것은 그냥 우연의 일치였을까. 특히 단편 「추운 저녁의 무더움」을 그 와중에 써냈던 일은 지금에 서서 그 무렵을 돌아보며 일말의 쑥스러움조차 느껴진다.

왜냐하면 그 작품을 쓰면서도, 오늘까지 내 40여 년 작가생활 통틀어 가장 드물게 겪었던 최절정의 고양감이 과연 어디에 연유해 있었는지는, 지금 이 순간에도 나 스스로는 가늠이 잘 안 되기 때문이다. 그 당시 나 자신의 '한일회담'에 대한 시각이나 의식은 데모에 나선 대학생들의 그것과 꼭 똑같았던 것은 아니었던 것이다. 말하자면 강하게 공감했던 것도 아니었다.

이 점은 4·19 때도 마찬가지였다. 대학생들이 왜들 저러는지, 솔직히 말해서 그때의 나는 잘 모르고 있었던 것이다. 창피한 이야기지만 당시의 내 '작가의식'이라는 것은 대충 그런 수준이었다. 그 점은 5·16에 대해서도 마찬가지였다.

어쩌다가 「등기수속」이나 「부시장 부임지로 안 가다」 같은 5·16이나 6·3 데모에 대한 풍자적인 단편은 써냈지만, 당시의 내 하루하루 일상은 사실은 일종의 '무위' 속에 처박혀 있었다고 할까, 매일매일이 그저 늘 그러저러하게 심심했던 것이다.

하여, 기껏 을지로2가에 자리해 있던 그 무렵 잠깐 그 잡지의 편집 일을 도와주고 있던 신동문과 편집장 이광훈을 만나러 「세대」사 편집부에 심심파적으로 들러본다거나, 혹은 공평동에 사무실을 얻어 새로 「문학」이라는 월간지를 창간했던 원응서 선생에게 들러 싱

거운 잡담이나 나누며 둘이 마주앉아 바둑을 둔다거나 하기가 일쑤였다.

그리고 그 무렵에 나는 기괴한 버릇 한 가지를 갖고 있었다. 스카라극장 맞은편 초동 골목 안에 있던 그 하숙집에서 밤중에 글을 쓰다가 잘 안 풀려 답답하면 종로까지 혼자 걸어가 단성사 뒤의 그 활기차면서도 이색적인, 그리고 스산한 창녀골목을 한 바퀴씩 배회하곤 하였다.

그렇게 한 바퀴 그곳을 돌아오면 내 저 안 속에 곯을 대로 곯아 있던 무언가가 시원하게 풀려 있곤 했던 것이다.

며칠 뒤에 다시 작품을 쓰다가 딱 벽에 부딪히면 지난번에 갔던 그 골목을 교묘하게 피하여 새 골목을 또 그런 식으로 누벼대곤 하였다. 그렇게 새 작품을 쓸 때마다 대체로 그런 일을 한 번씩 겪곤 하였던 것이다.

이게 대체 뭐였을까. 그것이 대체 무엇이었는지 이날 이때까지도 나는 정확히 모른다. 굳이 알고 싶지도 않다. 뒤늦게 알아 보았자 이제 와서 어쩔까만은, 다만 한 가지, 바로 이런 기이한 경험을 통해서 내가 나 나름으로 터득한 것이 없지는 않다.

흔한 논리적인 조작操作들, 입 끝으로 잘난 척 지껄이는 것들, 앞뒤가 완벽하게 들어맞으며 꼭지가 똑똑 떨어지는 소리들, 특히나 어려운 소리들, 그런 것들이 사실은 실제 상황 속에서는 별로 구실을 못하지 않은가, 하는 점의 터득이 그것이다. 이런 생각도 지나치게 극단으로 치달을 때는 그것대로 문제일 것임이 틀림없지만, 그 점은 또 나대로 모름지기 경계하는 그만큼은 아직은 크게 문제되지는 않으리라고 혼자서 접어두고는 한다.

이렇게 본다면 「추운 저녁의 무더움」을 쓸 무렵의 그 드문 고양감들은 당시의 '6·3 데모'가 그런 식으로 내 내부에 강한 영향으로 들어왔었는지, 아니면 '종3' 골목을 그렇게 한 번씩 배회한 뒤의 '결과물'이었는지, 나로서는 딱히는 모르겠다, 필경은 양쪽이 겹쳐 있지 않았을까.

60년대식 풍경

그렇게 초동의 왜식 이층집 2층 방에 하숙을 하고 있을 때는, 더운 여름날 아침저녁으로 심심할 때면 창턱에 나앉아서 바로 아래 골목길로 사람들 오가는 것을 내다보는 맛도 그런대로 괜찮았다. 창턱이 베란다처럼 삐죽이 길 쪽으로 나와 있어 한 사람이 겨우 앉을 만한 그 공간에 러닝 바람으로 나와 앉으면 솔솔 부는 골목바람이 제법 시원하였던 것이다.

더러는 혼자서 또깍또깍 하이힐을 신고 가는 멋진 아가씨가 갑자기 콧구멍 속이 따끔거리기도 했는가, 골목길 한가운데 서서 손거울을 꺼내들고 콧구멍 속을 요리조리 훑어보다가 문득 눈길을 들어 바로 창턱 위에서 빠안히 내려다보는 내 눈길과 마주치자 혼비백산하기도 하였고, 더러는 억수로 비가 퍼붓는 속에 젊은 남녀가 우산 하나를 같이 쓰고 맞은편 집 담벼락에 여자는 내 쪽을 향해 서고 남자는 등을 보인 채 열나게 애무를 하기도 하였다. 우산은 쓰나마나, 둘 다 흠뻑 젖어 있었는데, 결국은 어느 순간 골목바람에 그 우산조차 뒤집어지면서 바로 코앞의 2층 창턱에 앉아 있던 내 눈길과 정면으로 마주치자, 여자도 그냥 그대로 애무를 계속하면서 빠안히 나를 마주 쳐다보기도 하였다. 그렇게 잠깐 동안은 이게 도대체 어떻게 된 영문인지 몰라 하는 낯빛이더니, 결국은 둘 다 혼비백산하여 우산마저 팽개쳐둔 채 큰길 쪽으로 내빼던 것이었다.

64년 그때는 그 정도로 지나다니는 사람이 뜸하여, 명실공히 서울 거리 골목 안 풍정은 거개가 30년대 박태원의 장편소설「천변풍경」속의 그것과 대차가 없었다. 어디 그뿐인가, 이 창턱에 새벽 일찌감치 나와 앉으면 맞은편 집들의 갖가지 풍정들, 심지어 파자마 바람으로 이불을 개는 안방 풍정까지 손에 잡힐 듯이 환하게 들여다보이기도 하였다.

그 집 중의 한 집은 바로 영화배우 이예춘의 집이었는데, 아침마다 그이의 가래 뱉는 소리며 조금 테너 쪽의 짜증내는 음성이 들려오기도 하였다. 그이 아들 이덕화는 그때 고등학교 저학년쯤 되었던가, 코타르 칠을 한 교모를 삐딱하게 젖혀 쓰고 다니는 모습부터가 모범생하고는 거리가 멀어 보였고, 불량학생 쪽으로 더 가까워 보였다.

바로 몇 년 전인가, 어느 모임에서 우연히 마주치자 그는 나에게 공손히 인사를 하던 것이었는데, 물론 이렇다 저렇다 한마디도 말은 없었다. 애당초에 그런 옛이야기를 나눌 만한 자리도 아니었다. 그러나 나에게 인사하는 그 눈길과 분위기로 나도 나대로 즉각 기별이 와 닿았다. 그렇구나, 그때 고등학생이었던 이 이덕화도 이덕화대로, 그때 맞은편 집 창턱에 노상 러닝 바람으로 나와 앉았던 자가 지금의 나, 모모였다는 것을 알고 있었구나, 하고. 대체 그걸 어떻게 알았을까. 그러나 이덕화도 이덕화대로 그만한 눈치쯤 어찌 없었을 것인가. 항용 사람살이라는 게 이런 정도는 피차에 결국은 알아지게 되는 것이 아닐까.

그 골목은 바로 그런 골목이었고, 내가 묵고 있던 그 하숙집의 뒷집 방 하나에는 스카라극장 맞은편에 자리해 있던, 그 무렵으로서는 꽤나 고급 다방으로 육중한 소파들이 즐비해 있던 '흑조'라던가, 다방 아가씨 너댓이 기거하고 있었다. 아니 기거랄 것까지는 없고, 다방 영업 끝난 늦은 시각에 잠깐 들러 잠만 자는 곳이어서 자정 지난 시간에 들어와 갖은 오두방정을 다 떨어 선잠을 깨워놓아 짜증도 났지만 그런대로 재미도 있었다.

그밖에 가까운 이웃집들의 싸우는 소리들도 죄다 들렸다. 특히 자정 지난 한밤중의 부부싸움은 그 부부싸움 소리 자체보다도 선잠 깬 이웃집들에서 쏟아내는 갖가지 목소리의 비아냥거리는 소리들이 더 재미날 때가 많았다. 집집마다 방음장치라는 것이 전혀 없던 시절이었던 것이다. IMF라나 뭐라나, 난리법석들인 90년대 오늘에 서서 30여 년 전 그 무렵을 돌아보면 바로 어제 일처럼 선연한데, 한편으로는 천리만리 밖 우화 속처럼 멀게 느껴지기도 한다. 불과 30년 전의 우리들이 그렇게 살았었는데…… 하고.

사실 그렇지 않은가. 서울 거리 어디나 그렇게도 흔하고 많던 다방들이라는 것이 죄다 어디로 갔단 말인가. 언제부턴가 슬그머니 하나둘 줄어드는 듯싶더니, 어느 날 문득 정신을 차리고 둘러본즉, 다방을 둘러싼 그런 쪽의 습속이 어느새 홱 바뀌어져 있고, 곳곳에 호텔 커피숍 같은 것이나 있을까, 거의 죄다 없어져 버렸다. 이를테면 요즘으로 치면 안국동에서 인사동 쪽으로 들어가다가 용케도 남아 있는 '사르비아'다방 같은 곳. 드나드는 단골부터가 대체로 나이든 쪽이고, 그 분위기인즉 영락없는 60년대 분위기여서 그런 쪽의 민속박물관처럼 보이기도 한다.

그리고 아 참, 빈대. 60년대 그때는 집집마다 그렇게도 극성맞게 속을 썩이던 그 빈대들은 죄다 어디로 증발을 해버렸을까. 요즘의 중학생 아이들이 빈대라는 것을 알까. 태반의 아이들은 모르지 않을까.

그 초동 하숙방도 예외가 아니었다. 64년 그해 여름, 빈대가 여간 극성맞지 않았던 것이다. 웬만큼 손을 써서는 도저히 감당할 수가 없었다. 빈대가 기어오르지 못하도록 침대 다리 끝마다 양은 대야에 물을 담아 놓으면, 요 빈대라는 놈들도 나름대로 대가리를 굴려 벽을 기어올라 침대 위 천장까지 원정 가듯이 기어와서는 그대로 내 침대 위로 수직으로 내리꽂혀 내 피를 빨아먹는 것이 아닌가. 그야말로 혀를 내두르지 않을 수 없었다.

그러니 사람만 똑똑한 것이 아니었다. 빈대도 얼마든지 똑똑할 수 있었다. 그러나 그 모든 건 요컨대 수준 나름이다. 드디어 어느 날은 최후의 비상수단을 썼다. 온 방의 구석구석에 독한 DDT를 아예 쏟아 붓듯이 뿌리는 사흘 동안 지방여행을 하고 돌아오니 깨끗이 없어져 있었다. 이런 걸 보면 뭐니 뭐니 해도 역시 똑똑한 데 들어서는 사람이 한 수 위라고 생각은 되지만, 그때의 그 빈대님들에게는 조금 미안한 생각이 뒤늦게 들지 않는 것도 아니다. 까짓 조금쯤 그렇게 피를 빨리운다고 죽을 것도 아니었는데, 조금 고단하더라도 그렁

저렁 어울려 같이 살았으면 좋았을 것을, 이렇게 아예 씨를 말려놓은 것은 과하지 않을까.

「세대」지 해프닝

그 무렵, 초동 하숙집에서 금방 코 닿을 거리, 을지로2가에 한때 자리해 있던 「세대」 잡지사에도 때 없이 드나들었다는 것은 이미 밝혔거니와, 본시 「세대」지는 박 정권 하에서 한때 상공부 장관까지 지냈던 이낙선이 육군 소령 옷을 벗으면서 창간한 종합잡지였다.

그렇게 창간 때는 세종로의 날씬한 빌딩에 사무실이 있었는데 64년에는 을지로2가의 꾸정꾸정한 사무실로 옮겼다가, 다시 지금의 일본대사관 앞쪽으로 옮기는 등 전전하지만 박태순·신상웅·구중관·유시춘·최창학, 그밖에도 여러 신인 소설가들을 배출해냈고, 60년대 문단에서 나름대로의 역할을 했었다.

말하자면 이 땅에 4·19를 끌어오는 데 있어 경향신문과 「사상계」 잡지가 막강한 힘을 발휘했으나, 5·16으로 다시 둘 다 음지로 떨어지던 속에 새 군사 권력을 등에 업고 「세대」지가 잠깐 부상을 했던 셈이었다.

그렇게 「사상계」는 60년대 중엽에는 장준하와 함석헌이 단둘이서 힘겹게 근근이 끌어가는 속에 「새벽」지와 「신태양」지가 김재순

146

과 황준성, 유주현으로 그렁저렁 건재하였고, 신일철 주간으로「세계」라는 종합지도 창간되었으나 금방 문을 닫았고, 또한「지성」이라는 잡지도 한때 선을 보였으나 슬그머니 없어져 있었다. 나는 그「세계」잡지에도,「지성」이라는 잡지에도 단편소설 한 편씩을 게재했었지만, 강권에 못 이겨 넘겼던 원고들이어서 지금 돌아보면 낯 뜨거운 물건들이었다. 문학잡지로는「현대문학」과「자유문학」양대 잡지에 더하여 원응서 주간의「문학」과 전봉건 주간의「문학춘추」가 있었지만 둘 다 단명으로 끝난다.

64년 그 무렵 내가 을지로2가로 옮겨 온「세대」사를 자주 자주 드나든 것은 장편「소시민」을 그 잡지에 연재 중이어서기도 했지만, 이틀 사흘 거리로 노상 드나든 것은 비상임이긴 하였을망정 그 잡지의 편집 자문역을 맡았던 신동문을 만나기 위해서였다. 이를테면 심심해서 심심파적인 셈이었다.

혹시 오해가 있을는지도 몰라 이 점까지 이 자리서 미리 밝히거니와, 그 당시 신동문이 경향신문 특집부에 몸담고 있으면서 시 한 편이 북한 노동신문에 실려 열여드레 동안인가 서대문 옥살이까지 했던 게 불과 2년 전이었는데, 어떻게 5·16 주체세력이 창간한 종합잡지 편집부에 드나들며 편집 자문을 할 수 있었을까. 신동문이만한 사람이 어찌 그럴 수가 있었을까 의아하게 여길 사람도 없지 않겠지만, 바로 그 시절이 그만큼 그런 쪽으로는 아직 '미분화' 상태에 있던 때였던 것이다.

하긴 당시도 혁신계의 중심부 쪽에서는 그런 쪽의 엄한 잣대나 시각이 있었는지 모르지만, 항간에서나 특히 문단 안에서는 꼭 그렇지가 않았던 것이다. 말하자면 이념 분화가 그렇게까지 엄격하지가 않았었고, 해방 직후의 좌·우 싸움에 대해서는 여전히 진저리를 쳤던 것이다. 특히나 신동문은 불과 몇 년 전까지 공군 하사였으며, 57년에 데뷔 이후에도 흥사단의「새벽」지에도 관계했었고 경향신문에 몸담고 있으면서 군사정부 검찰에 의해 서대문 감옥에 갇히기도 했었으나, 풀려 나와서는 아무렇지도 않게 이낙선이가 하는「세대」지의 편집 자문역을 맡아 하기도 했던 것이었다. 문단 안에서도 그런 신동문을 누구 하나 이상하게 여기며 배알이 없는 사람으로 취급하지를 않았다. 그 당시는 대강 그런 수준이 태반의 사람들을 관통하는 공통감각이었던 것이다.

물론 나도 추호나마 예외일 수가 없었다. 그렇게 심심풀이 삼아 그「세대」사 편집부에 자주 드나들었는데, 사람이라는 게 항용 그런 법이지만 심심해서 심심파적으로 그곳을 드나든다고 해서 그 '심심풀이'가 꼭 반드시 이루어지는 것은 아니다. 신동문이나 편집장 이광훈을 만난다고 해서 심심했던 것이 갑자기 심심해지지 않게 되느냐 하면 꼭 반드시 그렇게 되는 것은 아닌 것이다. 도리어 반대로, 그렇게 그곳에 들러본들, 신동문이나 이광훈을 만났다 한들, 별 뾰족한 수가 없기는 여전히 마찬가지였고 늘 그저 그렇고 그러했다. 이광훈 특유의 반은 허튼소리 섞인 우스갯소리들도 한두 번이나 재미있을까, 노상 늘 재미있을 수는 없는 것이다. 더구나 그 두 사람마저 자리를 비우고 출타라도 했으면, 바쁘게들 일하는 직원들을 붙들고 너나들이로 노닐 수도 없는 것이다.

바로 그날이 그런 날이었다. 마침 두 사람도 없어 그렇다고 금방 그냥 나올 수도 없고 하여 어쩔거나 하고 주위를 휘휘 둘러보는데, 마침 웬 원고 뭉치가 사무실 맨바닥에 쌓여 있는 것이 눈에 들어왔다. 그리하여 나는 무심결에 물어 보듯이 이게 웬 원고들이냐고 편집부 직원 한 사람에게 물어보았다. 그의 대답이 '단편소설 응모작품들인데 예선에서 탈락된 것들'이라고 하였다. "그래요?" 하고 나는 여전히 심심한 김에 심심파적이나 할 셈으로 그중에서 아무렇게나 한 편을 집어 들어 응접소파에 깊이 파묻혀 앉은 채 솔솔 잠이 와서 자며말며 그걸 읽기 시작했다. 천지개벽할 정도로 재미있는 물건은 아니었지만, 그런 대로 읽히기는 하였다. 문장도 단단하고 작품 짜임새도 괜찮았다.

이것이 예선에서 탈락되었다는 게 조금 의아해져 그 편집부 직원에게 다시 물어보았다. "이게 예선서 떨어졌어요? 내가 읽어보니 제법 재밌는데." "그래요? 그럼 주세요. 예선 통과 쪽으로 올리죠, 뭐" 하고 그 직원은 하던 제 일은 그냥 계속하면서 내게서 그 물건을 받아 챙기는 둥 마는 둥 제 책상머리 원고더미 위에 그냥 올려놓았다.

나는 잠시 그이를 물끄러미 쳐다보았다. 그렇지만 한편으론 이해도 되었다. 평소에 자기 자신이 그런 쪽으로 추호나마 엄두라도 내어 앞으로 소설가의 길을 갈까, 하는 사람이 아니라면 뭐 그다지나 이런 일에 책임을 느끼고 열을 낼 것인가. 어느 누가 예선을 통과하든 본선을 통과하든 오불관언이라는 쪽이기가 쉬울 것이다. 그저 그렇게 위에서 시키는 대로 기계적으로 대응하기가 십상일 것이다.

뒤에 알고 보니, 내가 읽었던 그 작품이 끝내 본선에서도 당선이 되었던 홍성원의 단편소설이었다.

소설 「분지」 필화사건

그때 홍성원은 이미 동아일보 장편소설 응모에 「D데이의 병촌」이 당선되어 있어, 「세대」지의 단편 공모에서도 당선이라는 영예를 차지했던 것은 별로 눈에 뜨이지가 않았지만, 그러고 보면 또 한 가지 기억나는 것이 있다.

바로 그 이듬해 65년이었는데, 당시 신구문화사 편집부에서 근무하던 염무웅이 어느 날 단편소설 원고라며 얇다란 봉투 하나를 슬쩍 나에게 건네주며, "우리 대학(서울대) 독문과의 제 동기 하나가 쓴 것인데요, 본인은 「사상계」지 신인상 응모에 낼까 하는가 봐요. 혹시 이 선생께서 시간이 나시면 한번 읽어보시고 괜찮다 싶으면 그쪽 편집부에라도 넘겨주실 수 있을는지요. 물론 응모 작품으로요" 하고 나직한 목소리로 조심스럽게 말하였다.

그야 어려울 것 없다고 나는 흔쾌히 응낙, 그날로 읽어보고 바로 이튿날인가, 그 무렵 「사상계」 편집부에 근무하며 거의 저녁마다 빠짐없이 매일 어울렸던 한남규(당시 이름은 한남철)에게 넘겼다. 그것이 이청준의 데뷔작품 「퇴원」이었다.

1970년. 남정현·이문구와 함께. 가운데가 필자

한편, 바로 이 무렵에 남정현의 소설 「분지」가 검찰에 의해 반체제 작품으로 해당법에 저촉된다며 전격적으로 인신 구속에까지 이른다. 그 소설 「분지」는 「현대문학」 65년 3월호에 게재된 것이었는데, 그해 7월에 터진 이 필화사건은 비단 문단뿐 아니라 언론계, 범 문화계에까지 큰 충격을 미친다. 특별 변호인으로 안수길 선생이 몸소 나서고, 이어령이 변호인 측이 내세운 증인으로 등장하는가 하면, 이항녕·한승헌·김두현 등이 변호인으로 나선다.

이때의 재판에는 나도 별일이 없는 한 꼭꼭 방청을 했었는데, 푸른색 포승에 수정을 차고 법정 안으로 들어서곤 하던 체수 작은 남정현이 그렇게도 안쓰러워 보일 수가 없었다. 피고석에 홀로 앉아 있는 뒷모습도 아주아주 가련해 보였다. 그렇게 남정현은 3개월 동안 서울 구치소에 구속되고 이 사건의 파장은 여러 사람에게까지 '필화'로 미친다.

그 당시 미국에서 갓 돌아왔던 백낙청이 이 사건에 대한 소견을 조선일보 지상에 발표했다가 남산 중앙정보부에 불려가 조사라는 명목으로 시달리기도 하고, 창간 직후의 중앙일보 문화부에 있으면서 고정 칼럼을 쓰고 있던 김상기도 그 사건을 다루었다가 남산 쪽의 압력으로 그 칼럼 필진에서 물러나 끝내는 모교인 서울대학교 철학과 조교로 되돌아가게 된다.

그렇게 그이는 지금은 미국에서 철학교수가 되어 있다. 그뿐이 아니었다. 그 당시 조선일보의 문화부장은 남재희였는데, 백낙청의 그 글을 실어주었다고 하여 한동안 남산 쪽의 시달림을 받았다던가 어쨌다던가.

결국 이 사건은 3개월 만에 남정현은 구치소에서 풀려나오게 되지만, 재판은 2심까지 이르며 질질 끌어가다가 67년에 가서야 '선고유예'로 마무리가 지어진다. 그렇게 남정현이 풀려나오고 나서, 이건 그에게서 뒤늦게 직접 들었거니와, 어느 날은 검찰 조사를 받으러 담당 검사실에 들어섰더니, 박재삼이 그 검사실에 와 있더라는 것이다.

그때 박재삼은 대한일보 문화부에 몸담고 있었는데, 마침 남정현의 담당 검사가 박재삼이 삼천포에서 고등학교 다닐 적의 은사였던 것이었다. 그리하여 박재삼도 박재삼대로 그 왕년의 은사였던 검사에게 '남정현 문제'로 은밀히 부탁을 하러 들렀다던 것이었다. 비단 자기뿐만 아니라 '여러 경로로 여러 사람이 밖에서들 당신을 위해 이렇게들 애를 쓰고 있으니 너무 걱정일랑 하지 말라'고 남정현에게 일러주기 위해 그렇게 일부러 검사실에서 기다리고 있었던 것이었다. 물론 그 왕년의 은사였던 담당 검사의 묵시적인 양해 하에.

나도 9년 뒤인 74년에는 이때(65년)의 남정현과 똑같이 서울 구치소에 구속이 되어 보았기 때문에 익히 알거니와, 관복에 포승에 수정을 찬 피의자 경우로 일거에 떨어진 사람으로서, 이때의 이 박재삼 같은 정도의 '마음 씀'이 얼마나 얼마나 마음 든든하게 위안이 되는지, 이런 일을 안 겪어본 사람은 도저히 알지 못할 것이다.

그런데 이건 또 웬일인가. 74년 1월에 나도 처음으로 서울 구치소 3사에 구속되어 두 번째 재판을 받을 때까지는 방청석에 분명히 남정현의 모습이 보였었는데, 세 번째 재판 때는 보이지가 않아 조금 의아하게 여겼었다. 한데, 그날 느지막이 구치소로 돌아와 출정 나갔던 일행이 웅성대며 사동 복도에서 서성거리는데 2사 쪽 사동에서 아주아주 가까이 남정현이 커다란 소리로 '이호철, 이호철' 하고 내 이름을 부르질 않는가. 이러니 어찌 기절초풍하게 놀라지 않

1960년대 어느 모임에서 박재삼, 임헌영과 함께

을 것인가. 남정현은 그렇게 그날 2사 상1방에 독거수로 또 들어와 있었다. 나는 3사 상2방. 그리하여 내가 변소 쪽으로 나가서 안마당 너머로 소리를 지르면, 모습은 보이지 않지만 남정현과 어렵지 않게 '통방'을 할 수는 있었다. 그러나 이러도록 교도관들이 내버려 두지를 않았다. 그 남정현은 육영수 여사가 문세광에게 피살당한 며칠 뒤 바로 8월 20일이던가, 한밤중에 풀려나가던 것이었다.

그때도 그는 조그만 보퉁이 하나만 달랑 들고 2사 상 복도를 나가면서 커다란 목소리로 내 이름을 불렀다. 그때 나는 아직 2심 계류 중이었다. 저렇게 나가는 남정현이가 여간 부럽지가 않았다.

그때 그렇게 대한일보 문화부에 몸담고 있으면서 남정현에게 조금이라도 도움을 주려고 왕년 고등학교 은사였던 이 사건의 담당검사를 찾아가는 등 나름대로 노심초사하던 박재삼이, 첫 중풍 발작이 일어났던 것은 바로 그때 이 재판을 방청하고 마악 밖으로 나서면서였다. 참으로 해괴한 일이라고 아니할 수 없었다.

이한림 자서전과 「추운 겨울의 무더움」

초동 골목 안에서 하숙생활을 하던 그 무렵 어느 날, 나는 조금 기이한 청탁 한 가지를 받는다. 하숙집에서 금방 코 닿을 거리에 있던 을지로3가 대로변 5층 빌딩 하나에는 그 당시 새로 발족된 '수산개발공사'라는 국책회사가 있었는데, 그 초대 사장에는 5·16 혁명 때 제1군사령관으로 혁명의 성공, 실패를 좌지우지할 수도 있었던 4성 장군, 이한림 장군이 퇴역하여 부임해 있었다. 그 무렵 울던 아이들도 울음을 뚝 그친다고 할 정도로 무시무시하게 알려졌던 그 이름 석 자는 평소에 나도 익히 알고는 있었지만, 그이가 요즘으로 말하면 해양수산부 장관인 셈인 초대 '수산개발공사' 사장으로 부임해 왔다는 것은 알 턱이 없었다.

한데 그이가 자신의 파란만장한 과거사를 자서전으로 엮어내고 싶어 합당한 집필자를 물색 중이었는데 그 후보자로 내가 일단 거명되었던 모양이었다. '이것 봐라, 요거 한번 재미있구나.' 첫 교섭이 왔을 때, 일단 나는 이렇게 혼자 생각했다.

이 일을 교섭한 사람은 그 회사의 공보실장이었다. 대표적인 일간

신문의 민완기자로도 있었고, 또 한때는 이범석 장군이 이끌던 민족청년단, 속칭 '족청계' 중추인물의 한 사람이었던 부완혁 씨 휘하에 핵심 참모로도 있었다던 사람이었다. 그 공보실장을 만나 술 한 잔 거하게 나누고 금방 의기투합, 당시 정릉에 살던 그이 댁에 가서 하룻밤 자기도 하였다. 그렇게 나는 일단 그 일을 응낙하였다. 복잡하게 생각할 것 없이, 우선 그 장군을 만나 그이의 '지나온 이야기'를 들을 수 있다는 데 묘한 호기심이 당겼다. 매달 월급으로 소정액을 받고, 매일 시간을 정해 그 장본인을 몇 시간씩 만나 이야기를 듣는 것이 일과가 되었다.

공보실장의 안내로 수산개발공사 사장실에서 그 퇴역 4성 장군과 첫 대면을 하게 되었는데, 첫인상으로 왕창 놀란 것은, 그 옆의 비리비리한 비서실이나 공보실에 비해, 사장실만은 동대문 운동장만하게 어마어마하게 컸다는 점이었다. 그 방으로 들어서자마자 나도 모르게 금방 간이 콩알만해지는 것을 스스로도 약여하게 느꼈다. 과연 항간에서 듣던 대로 보통사람은 아니구나 싶었고, 초장부터 압도를 당하였다.

이튿날 저녁인가에는 후암동 자택에서 저녁 대접을 받으며 사모님을 비롯, 가족들과도 상면을 하였다. 우아하게 미인으로 생긴 사모님의 첫인상은 어딘가 일본교육을 받은 일본여자 같다는 느낌이 들었다. 특히나 알고 본즉, 그이는 고향이 함경남도 남쪽 끝인 안변으로, 원산이 고향인 나와는 동향인 셈이었다. 내 고향 마을의 뒷산이 바로 안변군과 경계를 이루고 있었던 것이다. 그리고 나도 여러번 가본 일이 있는 안변군 하의 석왕사. 이러니 처음부터 이야기는 자연스럽게 술술 풀려가기 시작했고, 나도 나대로 메모를 해가며 일은 순조롭게 진척되어 갔다.

그런대로 재미있는 이야기들도 꽤나 많았지만, 그러나 일이 진척되어 가면서 문제가 부각되기 시작했다. 그이 쪽에서 자신이 걸어온 모든 걸 허심탄회하게 죄다 풀어놓지를 못하는 것 같았다. 말하자면 유년시절, 소년시절은 그런대로 미끄럽게 잘 풀어 나갔지만, 박정희 전 대통령과 동기생으로 있었던 만주군관학교 시절 이야기부터는 슬슬 꼬리를 사리는 것 같았다.

그뿐인가. 해방 뒤 우리 군의 효시였던 셈인 군사영어학교 이야기 같은 것도 주역으로 활동했던 이응준 장군이 그때 그렇게 애를 썼다는 식의 공식적인 것만 있을 뿐, 허심탄회하게 죄다 털어놓고 이야기를 못하는 것이었다. 내 쪽에서 차츰 심드렁해하는 눈치를 챈 본인부터 이미 그 점을 강하게 의식하고 있었다. 차츰 김이 빠질 수밖에 없었다.

한편 그때 들었던 재미있는 삽화 한 토막으로 이런 것이 있다. 서대문의 영어군사학교에 적을 두고 있을 때 그이는 을지로5가의 어느 여관에 묵고 있었는데, 어느 여름날 박정희가 고향 선산에서 모처럼 상경했다가 '만문(만주군관학교)' 동창인 자기가 그 여관에서 기거하고 있는 것을 알곤 노타이 바람으로 불시에 찾아 왔었다는 것이다. 그이도 방에 혼자 앉아 있다가 누가 찾아 왔다기에 현관으로 나가보니, 바로 박정희라는 것이다. 서로 허물없는 사이라, 어디에 파묻혀 있다가 이제야 나타났느냐고 너스레를 떠는데, 박정희는 대뜸 마침 그이가 무심하게 그대로 끼고 있던 미군용 선글라스부터 날

렵하게 벗겨 빼앗으며, "건방지게 어디서 이 따위는 주워 썼어. 꼴값
하느라고……"라며, 그대로 그 선글라스를 현관 시멘트 바닥에다 패
댕이치고는, 신고 있던 구둣발로 천천히 비벼대며 아주아주 바스라
뜨려 가루를 만들어 버리더라는 것이었다.

　나로선 바로 이런 이야기야말로 재미가 있었다. 박정희라는 사람
의 어느 진면목을 여지없이 내보인 점이었기 때문이다. 그리고 두
사람 간의 관계도, 그런 그이 쪽에서는 이런 이야기를 하면서는 저
도 모르게 목소리가 작아지며, 매우매우 저어하고 주저하는 것이 아
닌가. "역시 그이(박정희)는 그렇게 독종이었군요" 하고 내 쪽에서
화끈하게 반색을 해도, "그런 셈이지" 하고 눈길로만 겁겁하게 반응
하는 식이었으니, 이러니 제대로 일이 되겠는가.

　5·16 거사 때도 그이는 1군사령관으로 처음에 애매한 태도를 취
했다가 박정희의 노여움을 사서 덕수궁 안에서 차지철 휘하의 얼룩
무늬 병사들에게 말로 다 못하는 곤욕을 치른 것이다. 그런 이야기
도 그이는 소곤대며 겨우겨우 털어놓고는, "이 이야기도 먼 훗날이
라면 몰라도, 지금은……" 하고 꾸물대는 식이었다.

　이리하여 처음에 거창하게 시작됐던 그 '자서전' 건은 결국은 유
야무야 용두사미로 끝나버리고 말지만, 그러나 모름지기 인생사의
여러 국면을 알수록 좋은 소설가인 나로서는 여러 가지로 소득이 없
지 않았다. 항간에서 소문으로만 듣던 그이와 직접 상면해서 본 그
이의 '거리' 같은 것이 그것이었다. 단둘이 마주 앉아 이야기하는 그
이는 그지없이 질박하고 단순하기까지 하였으며, 나 이상으로 순진
하기도 하던 것이었다.

그 뒤 이한림 장군은 수산개발공사 사장을 그만두고도 터키 대사, 오스트레일리아 대사 등 재외공관을 두루 돌고, 건설부 장관도 역임, 제3공화국 하에서 주요 직책을 맡게 되거니와, 이런 점으로도 박정희라는 사람의 어느 단면이 여실하게 드러나고 있다.

사실 박정희는 그렇게 18년 동안 재임 기간에도 어떤 형태로건 자신과 인연을 맺었던 사람들을 절대로 소홀히 여기지 않고 구석구석 잘 챙겼던 것으로 오늘까지도 여러 가지 일화를 남기고 있다. 그렇게 사람간의 인연, 인간관계를 매우 귀히 여겼다는 것은 이한림과의 관계에서도 예외가 아니었던 것 같다.

그 이한림은 그이 특유의 조금 유치해 보이는 댄디즘이랄까, 신사도를 발휘하기도 하여 모윤숙을 비롯한 문단 안의 내로라하는 사람들과도 적지 않게 교분을 트고 지냈고, 그이가 오스트레일리아 대사로 재직하고 있을 때는 큰 마음을 써서 모윤숙 등 일단의 가난한 문인들을 초청, 일체 비용을 자신의 호주머니에서 털어 그 당시로서는 별 따기나 다름없던 호주 관광을 하도록 마음을 쓰기도 했던 것이었다. 그때도 나를 그 초청 대상에서 뺀 것은 그 '자서전 건'이 조금 쑥스러워서였기도 했을 터이지만, 그보다도 이미 그때는 내가 '민주수호협의회'라는 재야운동단체의 운영위원으로 김재준, 천관우, 이병린, 함석헌 씨 등과 함께 반정부 운동에 가담하고 있었다는 것이 보다 큰 이유였을 것이다.

그렇게 퇴역한 이한림 장군은 군에 몸담고 있을 때나 사회에 나와서 요직을 돌 때나 부하들을 들들 볶는 것으로도 여러 가지 일화를 남겼지만, 이 점은 내가 보기에는 사람이면 누구나가 다소간은 갖고 있는 일종의 '버릇', '습관' 같은 것으로 보였다. 다만 어떤 이유에서 였는지는 모르겠으되 그이의 경우는 그이대로의 그 '버릇', '습관'이 어쩌다가 보니 너무 지나치게 심화되었다는 점이 아니었을까.

이 점은 박정희라는 사람의 선후배나 부하들, 일단 자기와 한번 인연을 맺었던 사람들을 속속들이 챙겨가던 행태와 비길 때, 더욱 두드러지게 드러난다. 그리고 이 점으로 말할 것 같으면, 누가 더 잘 나고 못나고 하는 차원의 문제이기보다는 구경적으로는 각자에 배 당된 운명으로 보인다. 그 점, 나는 이한림이라는 사람의 그런 쪽의 편벽되었던 행태도 넓은 아량으로 바라보게 된다.

지금 이 나이가 되어서 뒤늦게 그렇게 달관 지경에 이르렀다기보 다 30대 중엽이었던 그때부터 이미 나는 그런 쪽의 시각을 지니고 있었던 것 같다. 뭐 특별히 잘난 척하려고 이런 소리를 하는 것이 아 니라, 이 점은 애당초 나의 생리이기도 하다. 스물세 살에 쓴 내 초 기작 「나상」 속에도 나의 이 점은 이미 깊이 아로새겨져 있었던 것 이 아닐까.

내가 「추운 저녁의 무더움」이라는, 장군을 주인공으로 한 짤막한 단편을 64년 초여름 '6·3 비상계엄' 와중에 썼던 것은 이미 앞에서 도 밝혔거니와, 사실은 이 작품은 그 무렵 육군 중령으로 육사 도서 관장으로 있던 함경도 혜산진 사람, 이창해 씨에게서 직접 들은 이 야기가 주 모티베이션이 되었다.

그이는 그때 거의 사흘 거리로 내 초동 하숙방에 드나들었다. 그 이는 저 유명한 백마고지 전투 때 28연대의 대대장으로 참전, 우리

나라 군인으로 미국의 최고훈장까지 탔던 유일한 군인, 김민술 대위의 그 당시 전장에서의 직속 대대장이었다던 것이다.

그이가 군 초창기부터 겪어낸 이야기 보따리를 풀어놓으면 그 누구건 밤새는 줄 몰랐다. 입심도 걸쭉하여 여간 흥미진진하지 않았다. 그이는 지금은 세상 떠난 이창대 시인의 친형이기도 하다. 내가 그이와 처음 알게 된 것은 고향 쪽 원산에서의 내 고등학교 동기동창 하나가 나보다 세 살이 많았는데, 46년엔가, 혜산진에서 원산에 나와 우리 고등학교에 편입, 같이 문학서클에서 활동하며 친하게 지냈던 것이었다. 그이는 내 중편 연작 소설 「퇴역 선임하사」의 주인공인 상호의 모델 인물이기도 하였는데, 이창해 중령은 바로 그가 혜산진에서 초등학교 다닐 때 1년 선배였다던 것이다. 그렇게 그의 소개로 알게 되었는데, 육사 7기 졸업인 이창해 중령은 첫인상부터 매우매우 강직하고 식견이 높고 독서도 많이 하여 금방 내가 홀딱 반했던 것이었다.

그러니 그이에게서 「추운 저녁의 무더움」의 모델이 된 그 장군 이야기를 들으면서도, 나는 나대로 바로 달포 전까지 후암동의 이한림 사장 집에 드나들었던 터이라, 그쪽의 그런저런 이미지도 나도 미처 모르게 많이 가미되었으리라고 본다.

그때 이창해 중령의 이야기 솜씨가 얼마나 흥겨웠으면 어느 날 저녁은 고 한남규에 김승옥 등이 같이 어울렸었는데, 통금시간이 박두하자 집에 돌아가지를 않고 이야기를 계속 듣기 위해 아예 여관방까지 하나 잡았다면 대강 짐작이 되겠는가.

'문협' 37년사

사실 5·16 이후 40여 년 간 이 나라가 엄청나게 달라져 온 것은 틀림이 없지만, 어느 면에서 본다면 사람들 살아가는 기본 양태는 40년 전이나 지금이나 거기서 거기로 별로 달라진 것이 없어 보이기도 한다. 마치 꼭 상자 같던 저 '시발' 택시를 타다가 날씬한 '새나라' 자동차가 나오자 온통 세상이 달라진 것 같던 것이 바로 어제 같은데, 그게 근 반세기 전이었다니 믿어지는가.

특히나 그때 30대 후반의 김종필 씨와 오늘의 김종필 씨. 그때 40여 년 전에 그렇게도 팔팔했던 그이가 오늘은 바로 저런 모습으로 여전히 '자민련' 고문에 총리서리로 떡하니 버티고 있는 것을 보며 당신은 어떤 감회를 맛보는가. 한마디로 지난 세상 흘러온 것이 그러저러했지만, 끝내는 세상 흘러가는 진면목인즉 바로 이러저러하다는 것을 새삼 일깨워주는 듯하지는 않는가. 그런 쪽의 잘난 소리 한두 마디로 꼭지가 똑 떨어지는 이야기만으로는 잘 가늠이 안 되게, 애당초에 사람살이라는 게 '복잡한' 것인지도 모른다.

그래서 요즘에는 그 무슨 '복잡계 이론'이라나 하는 것까지 풍미

하고 있다던가.

지난 40여 년 간 우리 정치권이라는 게 그러저러하게 난리법석을 피다가 결국은 지금 보는 바와 같은 DJ와 JP연합으로, 그동안 갖은 핍박을 당했던 한 사람은 대통령으로, 줄곧 핍박을 하던 쪽에 있던 한 사람은 아직은 비록 서리일망정 국무총리로 나란히 앉아 있는 것이다.

이 점이야말로 명약관화한 우리의 실제정황인 것이다. 그리하여, 이래서, 대체 어쨌다는 말인가. 나머지는 말, 말, 말들에 불과한 것이다. 끼리끼리 돌다가 제 김에 스러져 버리는 저 흔하디흔한 말, 말, 말들.

물론 우리 정치권만 그랬던 것은 아니었다. 문단도 대동소이하게 비슷했다.

'5·16'이 나던 1961년 12월 31일에 두 문학단체가 합해지며 '한국문인협회'로 정식 발족, 이듬해 62년 1월에 새 이사장으로 전영택 목사가 뽑혔다는 것은 앞서 이미 밝혔지만, 그때 부이사장으로는 기왕에 두 문학단체의 제각기 주역들이었던 김광섭, 김동리 두 분이 선임되어 이 이사장단이 63년까지 '문협' 초창기의 임원으로 터를 잡아간다.

그 뒤 64년 1월부터 69년까지 3대에서 8대까지 6년 동안 이사장에는 월탄 박종화, 부이사장에는 김동리, 모윤숙, 서정주 등이 선임되어 문협을 이끈다. 그리고 70년대 들어서면서 동리는 그동안에 호시탐탐 노렸던 이사장 자리를 향해 강용준, 하근찬, 박경수, 이문희, 송병수, 정창범, 김상일, 구인환, 정인영 등등 속칭 '서린동 무사' 선

1971년, 한국문인협회 총회 때의 미당 서정주 (왼쪽)와 조연현

봉대들을 이끌고 입성한다.

그렇게 9대 새 이사장에 김동리, 부이사장에 김현승, 모윤숙, 서정 주가 선임된다.

이때부터 조연현은 동리에게 앙심을 품기 시작하며 「현대문학」지 를 중심으로 한 문단 중심 부분이 세포분열을 하기 시작한다. 같은 함안 출신의 시인 문덕수가 제주에서 상경, 조연현 진영으로 합류하 며 활기는 지니게 된다.

이듬해(71년) 10대 이사장에도 김동리가 선임되고, 부이사장에는 조연현, 김현승, 서정주가 선임된다. 이듬해 72년에는 조연현이 서 정주를 앞세워 왕년에 월탄을 몰아냈던 동리에게 앙갚음을 하려고 이사장 경선에 내보내지만 실패, 드디어 73년 11대에는 조연현이 직접 나서서 동리를 끝내 거꾸러뜨리며 설원을 한다.

그렇게 이사장에 조연현, 부이사장에는 김요섭, 문덕수, 조병화가 선임된다. 그리고 75년 12대 조연현 이사장에 김요섭, 문덕수, 이동 주가 부이사장으로 뽑히고, 77년 13대 이사장에는 서정주가, 부이 사장에는 이동주, 김요섭에 조금 엉뚱하게도 박양균이라는 시인이 등장을 한다. 79년 14대 이사장으로는 조연현이 다시 선임되고 부이사장에는 이원섭, 조경희, 박양균, 이범선이 선임된다.

81년에 들어서 15대 이사장에도 조연현, 부이사장에 곽학송·문덕수·박양균·조경희·황명 등이 뽑히지만 조연현의 작고로 조경희가 직무대행을 맡아 하다가, 83년 16대 이사장으로는 김동리가 재선출되며 부이사장에 조경희·김윤성·황명·이근배가 선임되고, 86년 17대 이사장으로도 김동리, 부이사장에는 조병화·서정범·구인환·황명·김양수, 89년 18대 이사장으로는 조병화, 부이사장으로 황명·구인환·원종성·김시철·김해성, 92년 19대 이사장으로는 황명, 부이사장으로는 김해성·성춘복·홍승주·구인환·김시철, 95년 20대 이사장으로는 황명이 재선출되고 부이사장으로 성춘복·신세훈·함동선·이유식·이철호로 이어지다가 지난번 21대 이사장에는 성춘복이 뽑혔다.

이렇게 오늘까지의 문협 역사를 훑어볼 때가 어떤가. 무언지 일목요연하게 보이지 않는가. 요컨대 일생 매사 그러하듯이 그런 쪽으로 하고 싶은 사람들이 하게 마련이지만, 초기에는 글 쓰는 사람들의 모임으로 그런대로 '모습'이나마 갖추어 보이더니, 세월이 내려올수록 무언지 왕창 탁해지고 세상 잡배들 모임이나 어슷비슷하게 추접해져 온 것을 안 느낄 수가 없다. 제대로 글 쓰는 사람들과는 애당초에 상판이라곤 없는 그러한 기이한 '물건'으로 떨어져 버렸던 것이다.

한편, 50년대 중엽 예술원 발족을 둘러싸고 두 조각으로 갈려졌던 '자유문협' 쪽은 5·16 뒤 초기에는 당국의 뜻에 맞춰 김광섭, 모윤숙 등도 '문협' 임원으로 참여를 하지만, 이들의 본거지는 '국제펜클럽 한국본부' 쪽이었다.

이 단체는 1954년 10월 23일 변영로·이무영·주요섭·김광섭·이
헌구·모윤숙 등의 발기로 당시 서울 소공동 소재 치과대학 강당에
서 창립총회를 갖고 발족, 55년 6월에 비엔나 펜대회 때 정식으로
가입한다.

역대 회장단을 보면 54년, 55년 초대와 2대는 변영로, 3대는 정인
섭, 4~6대는 모윤숙, 60~62년까지 7~9대 주요섭, 그리고 63년 10
대부터 75년 19대까지 백철, 20대에서 22대까지 모윤숙, 83년 23대
부터 89년 26대까지 전숙희, 27~28대 문덕수, 29~30대 오늘의 김
시철로 이어져오고 있다.

신구문화사·현암사 시대

60년대 중반인 65년을 기준으로 할 때 우리 문단에서의 획기적인 변화를 주도하며 일약 중심권에 나선 것은 이어령과 신동문이가 이끈 일련의 움직임이 큰 몫을 하였다.

이 두 사람이 활동한 무대로는 월간 「새벽」지를 필두로 하여 신구문화사, 현암사, 월간 「세대」지 등을 꼽을 수 있을 것이다.

그리고 백낙청의 「창작과 비평」 창간, 기성문단의 「문협」이나 「펜클럽」 집행부를 둘러싼 지난 40년간의 대강의 흐름은 앞에서도 살펴보았거니와, 그 문학단체들이라는 것은 처음 결성될 때는 그렇지 않았는데, 세월 따라 날로 이상스럽게 뻗어가면서 명실상부한 문학인들 모임에서 멀어져, 차츰 문단 패권을 둘러싼 그런 쪽의 전문인 집합소 같은 것으로 떨어져 가고 있었다.

하긴 사람 사는 세상이라는 게 작건 크건 권력이나 패권을 중심으로 돌아갈 때는 어느 동네를 막론하고 그렇게 되기가 십상이긴 할 것이다. 어차피 그런 종류의 문학단체들이라는 것도 바로 고만한 수준의 '권력'이었고 '패권'이어서, 그런 쪽 성향으로 타고난 사람들은 제각기 생긴 대로 그런 쪽을 더 탐하면서 본업인 작품활동 같은 것에는 그만큼 소홀해질 수밖에 없었다. 어느새 그렇게 문단은 그런 쪽을 탐하며 한 자리 얻으려는 사람들과 그렇지 않은 사람들 패거리로 서서히 양분되어 갔다.

미리 밝히지만 나는 지금 그렇게 문학단체를 둘러싼 움직임에 휩쓸렸던 문인들을 추호도 헐뜯으려는 것은 아니다. 정치권이 저러하듯이 문학단체를 둘러싼 문단정치판이라는 것도 대동소이하게 대강 그런 꼴로 떨어지게 마련되어 있었던 것이다.

규모가 크건 작건 소정의 권력을 둘러싼 '정치'판이라는 것은 으레 저런 쪽으로 흘러가게 마련이라고, 나 같은 사람은 일찌감치 그런 동네와는 멀리 거리를 두기로 작심을 하고 있었는데, 그 점, 나는 나 자신의 분수랄까, 성향을 냉혹할 정도로 잘 알고 있었다고나 할까. 그러니까 거꾸로 말하면 나라는 사람은 '정치'판의 속성을 나와는 애당초 상관이 없는 동네로 거의 생득적인 본능으로 꿰고 있었던 셈이다. 물론 그 점으로 말한다면 나만 그랬던 것은 아니었다. 그리하여 자기 문학에만 전심전력하는 젊은 문학인들도 유유상종으로 끼리끼리 모일 수밖에 없었다.

그렇게 60년대도 중엽에 들어서면 50년대에서 60년대 초에 걸쳐 두 가닥으로 갈라져 으르렁거렸던 '문협'과 '자유문협'이 유야무야가 되면서 제각기 '문인협회'와 '펜클럽'으로 터를 잡아가게 되지만, 실제 국면으로 돌아가는 문학 활동이나 문학 저널리즘은 사처에서 우후죽순마냥 새로 일어나는 여러 출판사나 새 잡지들을 중심으로 활기차게 진행되고 있었던 것이다.

그 속에서 특히 두드러졌던 것이 60년대 초엽을 기준으로 한다면 「사상계」의 문예란이었고 「새벽」과 「문학춘추」 그리고 「문학」, 「학원」이었다. 출판사로는 '신구문화사'와 '현암사'를 꼽을 수 있을 것이다.

처음으로 우리 전집을 냈던 민중서관이나 정음사, 을유문화사, 계몽사, 일조각, 삼중당, 삼성출판사, 신태양사, 그밖의 몇몇 출판사들도 나름대로 중요한 몫들을 했지만 65년을 기준으로 한 새로운 문단 움직임에다 초점을 맞출 때는 단연 신구문화사와 현암사가 두드러지는데, 그 이유는 간단했다.

두 출판사 공히 이어령이라는 신진기예를 끌어안았던 것이 결정적인 동인이었다. 60년대 초 「새벽」지가 창간될 때 이어령은 그 잡지의 편집에 간여하며 신동문을 같이 끌어들이고, 동시에 종로2가 뒤쪽 삼각동인가 허름한 2층 사무실에서 첫 문을 열었던 신구문화사에도 편집고문 비슷하게 간여하며 다시 신동문을 그 출판사에도 불러들인다.

그때 이어령은 미도파 뒤에 있던 경향신문사의 논설위원으로 있었고, 신동문도 특집부에 몸담고 있었던 것이다. 신동문은 나보다 서너 살이나 위였으니까 이어령보다는 너댓 살이나 위이다. 그러나 신동문이라는 사람이 본시 어디서나 나이 태를 내는 그런 쪽의 성향이 아니어서 이어령도 이어령대로 같이 일하기는 꽤나 편했을 것이다. 대강 그러저러한 연줄로 나도 63년인가, 명동극장 주인이 사장으로 있던 그 경향신문에 「인생대리점」이라는 제목의 소설을 5~6개월 정도 연재를 하지만, 이 첫 연재는 죽을 쑤고 실패를 한다.

다만 재미라곤 없는 이 소설을 처음으로 만났던 전혜린이 매일 어김없이 찾아 읽는다고 하여 나로 하여금 내심 여간 놀라게 하지 않았었다. 물론 전혜린으로서는 나더러 듣기 좋으라고 한 소리였을 터이지만.

그렇게 이어령과 신동문은 그 무렵에 한 짝이 되어 여러 출판사에 관계를 하였는데, 이어령이 다시 65년쯤에는 신동문을 신구문화사에 박아둔 채 자신은 혼자서 종로2가 YMCA 뒤편에 있던 현암사에도 간여하며 부정기 간행물로 세 번에 걸쳐 「한국문학」을 간행, 나도 2백자 원고지 150장씩 세 번에 걸쳐 도합 450장의 중편소설 「퇴역 선임하사」를 거기에 발표하게 된다.

그렇게 가나오나 재기발랄한 이어령은 동에 번쩍 서에 번쩍하듯이 여러 출판사와 관계를 맺지만 어느 한 군데 지그시 붙어 있지를 못하고, 자기 아이디어나 무더기로 쏟아놓고 어느 정도 일할 '터'만 잡아두고는 미련 없이 표표히 떠나는 식이었다. 그이는 70년에 들어서는 삼성출판사에도 간여를 하며 오늘의 「문학사상」도 창간하게 된다.

이렇게 60년대 10년은 어떤 의미에서 보자면 이어령이 혼자서 사방으로 휘젓고 들던 시대라고 볼 수가 있으며, 그렇게 이어령이가 꾸려낸 독특한 범문화계 내지 출판계 분위기는 가위 당시로서는 압도적이었다.

가령 그 예증으로 한 가지만 든다면, 50년대 중엽에서 60년대 초까지 거의 독판으로 우리 문학을 좌지우지하다시피 해오던 「현대문학」과 「자유문학」 등이, 이어령과 신동문이 간여한 신구문화사와 현암사 바람에 불과 몇 년 동안에 차츰차츰 외곽으로 밀리며 어느새 저만큼 찌부러져 보였다. 신구문화사의「전후문학전집」이나 65년에 나온 18권짜리「현대한국문학전집」같은 것이 그 당시로서는 얼마나 압도적인 바람이었는지 짐작이라도 되겠는가.

이어령·신동문 콤비

이렇듯 60년대 전반기의 문단을 통틀어서 부감해 볼 때 구문단에 강한 충격을 준 것이 이어령과 신동문이었는데, 어떤 의미에서 그 두 사람의 콤비는 아주아주 명콤비였다.

앞에서도 잠깐 비쳤지만 이어령은 쏟아놓는 글에서나 재담에 들어서나 어느 누구도 족탈불급으로 뛰어났고, 그 어느 자리에서나 또 어떤 사람 앞에서나 추호라도 쭈뼛거린다거나 기죽는 법이 없이 기탄이 없고 당당하여 어떤 때는 옆에서 보기에 아슬아슬하기조차 하였고, 일부의 미움도 적지 않게 샀었다.

그러나 단둘이 어울려 보면 그지없이 맑고 솔직하여 소년처럼 귀여운 구석도 있었다. 무슨 일로건 남 딱한 사정을 돌보아주기 좋아하고, 그런 경우에도 우물쭈물 넘기는 법이 없이 끝까지 철저히 도와주곤 하였다. 그러면서도 그런 일로 추호나마 생색 같은 걸 내지도 않았다. 피차간에 뒤끝이 깨끗하였다.

그러니 이어령은 어느 한쪽으로 외롭기도 하였다. 대번에 문단 중심권으로 진입을 하며 독판으로 활개를 치면서도, 동에 번쩍 서에 번쩍할 뿐이지, 자기 패거리나 자기 파당은 꾸리지 못했다. 애당초에 그런 쪽으로는 관심조차 두지 않았다. 말하자면 생득적으로 치밀하게 차곡차곡 쌓아가는 '조직가' 쪽하고는 거리가 멀었다. 그 무렵 한때 그에게서 '문단 싸움꾼'이라는 별명이 붙어 다니기도 하였다.

그는 서울대학 국문과 학생 때 벌써 첫 공격 타깃으로 동리를 잡고 있었으니, 그 당시로서는 누구 눈에나 너무너무 무모한 도전으로 보였던 것이다. 그렇게 59년에는 경향신문 지상에서 두 사람 간에 너댓 차례에 걸쳐 공방전이 벌어져 온 사회의 이목을 집중시킬 정도까지 되었다는 것은 이미 50년대 이야기 말미에서도 밝혔거니와, 이어령은 그 여세를 몰아 동리·조연현 등을 주 타깃으로 삼아 60년대 들어 불과 4, 5년 사이에 문단 조류를 홱 뒤바꾸어 놓았던 것이다.

그런 일을 해낼 터를 제공해 주었던 것이, 이를테면 당시의 신구문화사와 현암사였고, 오직 앞으로 앞으로 내달리기만 하는 그를 내조하듯이 안살림으로 터를 잡아 준 것이 바로 신동문이었다. 그렇게 두 사람은 성격적으로 전혀 상반되었으나 서로 잘 맞물려들었다.

이어령이라는 사람은 일단 기가 나면 너댓 살이나 위인 신동문에게도 기탄없이 마구 윽박질러 옆에서 보기에 아슬아슬한 때도 적지 않았으나, 그에 걸맞게 신동문은 생득적으로 사바세계의 '중' 같은 사람이어서 고분고분하게 잘 맞춰주었다. 어떻게 보면 그런 경우의 이어령을 대하는 신동문은 마치 개구쟁이 막냇동생을 대하는 듯한 면도 없지가 않았다. 사실로 그때의 신동문은 문단 성원 누구에게서나 사랑을 받을 정도의 원만한 인품을 지니고 있었다.

이어령은 적이 많았지만 신동문은 전혀 적이 없었다. 그 점은 이런 식으로 표현하면 훨씬 알아듣기가 쉬울 것이다.

이어령은 어쩌다가 조연현과 마주 앉아야 할 처지가 되면 절대로 그 자릴 피했을 것이다. 반면에, 아마도 조연현 경우에서는 별로 눈에 뜨이지 않게 자연스럽게라면 한번 그런 자리가 마련되었으면 하고 은근히 바랐을 터이지만, 그렇다고 조연현 성격으로 그런 내심을 허투루 아무에게나 내비치지는 않았을 것이다. 그런 일일랑 밑의 참모 쪽에서 알아서 주선을 했어야 했는데, 조연현의 참모 가운데도 그런 일을 해낼 만한 재목은 없었던 것이 아닐까. 조연현 생전에 조연현, 이어령 두 사람이 언제쯤 오순도순하게 화기애애한 자리로 만났었는지의 여부는 나로서 알 수 없지만, 이어령도 60대 중반으로 들어선 지금 이 나이에서라면 젊었을 적 옛날 그때와는 다르게 기탄없이 만나 허심탄회하게 이야기를 나눌 수가 있을 터이다.

동리와는 살아생전에 이미 그랬던 것처럼. 한 예를 든다면, 80년대 말 언젠가 이문구가 '실천문학사' 일로 검찰에 연행되어 내가 문화부 장관실로 찾아갔을 때, 새벽에 이미 그 일로 동리와 전화통화를 했다는 소리를 슬쩍 지나가는 말로 내비쳤을 때도, 나는 나대로 가만가만 그런 쪽의 생각을 혼자서 일말의 감회 섞어 곱씹었던 것이다. 그렇구나! 동리와 이어령, 이 두 사람은 그렇게 전화통화도 이젠 자주 하는구나! 하고. 모든 건 시간이고 세월이구나……

그러나 신동문이라는 사람은 60년대 그때에도 조연현과 아무런 거리낌 없이 자연스럽게 만나 문단 선배 대접을 깍듯이 하며, 조연현이라는 사람으로 하여금 추호나마 불편하지 않게 할 능력이 본원적으로 있었던 사람이었다. 바로 신동문의 이 자질은 우리 문단 안에서는 매우매우 독보적인 희귀한 자질이었다. 그 신동문의 주위에 자연 젊은 문인들이 모여들기 시작하였다. 다시 말하면 신구문화사에 터를 잡고 있는 신동문에게 젊은 문인들 중심의 '패거리' 같은 것이 형성되기 시작하였다.

그런 신동문을 가장 잘 나타내는 기이한 삽화 한 토막이 있다.

그이는 60년대에 30대 중반쯤 늦은 결혼을 했는데, 첫날밤 신부를 신방에 내팽개쳐둔 채 밤새 친구들과 '섰다판'을 벌이며 꼴딱 밤을 새우고, 그러고도 그런 소리를 아무렇지도 않게 스스로 발설하는 그런 사람이었다.

난잡한 사람들과도 스스럼없이 친해질 만큼 무언지 달통해 있고 그러면서도 품격이 있어, 신동문에게 과연 유년시절이라는 게 있었을까, 하고 의아해지기도 한다. 응석을 부린다거나 어거지 떼를 쓰는 그런 시절이 신동문에게만은 없지 않았을까. 다섯 살쯤에 대번에 어른 세계로 진입을 하지나 않았을까 싶어지기조차 한다.

그렇게 누구에게나 편한 사람이었고 주위 사람들을 편하게 만드는 사람이었다. 이 점으로 말한다면 이어령이라는 사람은 사람 자체로서는 매우 불편한 사람이었다. 그래서 그의 주위엔 사람이 모여들지 않고 가까웠던 사람도 금방 떠나가고 늘 외톨로 외로워 보인다. 그러나 이 두 사람이 합작해내서 이루어낸 우리 문단의 1960대 '청진동 시절'은 우리 문단사에 한 획을 크게 긋게 되는 것이다.

월간 「청맥」지 등장

사람이 살아가는 세계는 본래적으로 다양성의 국면으로 존재한다. 세상 변해 가는 양태도 역시 마찬가지다. 절대적으로 옳은 오직 하나뿐의 길이란 애당초에 존재할 수가 없는 것이다.

분단되고 50년이 지난 오늘의 우리 남북을 비교해 볼 때도 서로 간에 이 정도로 격차가 생긴 이유는 지극히 간단했다. 북은 '유일사상'이라나 뭐라나, 김일성·김정일 중심의 초 강권체제로 오로지 그것 하나만을 신주단지 모시듯 하며 온 국민들을 닦달하며 내몰고, 그밖에는 티끌 하나도 용납하질 않고 철저히 배제했던 것이, 바로 오늘에 온 강산과 사람살이 모두를 저 지경으로까지 황폐화시키게 됐던 것이다.

반면에, 우리 남쪽은 어떠했는가. 국민 한 사람 한 사람 누구나가 제각기 각자 타고난 운명, 팔자대로 살아가도록 내버려 두면서, 북한에 비하면 '권력'이라는 게 있는 둥 없는 둥, 있다면 있고 없다면 없는 식으로 원시적遠視的으로만 감당해 왔던 것이 바로 그 배경이었다.

176

그렇게 오직 일의성一義性으로만 끌어 온 북한 체제는 언뜻 일사불란하게 질서정연해 보이고, 이 남쪽 체제는 모든 것이 뒤섞여 죽 끓듯 잡박하게 들끓어 금방이라도 거덜이 날 것 같은 명실공히 '난장판'이거나 '쌕쌕이판'으로 보였지만, 그거야말로 제대로 사람 사는 모습이었던 것이다.

남북 간의 문화, 문학 존립 양태의 차이도 이 테두리에서 예외일 수가 없었다. 50년대 말에서 60년대 전반기에 걸쳐 '이어령·신동문 콤비'의 합작품으로 꾸려낸 문단 '청진동 시절'이 화려하게 떠올랐다는 것은 이미 밝혔거니와, 그렇다고 49년에 모윤숙 사장에 '동리·조연현 콤비'로 떠올랐던 '문예 – 현대문학'으로 이어지는 세력은 죽었느냐 하면 절대로 그렇지가 않았다.

그쪽도 그쪽대로 그냥저냥 저들 양태로 건재하였던 것이다. 또한 서북 문인 몇몇이 주축이 되어 피난수도 부산에서 창간한 「문학예술」도 한때는 경영이 어려워 같은 서북 출신의 장준하가 시작한 「사상계」와 합류하기도 했지만 60년대 중엽에는 우여곡절 끝에 원응서의 「문학」지로 이어지며 건재를 과시하였고, 예술원 발족을 둘러싸고 문단이 두 조각으로 갈릴 때 통분 끝에 이산 김광섭이 시작했던 「자유문학」도 근근이 끊이지 않고 이어져 가고 있었던 것이다. 그리고 전봉건이가 주간으로 있던 「문학춘추」도.

이렇게 일단 돈이 있어 그런 걸 하고 싶은 사람은 누구나가 할 수 있는 것이 남쪽 세상이었고, '권력'이라는 것도 그런 걸 '한다, 못한다' 함부로 좌지우지할 수가 없는 것이 바로 법이 지배하는 남쪽 체제였던 것이다.

이렇듯 60년대로 들어서면 우리 사회 전체가 통틀어서 다양화의 국면으로 접어드는데, 문단의 '청진동 시절' 시발이라는 것도 그런 전체 움직임의 일환으로서였지, 그것만이 오로지 평지돌출처럼 솟아나왔던 것은 아니었다.

사실로 그 맞은편 한쪽에서는 몇 년 뒤에 형장의 이슬로 사라지지만 김종태, 김진락 등이 월간으로 「청맥」 잡지를 창간하기도 했던 것이다.

더구나 그때 청진동 수송초등학교 옆에 자리해 있던 '이어령·신동문 콤비'의 신구문화사와 갓 창간했던 현 한국일보사 바로 서쪽 내리막에 자리해 있던 조금 우중충했던 '청맥'사는 직선거리로 1백 미터나 될까, 지척지간으로 가까웠다.

그때 나는 그 「청맥」지에도 「서빙고 역전풍경」과 「생일초대」든가, 단편소설 두 편을 발표하고 중앙일보 창간에 즈음한 '시론' 하나도 썼었는데, 그 편집부에는 지금 미국의 대학에 있는 김상기 교수와 송복 연세대 교수도 근무했었다는 기억이다.

또 한 가지, 2층에 있던 편집부가 아래층으로 내려왔을 때 교정을 보러 아침 일찍 들렀다가 벌겋게 달아오른 난로 옆에서 평론가 구중서와 첫인사를 나누었던 곳도 그곳이었다. 그때도 구중서는 그이 특유의 그 뚜웅한 표정이었고, 나도 이런 경우에 세련된 사람들과는 거리가 멀어 피차에 말 한마디 나누지 않고 젖은 나무토막 둘이 부딪치듯이 그저 그렇게 손만을 잡았던 것이었다.

도합 너댓 번이나 들렀을까. 김종태 사장은 코빼기도 만날 수 없었고, 사장의 친조카가 된다는 서울대학 인문대 정치과 출신의 김진락 주간은 나불나불 잘 지껄이는 매우 사근사근한 사람이었다.

내가 이 사람을 마지막으로 만나본 것이 1965년 말, 바로 소공동 조선호텔의 한 연회장에서였다. 본격적인 주간지로는 우리나라에서 효시를 끊었던 「주간한국」 발간 1주년 기념으로 1965년 말 어느 날에 문화계 인사들을 초청, 그 연회를 벌였던 것이다.

그때는 번듯한 호텔이 서울에 두 군데밖에 없었다. 그 하나는 현 롯데호텔 자리 반도호텔이었고, 나머지 하나가 바로 이 조선호텔이었다. 특히 그때 「주간한국」에서는 1주년 기념행사로 2백 명인가의 문화계 인사와 기자들에게 설문지를 내어 앞으로 가장 촉망되는 문화인 다섯씩을 각 분야별로 뽑았는데, 여기서 내가 2위를 차지했었다.

1위는 김승옥, 그런데 음악 쪽은 2위가 바로 패티 김이었다. 그리하여 그때 그녀의 낭군이었던 길옥윤이 일부러 나한테 가까이 다가와 패티 김과 악수를 시키면서 앞으로 서로 자주 만나자고 하질 않는가. 나는 그때 패티 김 노래에 홀딱 반해 있던 참이어서 반은 얼이 빠져 있었다. 그렇게 그녀와 악수를 하고 몇 마디 이야기를 나누려는 참에 그 틈으로 낑겨들며 너스레를 떨었던 것이 바로 김진락이었다. 그이도 당연히 이 자리에 초청이 되었던 것이다. 바로 이 자리가 그이와의 마지막이 될 줄이야 누가 알았을 것인가.

그때 현 서울대학교 국문과 교수인 조동일은 그 잡지의 단골 필자로 「시인론」을 연재하고 있었는데, 경북 영양의 같은 문중 아저씨인 조지훈을 여지없이 내리깎아, 조지훈이 대단히 흥분을 하며 노여워했다던가.

그 당시 조동일은 62년엔가 시작된 「비평작업」 동인으로, 그 멤버로는 조동일·주섭일·임중빈·이광훈·최홍규 등이 있었다. 그리고 지금 어느 국회의원의 마누라가 된 모모 여사도. 그들의 타깃은 이어령 같은 사람이었던 것 같은데, 더러더러 그들 논조를 보면서는 북에서 나온 나 같은 사람도 혼자 공포에 떨었다. 특히 조동일과 주섭일의 글이 그랬다.

세월 따라 바뀌는 인생사

「비평작업」 동인 중의 특히 조동일과 주섭일의 글을 읽으며 나는 더러 혼자서 공포에 떨었다고 한 것은, 바로 지금 90년대도 끝 머리에 와 닿아서 30여 년 전 그때를 돌아보면서의 약간 엄살 섞인 과장도 전혀 없진 않지만, 그렇다고 전혀 터무니없는 것도 아니었다.

문학예술을 대하는 그런 종류의 관점이나 시각에 내 문학 본령으로는 본원적으로 거부하고 혐오하고 반발하면서도, 한편으로는 그런 쪽으로 더 열심히 공부를 하기도 하고 있었던 것이 그 무렵이었다. 이 점은 앞뒤가 안 맞는 모순처럼 보이겠지만, 내가 북쪽 체제에서 5년 동안을 살다가 이 남쪽으로 나왔다는 점이 그런 식에 결정적으로 작용을 하였었다. 그런 소리들은 바로 북쪽에서 노상 들어왔던 소리였기 때문이다.

그런 소리를 이 남쪽 세상에서도 듣는다는 것이 나는 어쩐지 생소하고 두려웠던 것이다. 그보다도 더 근본적으로는 나의 '문학혼'이랄까, '문학정신'이랄까 하는 것들이 그런 종류의 문학 이론들을 순순히 용납하지를 않았다는 편이 더 옳을 것이다. 이를테면 그런 것들은 사회과학이지, 제대로 문학예술이 될 수는 없다는 나대로의 막연하지만 강한 이모선이랄까, 느낌에 사로잡혀 있었던 것이다.

그리하여 그 두 사람 모두가 처음에 불문과에 들어갔던 불문학도였다는 점도 꽤나 희한하게 여겨졌다. 그렇게 역시 불문과 출신이던 김승옥을 통해 주섭일도 첫인사를 나누었었고, 조동일과도 안면을 익혔다.

나는 그때로부터 30~40년이 지난 지금에 와서 새삼 그 옛날의 일을 들추어내어 그이들의 공과를 따져들며 깎아내리자는 생각 같은 건 추호도 없다. 지금도 두 사람 다 현 문단 내에서는 가장 가까운 사람들에 속하고 나름대로 혜택도 입었다. 「세대」지에 연재했던 「소시민」을 가장 먼저 조선일보 지상에서 거론해 주었던 것도 조동일이었고, 91년에 내가 세계일보의 청탁으로 50여 일 간의 소련권 취재 끝에 1년간 「세기 말의 사상기행」을 연재했을 때도 나는 그 신문의 프랑스 특파원으로 있던 주섭일에게 여러 모로 여간 큰 도움을 받지 않았었다.

그렇게 모든 인생사, 시간 따라 세월 따라 달라지게 마련이고 그거야말로 바로 자연의 일환이기도 하겠거니와, 그걸 어거지로 서푼어치 의지로 가로막으련다고 막아지는 것은 아닌 것이다.

그 무렵(60년대)의 나의 행태는 그들보다 조금 뒤에 알게 된 「상황」동인의 한 사람이었던 그런 쪽의 맹렬논자, 임헌영 평론가가 최근 예술원 발간의 한 책자에 다음과 같이 썼던 글을 소개해보는 것이 손쉬울 것이다.

참고로 그때 「상황」동인의 주요 멤버는 임헌영, 구중서, 백승철 등 평론가와, 백철 펜클럽 회장 밑에서 사무국장을 했던 소설가 신상웅에 시인 신동엽, 그리고 연극을 하던 요즘의 국회의원 이재오 등 주로 중앙대학교 출신에다 남정현과 김병걸도 껴 있었다. 자, 임헌영의 그 회고담을 한번 보기로 하자.

이호철이 월남 후 인생행로의 또 다른 반전을 가져다준 사건은 1971년 민주수호국민협의회에 참여한 사실일 것이다. 그런데 재미있는 것은 이 무렵 이호철의 어떤 작품을 보아도 정작 그의 뜨거운 민주화 의식을 추출해낼 만한 소설은 찾기가 쉽지 않다는 점이다. 필자는 앞에서 이호철은 소설만으로는 이해하기 어려운 다양한 측면이 있다고 했는데 바로 이런 점이 그 한 예가 될 법하다. 연대기적으로 말하면 이호철은 이 무렵을 전후하여 결혼(1967), 불광동으로 이사하여 정착, 장편「공복사회」와「자유만복」등 출간(1968), 작품집「큰 산」과 이회성의「다듬이질하는 여인」번역 출간(1972) 등을 들 수 있다.
60년대 후반기에 필자는 문단 초년생으로 이미 대가급이었던 이호철을 자주 만날 기회가 있었는데, 소설로만 읽었던 그로부터 직접 만나고서 받은 느낌이나 충격은 컸다.
당시 문단에서는 남북한 문제를 탈이데올로기적 측면에서 민족의식의 차원으로 접근하는 자세를 지닌 문인이 드물었다. 북한체제를 체험한 이호철은 최인훈과 함께 이데올로기의 위력과 반위력을 동시에 체득한 지식인으로, 6·25를 소년기로 보낸 필자와 같은 애송이에게 너무나 거목으로 비쳐졌다.

필자로서는 그 무렵 간신히 독학한 일어로 사회주의와 마오쩌둥, 그리고 김일성 저작집 등을 조심스럽게 탐독할 때였는데, 이호철은 척척박사처럼 그 분야에서 궁금한 게 있어서 물으면 막힘이 없었다. 사석에서의 이런 격조 높은 대화와 그의 소설은 너무나 멀고 먼 것이구나 하는 생각이 필자의 뇌리에는 항상 떠돌았고, 그래서 이호철 문학의 열쇠는 그리 단순하지 않다고 여겨왔다. 「창작과 비평」이 창간되면서 이호철은 그 창간 이념에 적극 동조하여 초기의 창비에 많은 힘을 실어 주었다.

그리고 당시 전후세대 문인으로는 누구도 엄두를 못 내고 있었을 때 '민수협'에 참여하여 후진들에게 민주화 운동에 가담할 수 있는 길을 텄다. 그런데 재미있는 현상은 그러고도 그의 소설은 여전했다는 사실이다. 그뿐이 아니다. 1974년 투옥을 겪고 난 뒤 이젠 이호철의 소설에서도 '증오'를 볼 수 있겠지, 기대했는데 역시 사랑밖에 없었다. 오죽했으면 필자가 철없이 젊었던 한때는 이호철을 리얼리스트가 아니라고 비판까지 했겠는가. …(중략)…

계간 『창작과비평』 10주년(1976년) 좌담회에 참석한 염무웅, 신동문, 백낙청, 이호철, 신경림(왼쪽부터)

이후 이호철의 활약상은 문단의 차원을 넘어선다. 그러다가 1987년 6월 자유실천문인협의회(오늘의 '민문작') 대표를 사임하고 그 뒤부터 현격하게 변모한다. 장편『개화와 척사』(1992)와 『세기 말의 사상기행』(1993), 그리고 연작소설집『남녘사람 북녘사람』(1996) 등이 이 시기의 주목할 만한 결실인데, 분단문제를 남북한 등거리로 접근한다는 점에서는 변함이 없으나 민주화 운동에 뜨겁게 투신할 때와는 달리 '월남민'이 지닌 북한 비판적 성향이 두드러지게 불거진 점이 이 시기의 변모라 하겠다……."

통일혁명당 사건

오직 하나의 '이념'이나 '원칙'만으로 엄격히 통어되고 통제되는 전체주의 체제와는 달리, 소위 5·16 혁명 뒤에도 혁명공약 제1항에 '반공'을 국시國是의 제1호로 내세울 정도로 북한에 대한 대결태세는 삼엄했을망정, 우리 사회 실제 국면은 1948년의 건국이념이었던 서구민주주의의 기본이념, 특히 미국식 민주주의의 기본 '틀'은 깨지 않고 그대로 견지, 온존시키고 있었다. 응당 그럴 수밖에 없었던 것이 이 나라, 이 체제의 방패막이로 유엔군이라는 이름으로 미군 몇 개 사단이 여전히 진주해 있는 마당이었으니, 그건 너무너무 당연하였다.

그리하여 '6·3 계엄' 하 같은 비상시국에는 대낮에도 헤드라이트를 켠 채 중무장한 얼룩무늬 군인들을 가득 실은 스리쿼터가 세종로, 종로, 을지로 등 서울 시내 중심가를 서슬 푸르게 순찰을 돌고는 있었지만 그러는 게 되레 무언지 우스워 보였다.

태반의 사람들 누구나가, 심지어 눈치 빠른 애들까지도 그런 것을 곧이곧대로 믿지를 않고 무서워하지를 않았다. 무서워하긴커녕 시물시물 웃으며 대놓고 야유를 하고 있었으며 얕잡아 보고 있었던 것이다. 웃긴다 웃겨, 하고 말이다. 그러나 그 이상은 더 이상 따져들려고 하지를 않았다. 왜냐하면 더 이상 따져들면 저들 한 사람 한 사람의 기본 아이덴티티마저 근본적으로 수상쩍거나 곤혹스러워진다는 것을 거의 생득적으로 느끼고 있었기 때문이었다. 그 이상 따져들면 끝내는 바로 자신들이 하루하루 살아가고 있는 현실이 '미국의 식민지'로 가 닿지 않을 수 없었던 것이다.

그러나 53년에 휴전이 되고 나서 겨우 10년이 넘었을까 말까 한 그 당시 태반의 우리 지식인이나 언론인이나 보통 수준의 시정인市井人들은, 바로 그 점에 대해서만은 거의 본능적으로 그 어떤 '양해 사항'처럼 접어두고 있었다.

이심전심으로 휴전선 너머의 북한을 두루뭉실로라도 의식하지 않을 수 없었고, 저 6·25 때의 고생을 되떠올리곤 했던 것이다. 그것으로 더 이상은 '생각 끝', '따지는 일 끝'이었다.

그 이상 따져들다가는 자칫 북한의 노선에 동조하는 형국이 되어버리고, 그쪽 주장이 이론상으로는 아무리 옳아 보일지라도 6·25 때 몇 달간일망정 그 체제를 살아본 사람이면 거개가 다, 그런 세상에서 살 바엔 차라리 죽어버리겠다고 마음먹을 정도로 그런 체제에 대해서만은 아주아주 진저리들을 치고 있었다.

특히나 6·25 와중에 북한에서 월남해 와서 지난 10년간에 이 남쪽 땅에 근근이나마 새 삶의 터를 잡아가던 월남민들이 그들 한가운데에 떡 하니 버티고 있었던 것이다. 그러니 우리의 현대 역사학이나 사회학이 제대로 설 자리가 원천적으로 빈약했고, 그중의 더러

용기 있는 학자가 남이 못 하는 소리를 배짱 있게 한들, 그 가까운 또래의 비슷한 생각을 지닌 몇몇이나 뜨겁게 반응할 뿐이지, 넓은 파장으로 퍼져 나가지는 못하였다.

왜냐하면 6·25를 실제로 겪었던 당시 우리 사회 태반의 사람들은 '오냐 오냐, 잘 났다. 너희들 잘났다는 거 알아주겠으니, 그 옳다는 소리, 잘난 소리, 너희들 끼리끼리만 얼마든지 지껄여대거라. 우리는 원천적으로 그런 쪽하고는 상관을 않겠으니' 하는 식으로 받아들이고 있었던 것이다. 말하자면 이것이 60년대 중반의 우리 사회 대세大勢라고 보면 대강 틀림없었다.

바로 이런 각박한 조건을 떠안고 있으면서도 전후의 우리 사회는 외양과 내실 양면에서 미국 민주주의의 본을 딴 소위 민주사회의 그 '다양성'은 유감없이 과시하고 있었고, 사람들 누구나가 대강대강 자유를 만끽하고 있었다.

그건 어떤 면에서 보자면 모두가 제각기 제멋에 겨워 제멋대로들 살아갔다는 뜻도 될 것이다. 혁명군부는 군부대로, 민간인 정치인들은 정치인대로, 장사꾼은 장사꾼대로, 언론인은 언론인대로, 교수는 교수대로, 학생은 학생대로, 소설가는 소설가대로, 문학평론가는 문학평론가대로 누구나가 대강대강은 제각기 저 하고 싶은 말을 하며 돌아갔다. 누구 눈에나 딱 부러지게 '친 북한 성향'으로만 비치지 않는다면 얼마든지 악악 댈 수가 있었고 기고만장할 수도 있었다. 심지어 유엔군이라는 이름으로 미군이 진주해 있는 이 땅을 '똥 땅'으로 표현한 남정현의 「분지」라는 소설도 나올 수가 있었다.

이런 판국이었으니 급기야는 「청맥」 잡지도 버젓이 나올 수가 있었고, 신진 문학평론가 조동일이나 주섭일이 쓰는 평론들이 나 같은 사람에게는 약간은 충격이 아닐 수 없었다. 슬그머니 겁나고 두렵기까지 하였다.

왜냐하면 그 논조들은 그 당시 북에서 월남해 온 나 같은 사람이 보기엔 북의 공식 노선에 맞장구를 치는 것처럼도 보였기 때문이다. 과연 저래도 되는 것인지, 나 같은 사람으로서는 '아리까리'했다.

게다가 「청맥」 쪽에서는 내가 그 무렵 신진소설가로서 「등기수속」이니 「부시장 부임지로 안 가다」, 「추운 저녁의 무더움」 같은 풍자소설을 써내고, 장편 「소시민」도 저들 나름대로 좋게 보고 있었던 터여서, 단편 청탁이다 시론 청탁이다 하여, 나도 그때마다 덥석덥석 받아 우리 사회에 대한 비판적인 논조와 냉소적인 시각이 깔린 글들을 몇 편 써 주기도 하였다.

그러면서 나도 나 나름대로, 저들에 대한 현 내 분수 같은 것을 대강은 챙겨두곤 했다. 이를테면 저들이 나를 보는 시각은 나라는 사람이 별 볼 일 없는 소시민은 소시민이되, 지금과 같은 과도기적 조건 속에서는 나름대로 쓸모가 있는 소시민인 모양이었다.

"그래? 너희들 보기에 내가 겨우 고만한 수준이냐? 오냐, 알았다. 그럼 나도 고만큼만, 너희들이 평가하는 고만큼만으로 너희들에게 대응을 해주마."

꼭히 이렇게 딱 부러지게 결기 섞어 결의를 다졌던 것은 아니지만, 어영부영 대강은 그런 수준으로 그 사무실에도 드나들었는데, 드디어 끝내 어느 날은 올 것이 오고야 말았다.

어느 날 아침 신문마다 1면 톱을 장식한 통일혁명당 사건과 그 일당의 일망타진 소식이 그것이었다. 주범은 사장 김종태와「청맥」지 주간 김진락. 둘은 경북 영천 사람으로 당숙질 간이라던가. 그나저나 불과 며칠 전, 조선호텔의「주간한국」창간 1주년 모임에서 그렇게 생글생글 웃던 그 김진락이가…… 이럴 수가…….

「청맥」과 「주간한국」의 엇갈린 운명

우리나라 주간지의 효시 격이었던 「주간한국」 창간 1주년 기념식을 조선호텔 홀에서 화려하게 치렀었고, 이 자리서 「청맥」지의 주간이었던 김진락이도 만나 시시덕거리며 몇 마디 농담을 나누기도 했던 바로 그 며칠 뒤에는, 그가 북의 대남공작과 연결되어 있었다며 그들 일당이 몽땅 일망타진되며 체포되고 있었다.

그리고 바로 그 옆집이었던 「주간한국」은 이웃집의 그런 환란에는 나 몰라라 하듯이, 조경희 주간에 김성우 편집장을 비롯, 전 편집부 직원이 봉고차 한 대로 창간 1주년 기념으로 설악산 관광여행을 갔는데, 나도 소위 인기작가라는 이름으로 초청을 받아 같이 껴 갈 수가 있었다.

가는 길에 춘천에 들러 박경원 도지사에게서 걸판지게 점심 대접도 받고, 마침 토요일이라, 박 지사의 예쁘장하게 체수 작은 여비서 하나도 같이 편승하여 운 좋게도 내 옆 자리에 타게 되었다.

기자로는 이근우에 신동한에 떠버리 정홍택 등이 있었고, 조경희 주간의 입심도 합세, 차 안은 온통 시끌짝하였고, 바로 얼마 전에 공연되었던 패티 김의 '살짜기 옵서예'가 높은 볼륨으로 연성 불려지고 있었다. 우리 남쪽 세상은 바로 이런 세상이었다. 바로 옆집이 작살이 나건 환란을 겪건, 일단 '사상문제' 같은 것으로 연루되면 그 즉시 '나 몰라라'였다.

이때 조경희의 얼굴에도 그런 쪽의 자취는 털끝만큼도 드러나 있지 않았지만, 바로 옆집 「청맥」사가 작살이 나는 것을 보면서 어찌 남다른 감회가 없었을 것인가. 15년 전에는 조경희 본인도 저런 환란 속에 휘감겨 모진 홍역을 치르지 않았던가.

예나 지금이나 비록 생김새는 볼품이 없지만 타고난 활달함과 빠른 말씨의 뛰어난 재담, 어떤 무거운 자리도 대번에 자기 페이스로 끌어당겨 휘감아버리고 휘어잡아버리는 순발력과 담력에 있어서는 젊었을 때부터 남녀 통틀어 이 나라에서 둘째가라면 서러워할 강화도 사람 조경희가 겪은 수난은 이미 앞에서 이야기한 바 있다.

15년 전에 이런 홍역을 치른 조경희로서야 「청맥」지 사건 같은 것이 어떻게 보이겠는가. 무작정 멀리멀리 달아나고 싶었을 터였다. 그때 1박 2일 코스여서 우리는 겨우 비선대에, 흔들바위에, 비선폭포만 보고 돌아왔지만, 강원도 도지사의 그 여비서였던 '꼬마' 아가씨는 그 얼마 뒤 내 원효로 하숙방으로 편지 한 통을 보내왔는데, 그 봉함편지 속에는 '껌' 한 개가 얌전히 들어 있었다. 글을 쓰다가 피곤하면 이 '껌'을 씹으면서 한 번이라도 자기 얼굴을 떠올려달라는 짧은 문면과 함께. 나로서야 그건 힘들 것 없었다. 그대로 하였다.

봇물 터진 종합 여성지

60년대 중엽 우리 문학, 문화계의 일반적인 개황과 분위기를 큰 테두리로 짚어내자면, 64년 9월, 28년 만에 동아일보사에서 복간한 종합 월간지 「신동아」와 역시 같은 9월, 한국일보에서 창간한 「주간한국」을 들 수 있을 것이다.

이듬해 4월에는 여성지로 「주부생활」이 창간되고, 9월 22일자로 중앙일보가 창간된다. 그리고 65년 말 「창작과 비평」 창간, 67년 10월 「여성동아」 창간, 이듬해 4월 「월간중앙」 창간, 그리고 이런 틈새에서 약방에 감초 끼듯이 68년 10월의 문협 기관지 「월간문학」 창간. 대강 이런 추세 속에서 5·16 직후의 「민족일보」 폐간조치와 그 사장 조용수의 사형집행, 그리고 역시 「청맥」지 폐간조치와 그 사장 김종태와 주간 김진락의 사형집행 등을 이 무렵의 큰 특색으로 꼽아볼 수가 있을 것이다.

다시 말하면 그때까지 종합지 쪽으로는 오로지 「사상계」가 있었고, 그밖에 「새벽」과 「신태양」지가 근근이 연명하고, 5·16 주체세력이 내는 「세대」지가 있었을 뿐이었고, 여성지로도 얼굴 생김새부터가 오로지 여성지의 대부代父 노릇을 하기 위해 이 세상에 태어나지 않았는가 싶을 정도로 그쪽으로만 오직 걸맞아 보이던 고정기 주간의 얌전한 여성 교양지 「여원」 하나만 덩그렇게 지키고 있었을 뿐인데, 이게 웬 바람인가. 「신동아」 복간을 비롯하여 한국일보다, 중앙일보다, 큰 신문사들이 다투어 종합지, 여성지, 주간지 쪽으로 뛰어들면서, 불과 2~3여 년 간에 전체 분위기는 그야말로 천지개벽할 정도로 홱 바뀌어져 버린다.

말하자면 흔한 말로 근대화·다양화·대형화의 길로 접어드는 것이다. 가부장적 낡은 구태와 고리타분한 구각舊殼에서 벗어나며 일거에 우리 문화는 자본주의 문화의 한가운데로 '광고'라는 것과 관련되는 세계로 내동댕이쳐지는 것이다. 그렇게 60년대 중엽을 고비로 해서 우리 사회의 문화 양상의 급변이 보이게 되는 것이다.

그뿐인가, 이런 추세에 기름을 붓듯이 방송도 한몫을 한다. 63년 4월의 동아방송국 개국, 64년 5월의 중앙일보 자매매체로서의 동양방송 개국. 그때까지도 오직 방송이라면 남산 중턱의 국영 중앙방송과 인사동 네거리의 볼품이라곤 없는 4층 건물의 문화방송만이 있었을 뿐인데, 별안간에 방송 판도도 넓어지고 그쪽과 연결되는 광고 시장도 와락 부상을 하며 시장 면모도 크게 달라져가게 되는 것이다.

아직 텔레비전이라는 것이 널리 보급되었던 것은 아니어서 주로 라디오 방송이 주류를 이루고 있었고, 동아방송의 '유쾌한 응접실' 같은 프로가 아직은 인기를 끌고 있었다.

그 무렵 한때 황용주가 문화방송 사장으로 있었다. '현대문학상'을 탔던 내 「판문점」이라는 단편소설도 박수복 PD에 유병희 낭독으로 몇 차례에 걸쳐 라디오로 방송되었는데, 그때의 그 비좁고 어두 컴컴하고 정신 사납던 방송실 분위기는 지금에 비하면 실로 격세지 감이 없지 않다. 박수복은 부산일보 기자 때부터 나와 구면이었는 데, 어느새 이 문화방송으로 옮겨와 있었다.

황용주 사장이 주로 부산 쪽과 인연이 있었던 것이어서 대강 그런 연줄로써 이쪽으로 옮겨 앉았을 것이다. 이를테면 황용주는 국제신 보 편집국장을 지냈던 이병주 등과 함께 대표적으로 일제하의 일본 고등학교 세례를 받았던 자유주의 풍이 가미된 좌익 폼 같은 것도 적당히 묻어 있던, 그 세대의 대표적인 지식인들이 아니었을까.

말하자면 그 당시 책 깨나 읽은 일본 고등학생들이면 누구나가 그 런 쪽으로 적당히 물들어 있었을 까만 망토에 굽 높은 게다짝을 신 고 거드럭거리는 것을 멋으로 알았던 사람들, 약간은 프랑스적 데카 당 풍이 가미된 자유주의 풍, 그런 것을 지식인 씨앗의 '멋'처럼 알 고, 마르크스의 「자본론」 같은 것도 원본으로 못 읽었더라도, 술이 거나하게 취하여 그럴 만한 자리에 끼어들면 들은 풍월로나마 읊조 릴 정도의 교양 수준을 갖고 있었던 사람들.

해방 직후 좌익 쪽으로 몸담았다가 대거 월북한 남로당 계열의 지식 청년들 태반이 대강 그런 성향 쪽의 사람들이 아니었을까. 물 론 그렇지 않은 사람들도 많이 끼어 있었을 것이지만, 태반이 30년 대 그때 동경 등지로 유학을 가서 남의 등 너머로 그런 쪽의 좌익사 상을 흘깃 접하고 해방 뒤 여운형이라는 사람의 뒤를 따라 스스로도 좌익임을 표방했던 경박재자들. 일괄해서 이런 쪽으로 보는 것은 지 나치게 폄하하는 시각이 될까.

말하자면 해방 직후, 앞으로 다가올 세상은 소위 역사의 필연법칙에 따라 공산주의 사회가 도래할 것인즉, 일찌감치 그쪽으로 붙어 일을 해야, 앞으로 다가올 그날에 자기에게도 한몫이 차려질 것이라는 얄팍한 이해타산 밑의 처신, 그런 쪽이 주조主潮가 아니었을까.

바로 그때의 좌·우익을 막론하고 이 나라 엘리트라는 사람들의 행태 태반이 바로 이러해서, 46년엔가, 전라남도 고창 어느 댁에서의 당시 한민당 핵심요인 몇몇의 모임에서도 초대 대법원장이었던 김병로는 거나하게 술기운이 오른 상태에서 밤새 자신의 내의적삼을 벗어 갈기갈기 찢으며 오직 한마디, "이러면들 안 돼, 안 돼. 안 된단 말야. 안 돼, 이러면들 안 돼" 하고 거푸거푸 그 한마디만 밤새 되뇌었다고 하질 않던가.

그때 그이의 그 심정과 아픔이 그리하여 반세기가 넘은 지금에도 나에게는 선연하게 다가온다. 그렇다. 그렇고 말고다! 반세기 너머가 지난 지금 98년의 우리는 해방 직후의 그이들과 과연 얼마나 달라져 있을까. 이 점은 오늘의 우리 한 사람 한 사람이 곰곰 자신들을 챙겨보아야 한다.

어쨌거나 황용주, 이병주들이 진주 근처에서 일제 치하 그 무렵에 일본 유학생으로서 끼리끼리 같이 어울렸던 스물다섯 살 안쪽의 박갑동도 대표적으로 그런 쪽의 한 사람이 아니었을까. 그 박갑동은 끝내 남로당의 중책을 맡아 월북했다가 몇 십 년이 지나 남쪽으로 다시 탈출해 나오거니와…….

64년 말에 이르러 황용주 문화방송 사장의 「세대」지에 실렸던 논문이 국회에서부터 말썽이 일어나 반공법 위반으로 전격 구속되고,

바로 열흘 뒤에 조선일보의 선우휘 편집국장과 이영희 외신부장이 전격 구속되는 것은 바로 당시의 비슷한 연배들이 겪는 그러저러한 고초의 하나였을 터이다.

동트는 중편소설 시대

바로 이병주의 등장은 그런 맥락에서도 주목을 끌고, 60년대 중엽의 우리 사회의 어느 한 단면과도 정확히 부합된다. 그이가 처음 들고 나온 소설은 「알렉산드리아」. 제목부터가 이때까지의 우리 소설들에 비해 무언지 60년대라는 '시의성'과 새로운 국제 감각 같은 것을 담고 있다.

모르긴 몰라도 이 무렵에 40대 중반으로 들어선 1920년대 전후에 태어난 여러 문학인들 중에서, 57년에 「불꽃」이라는 작품으로 제2회 동인문학상을 거머쥐며 기성문단에 바람을 몰아왔던 선우휘와 한 쌍을 이루며 그로부터 7~8년 뒤에 나온 것이 바로 이병주의 중편소설 「알렉산드리아」가 아니었을까. 둘 다 중진 언론인. 이병주는 부산 항도의 국제신보 편집국장을 지냈고, 선우휘는 육본 정훈 쪽의 요직에도 있다가 조선일보 편집국장까지 지낸 사람.

사실 이 두 사람의 출현은 비슷한 연배였던 김성한의 「바비도」나 장용학의 「요한시집」, 「현대의 야野」 등과 함께 그때까지의 우리 작단에 큰 회오리를 몰고 온다.

20~30년대부터 줄곧 우리 작단의 주류를 이뤄왔던 깔끔한 단편 소설들, 가령 김동인, 조명희, 현진건, 주요섭, 이태준, 박태원, 이효석, 김유정, 이상, 계용묵, 김동리, 황순원 등으로 연면하게 이어져온 단편소설 중심의 작단에 중편소설이라는 것을 처음으로 선보이게 되는 것이다. 그것은 재래의 단편소설보다 분량 면에서 조금 길어졌다는 소설 양식에서뿐만 아니라, 질적인 면에서도 기왕의 작단이 적지 않게 당혹스럽게 받아들이는 그런 어떤 것이었다.

조금 무리하게 연결 짓자면 30년대 말 경성제대에 몸담고 있던 유진오의「김 강사와 T 교수」라는 소설과 연이 닿을 수 있을까. 그때 그 작품이 처음 발표되었을 때도, 이제 우리 소설도 천편일률적인 촌스러움에서 벗어나 제대로 '지성'적인 쪽으로 첫발을 들여 놓았다고, 평단 일부에서는 찬탄해 마지않았던 것이다.

그러나 그 유진오의 가장 막역한 친구였던, 역시 경성제대에 몸담고 있던 이효석의「메밀꽃 필 무렵」은 유진오의 그런 소설과는 극과 극으로 달랐다. 그 작품은 이효석의 대표작으로뿐만 아니라 우리 단편소설의 고전으로 오늘까지도 널리 애독되고 있는 것이다. 그러나 30년대 그 당시에는 평단 일부에서일망정 그렇게도 요란하게 거론되었던 유진오의 그 작품은 오늘에 와서는 어찌 되었는가. 거의가 잊혀 있는 것이다.

나는 이효석이 비록 단편이지만 그런 작품 한 편을 써내고, 유진오가 그런 명품을 한 편도 못 남긴, 두 사람 간의 차이는 별 것이 아니라고 생각한다. 유진오가 서울 태생으로 그 당대를 순탄하게 살았던 데 비해서, 이효석은 그 작품을 써낼 무렵에는 서울로 올라와 그런대로 떵떵거리고 살았을망정, 본시 태어나기는 강원도 평창군 하의 농촌 시골이었다는 사실, 그리하여 그의 마음 밑자락에는 어릴 적 고향산천과 그 시절의 삶에 대한 짙은 그리움이, 그리고 여전히 그 농촌 속에서 어렵게 살아가고 있을 고향 사람들에 대한 '미안한 마음'이 끈질기게 버팅겨 있었던 것이 아니었을까, 바로 그 차이가 아니었을까.

이런 기준에서 본다면 선우휘나 이병주의 그런 소설들,「불꽃」이나「알렉산드리아」같은 작품들은 우리나라에 중편소설이라는 물건을 처음으로 상륙시켰다는 공적은 인정해야겠지만, 그리고 60년대 중엽이라는 '시의성'이나 새로 닥쳐오는 시대감각 면에서는 선구자 역을 해냈지만, 작품 그 자체의 됨됨이에 들어서는 문제를 많이 내포하고 있었고, 모름지기 구경적으로 끝까지 지켜내야 할 바람직한 '작가 자세' 면에서도 부정적인 영향이 없지 않았다고 생각하는 것이 오늘의 솔직한 내 생각이다.

실제로 나는 57년에 발표되어 제2회 동인문학상까지 거머쥔「불꽃」이라는 작품에 대해서도, 그리고 그 7년 뒤에 이병주가 내놓은 중편「알렉산드리아」에 대해서도 처음부터 별로 호감을 지니지 않았다.

저런 것들은 반半언론성 중간소설이지, 진짜배기 좋은 소설이 될 수는 없지 않는가 하고 나대로 의아하게 여겼었고, 그래서 제2회 동인상 심사 자리에서도 선우휘의「불꽃」을 놓고 평론가 백철과 소설가 김동리의 의견이 서로 엇갈려 맞붙었을 때도, 나는 단연 김동리 쪽으로 내심 찬성을 했던 것이다. 박재삼도 나와 똑같은 생각이

이병주 작가

었다.

다만, 일부 평론가나 외국 문학자들이 그 작품들을 두고 그러고저러고 하는 건 그런대로 이해가 되지만, 명품 「별을 헨다」의 작가 계용묵까지 그런 쪽으로 '지성 지성' 하고 내세우는 데는 끝내 참을 수가 없어 당시의 「현대문학」 지상에 1페이지짜리 반론 비슷한 것을 썼다가 그이의 대단한 노여움을 사기도 했다.

그러나 아무튼 60년대 중엽에 들어서면 선우휘나 이병주의 그런 소설들은 너끈하게 우리 작단에 터를 잡아간다. 어떤 의미에서 보자면 그런 식으로 소설 쓰기가 쉬워지는 면도 없지 않았고, 소설들이 반半언론으로 혹은 군소리투성이로 헤실헤실해지고 안이해져 가고 있었던 것이다.

가령 그 점은 이렇게 비교해보면 훨씬 손쉽게 알 수가 있겠다.

경남 끝의 하동 태생인 이병주와 마산의 이원섭, 두 사람은 비슷한 연배였으면서도 전혀 다른 문학 성향과 삶의 궤적을 드러내고 있었는데, 그 차이는 간단했다.

이원섭이 일찍이 당시의 최고 명문 경기중학을 최우수 성적으로 졸업하고도 '서울대(경성제대)' 쪽으로 넘보지 않고, 저대로 뜻이 있어 '혜화불교전문학교'로 진학한 점, 그렇게 49년엔가 「문예」지에서 미당 서정주에 의한 시 추천 첫 주자로 시인으로 데뷔하고 나서 선우회, 이병주가 문단에 등단하는 60년대에는 「논어」, 「대학」 등을 비롯한 중국의 고전들을 왕성하게 번역하는 데 몰두하였다.

이에 비해 바로 이웃에서 비슷한 시기에 태어났던 재동 이병주는 그럴만한 나이에 일본으로 건너가 그 무렵 풍미했던 일본의 '다이쇼(大正) 리버럴리즘'과 소위 계급사관 등 사회주의 쪽의 이데올로기 같은 것도 남의 어깨너머로 나름대로의 낌새로라도 챙길 수가 있었다는 것, 바로 그 차이가 아니었을까.

선우휘·이병주의 '돌출 등장'

비단 이원섭과 이병주뿐만 아니라 60년대 중엽 그 무렵 40대 중반의 나이로 혹은 그 전후의 연배로 가장 왕성하게 작품활동을 했던 소설가, 시인들을 대강 훑어보더라도 그 점, 선우휘와 이병주의 공통적인 특색은 대번에 드러난다.

앞에서 본 시인 이원섭 말고도 이병주와 비슷한 그 지방 출신의 문학인들인 통영 태생의 유치환을 비롯, 박경리나 김상옥, 그리고 1922년에 태어난 김춘수, 바로 그 이웃인 함안에서 1920년에 태어난 조연현과 문덕수, 삼천포 태생의 박재삼, 나이는 더 위지만 경남 창원 출신의 설창수, 역시 진주에서 선친이 건설업을 했다던 천상병과 이형기, 이렇게만 대강 나열해 보더라도, 하동 출신의 이병주와 비겨볼 때 그들 모두는 무언지 한통속으로, 가부장적인 재래 문단에 속한 사람들로, 잡지 「문예」나 「현대문학」 사람들로 떠오른다. 말하자면 이병주라는 사람은 그런 기성 문단 쪽의 세례를 전혀 안 받고, 문단 쪽보다는 더 넓은 사회과학 쪽 세례가 더 많이 가미된 본판의 '지식인 사회'거나 언론계 언저리 같은 굵은 동네에 있던 사람이어서, 이를테면 우리 '문단문학' 쪽을 시다, 소설이다, 깔짝깔짝 깔짝대는 '덜 자란 아이들' 동네쯤으로 얕보고 있던 사람이 아니었을까.

그런 사람이 60년대도 중엽에 이르러, 자 보아라, 이런 게 왈 제대로 제 모양을 갖춘 소설이라는 거다, 하고 별안간에 부상을 하는 것이다. 그렇게 그의 소설 「알렉산드리아」를 세상에 내보내주었던 것이, 다른 사람 아닌 바로 「세대」지 편집 고문역을 맡았던 신동문이었다. 그 점도 60년대 중엽 그 당시의 변화 국면에 들어선 우리 문단의 청진동 시절이라는 일반적인 개황과 쏙 들어맞는다.

이 점은 평북 정주 출신의 선우휘도 매한가지였다. 가령 비슷한 연배들의 북한 출신 소설가나 시인을 들어보더라도 1917년 함남 북청에서 태어난 전광용, 역시 18년 함남 함흥에서 태어난 박연희 그리고 최현식, 20년 평남 안주에서 태어난 이범선, 역시 평북 정주 태생의 곽학송과 정한숙, 그밖에도 평안도 출신들인 손창섭, 오상원 등과 나란히 22년생의 선우휘를 세워보면, 선우휘는 같은 고장 북한 출신의 문인들보다는 차라리 저 남쪽 경남 하동 태생의 이병주와 동류항으로 다가온다. 두 사람 다 「문예」지나 「현대문학」지 같은 기성문단 쪽과는 처음부터 별반 인연이 없었던 것이다. 다만 이병주가 사회과학 쪽의 세례를 많이 받은 쪽이라면 선우휘는 보다 민족주의적인 성향이 강했다고 보여진다. 그 점은 그 두 사람의 지적 성장 과정과 함수를 지니는데, 두 사람의 공통점은 언론계 중진으로 있었다는 점 말고도 비슷한 연배의 여느 문학인들보다 평소에 왕성한 독서를 했다는 점일 것이다.

일본 메이지 대학 문예과를 졸업한 이병주는 그렇게 1965년 「세대」지에 소설 「알렉산드리아」를 발표하고 나서 「관부 연락선」이니 「철학적 살인」이니, 소설 제목만 보더라도 그이다운 특색이 여실한 소설들을 연타로 쏟아내는데, 선우휘보다 한 살 많은 1921년생인 그는 김수영과도 한동안 가까이 어울려 지낸다. 그 두 사람도 무언가 서로 상통하는 점이 있었을 것이다. 1968년 김수영이 49세라는 한창 나이로 교통사고로 이승을 하직하던 마지막 밤도 바로 이병주와 같이 술을 마셨었다는 사실도 매우 시사하는 바가 없지 않다. 그무렵 여느 문인들이 모르는 두 사람만의 상통되는 면이 분명 있었을 것이다. 그것은 과연 뭐였을까.

70년대 말 월탄과의 대담

1978년 초겨울의 어느 날이었다. 그 당시 대표적인 월간지였던 「월간 중앙」에서 원로작가이신 월탄 박종화 선생과의 대담이 모처럼 기획되어 있어 그 잡지의 기자와 함께 마포 쪽 어딘가의 그이 댁으로 찾아 뵌 일이 있었는데, 그때 월탄께서 털어놓은 이야기 가운데서 무척 인상 깊게 들었던 한 가지가 있었다.

그건 뭐냐 하면, 흔히 장안파 공산당의 창립자로 그쪽 학계 같은 데서 꽤나 장중하게 무겁게 알려져 있던 정백이라는 사람과 그이, 월탄과의 관계가 그것이었다.

그 부분은 그때의 월탄 육성 그대로 옮겨 보는 것이 분위기로도 매우 합당해 보일 듯하고, 특히 1920년대 초기의 우리네 작단作壇 실황도 생생하게 나오고 있으니, 여러 모로 뜻이 깊을 것 같다.

우선 월탄 쪽에서 그 대담 첫머리를 이런 식으로 주절 주절거리듯이 지껄였다. 원체 자리가 자리였던 만큼, 게다가 그이도 이미 79세여서 아무런 부담 없이 마음 편하게 허두를 이렇게 떼었다.

월탄 선생: 그 무렵 나, 박종화라는 사람이 가장 크게 충격을 받았던 것이, 춘원 이광수의 장편소설 「무정」과 「5도 답파 여행기」였소이다. 그때까지 이를테면 신소설이라는 것만 주로 읽어 오다가, 그걸 보니까, 그야말로 눈이 번쩍 뜨이더구먼.

그 무렵 1901년 생인 내가 휘문(중학)에서 만났던 것이 우리 집 근처에 살던 정지현, 정백이었어요. 나중에 그이는 유명한 장안파 공산당의 창립자가 됩디다만, 그 다음 또 하나는 수원서 올라왔던 홍노작입니다. 이렇게 셋이서 휘문의 한 반에 있게 되는데, 이 무렵에 내 집은 바로 남대문 밖이었어요.

그런데 노작 홍사용은 본시 집이 수원이었으니까 내 집 근처에 하숙을 하고 있었고, 정백은 늘 자주 만나던 한동네 친구였으니까, 노상 셋이서 많이 같이 어울려 다녔어요. 그때는 학교도 걸어서 다녔으니까 셋이서 밤낮 토론도 하고, 잠시도 떨어져 있는 일이 없다시피 지냈어요.

주로 문학 이야기였는데, 마침 그때가 일본의 자연주의 문학풍조가 밀려 들어오던 때여서 우리 셋도 똑같이 문학열에 잔뜩 들떠 있던 문학소년들로서 그 무렵 매우매우 구하기 힘들었습니다만, 등사기 하나를 몰래 구해 가지고 '회람잡지' 모양으로 「피는 꽃」이라는, 이를테면 첫 동인지가 된 셈입니다만, 잡지 비슷한 것까지 냈어요. 하긴 지금 생각하면, 그게 뭐 동인지 축에나 들라는가.

이호철: 그러면 「장미촌」이나 「백조」가 나오기도 훨씬 전이겠네요?

월탄: 그럼, 전이다마다. 「문우」라는 이름으로 뭔가 냈던 것도 같

구먼. 그러구, 이건 휘문을 졸업한 직후가 아니었던가 싶은데, 암튼 그 무렵에는 일종의 열병처럼 그런 것들을 내고 싶드먼. 등사판에다 철필로 긁어서 말이지.

이호철: 정백과의 그런 관계는 월탄께서 처음 밝히시는 것 같은데, 매우 인상적으로 들립니다요. 요즘에 와서 익히 듣고 있는 그 당시의 우리나라 분위기와 견주어서 볼 때도 말입니다. 시사해 주는 바가 꽤 많아 보입니다.

다시 말해서 이때까지 우리네 현대 사람들은 기미년 3·1운동을 전후해서 일어났던 그 무렵 우리나라의 사회운동과 문화운동을 흔히 한 맥락으로 하나의 덩어리로 인식하려는 시야가 매우 박약薄弱했던 것이 사실이었습니다. 당시의 사회운동과 문화운동이 전혀 다른 동네로 떨어져 있었을 리는 만무였을 것인데, 이때까지는 어쩐지 그런 인상을 주기도 했었거든요. 그쪽은 지나치게 장중하고 무거운 반면에 이쪽 문학 편은 아주아주 경박한, "날라리 판" 같은 인상도 짙었다는 말입니다.

이제까지 그럴 수밖에 없었던 이유도 찾자면 찾아지지 않을 것도 아니겠습니다만, 아무튼 방금 월탄께서 하신 말씀은, 저 같은 사람으로서는 약간의 충격으로 받아들여진다는 말입니다.

장안파 공산당의 창립자였던 정백과 월탄께서 어릴 때 그런 사이였다는 것이 말입니다. 뭔지 본원적으로 생소하게 느껴집니다요.

월탄: 그 점, 내가 이때까지 공적인 좌석에서 별로 털어놓지 않았던 이야기였지만, 기왕 이야기가 나왔으니, 그 무렵의 문화 쪽 이야기도 좀 더 자세히 해야겠구먼,

3·1운동 직후, 소위 일본 식민 당국의 소위 새문화정책의 일환으로 여러 군데에서 동인지들이 쏟아져 나오는데, 지금 내 기억으로 신문은 인촌이 동아일보를, 송병준이 이끌던 대정친목회의 조선일보, 그리고 참정권 운동을 하던 민원식이 시작했던 시사신문이라는 것이 있었고, 잡지로는 「월광」이 「개벽」에 앞서 나오지요. 그때 「월광」은 이병조라는 사람이 했지. 이보다 앞서 문학동인지 「창조」가 김동인에 의해 이미 일본 동경에서 나오고 있었고 말이지. 대강 이런 분위기 속에서 나와 정백, 그리고 홍사용 셋도 뭐 그런 비슷한 것을 해볼 길이 없을까 하고 여간 열에 떠 있지 않았어.

그런데 마침 「월광」에서 정백을 불러서 대번에 편집장으로 앉혔어요. 그 사무실이 바로 화동 골목 안에 있었는데, 그때는 물론 정백이 사회주의자도 아니었고, 그러니까 나와 홍사용도 그곳에 수시로 드나들었을 것 아닙니까. 그렇게 「월광」이 몇 해 나오는데, 그 무렵 언젠가 이병조가 나더러도 문학잡지 한번 해 보라고 해서, 동아일보 옛날 것을 보면 광고도 나옵니다만, 우선 「문우」라는 동인지를 내게 되었지요. 나와 홍노작이 시를 쓰고, 정백이도 글을 쓰고.

이호철: 처음에는 그렇게 세 분께서 하셨다!

월탄: 그렇지. 하지만 예나 지금이나, 그런 걸 하면 사람이 모여들고 친구들이 생기거든.

바로 그때 우리네 휘문 출신과는 달리 배재 출신으로 회월 박영희, 나도향, 최승일 등이 모여서 또 「새 청년」이라는 것을 냈어요,

어느 날은 이들이 나를 찾아왔어. 그런데 나도향은 내 조부 약을 지으러 다닐 때 더러 보았던 그 한약방 집 아들이더먼.

결국은 그렇게 휘문의 「문우」와 배재의 「새 청년」이 합하여서 좀 더 본격적으로 정말 잡지다운 잡지를 해 보려고 했어요.

그래서 그 뒤 조선일보 기자였던 현진건까지 껴들어서 설왕설래, 끝내는 홍사용의 재종 되는 분을 동원해서 자금을 마련하게 되지요.

결국은 그때나 지금이나 끝머리에는 돈, 자금이거든.

그렇게 결국은 휘문의 홍사용과 나, 그리고 배재의 나도향, 박영희, 대구의 이상화, 그리고 현진건 등이 모여서 1921년 겨울에 원고를 모아 이듬해 1월 1일자로 「백조」 창간호가 나오게 되지요.

이호철: 그럼 그때 벌써 정백은?

월탄: 응, 바로 그 얘긴데, 그 뒤 「백조」 6호에 내가 쓴 글 하나를 보면, 그때 「백조」와 「흑조」 두 가지를 내려고 했다는 이야기가 나옵니다. 그때 벌써 정백은 사상적으로 사회운동 쪽으로 마음을 두기 시작했어. 결국은 그렇게 「백조」만 나오고 「흑조」는 이름만 한 번 나왔을 뿐 발간까지는 되지 못하고, 그렇게 정백은 본격적으로 그쪽으로 나가기 시작했고, 1923년까지 「백조」는 나오다가, 1925년경 되니까, 문단 분위기도 확 달라져 버리더군.

이호철: 벌써 그때는 1908년생이던 보성중학 출신의 임화가 혜성처럼 등장, 박영희를 제치고 그런 쪽의 작단 주도권을 휘어잡지 않습니까? 그때도 월탄과 함께 그 일을 했던 그 박영희는 그 무렵 한때는 그 쪽으로도 조금 기웃거렸다가, 그 새로 등장한 임

화 등에 슬슬 밀려나니까, "잃은 것은 문학이고 얻은 것은 설익은 이데올로기뿐이었다" 운운, 한바탕 바람을 일으키기도 하지요.

월탄 박종화와의, 보기에 따라서는 조금 구질구질해 보이기도 할 그 옛날의 그런 대담을 이렇게 인용해본 뜻은 다름이 아니다.

당대 현실 속에서 살았던 실제 경험을 그 본인의 육성으로 이렇게 들어보면, 그 당대의 실제 분위기가 꽤나 생동감 있게 다가오면서, 한편으로는 그런 실제 경험들과, 그 뒤 몇 십 년이 지나서 후대에 와서 이를테면 국문학 연구 같은 데서 흔히 다루어지는 낭만주의니 사실주의니 뭐니 뭐니 하고, 알뜰하게 체계가 잡힌 소위 "이론"들과의 심한 갭, 격차 같은 것을 안 느낄 수가 없다.

당대의 실제 현실은 사람살이의 그저 그런 평상적인 것이 주조主潮를 이루고 있는데, 그런 것이 국문학 연구 같은 데서 다루어지고 있는 것들은 필요 이상으로 지나치게 의미 부여가 되어서, 사실왜곡까지는 아니지만, 대체로 실제보다 심히 무거워져 있어 보인다.

그 대표적인 것이 이를테면 바로 임화의 「문학의 논리」 같은 심히 무거운 문학 평론들이었다.

이건 그보다 훨씬 뒤지만, 그렇게 보성중학 출신으로 혜성처럼 나와서 평론뿐 아니라 「우리 오빠와 화로」 같은 예쁜 서정시로도 눈길을 끌며 당시 한때는 계급문학 쪽의 대표주자로 군림했던 임화도, 그보다 한 살 위였던 1907년생이던 백철에게는, 그 당시에 동경고등사범학교를 나왔다는 점으로 그이 앞에서는 한풀 꺾이고도 있었다는, 요즘의 우리 입장에서는 웃지못할 삽화도 있었던 것이었다.

김지하의 '오적'과 육영수 여사

1970년대 들어서 김지하의 장편 서사시 「오적五賊」이 「사상계」에 실리며 작단 전체에 커다란 회오리를 몰아온 사건이 있었다.

그 시의 문학적 됨됨이로 따지자면 여러 시각이 있을 수 있겠으되, 어쨌거나 그 장편 시의 충격은 엄청나서, 우리 사회의 여러 국면으로도 지적知的 작업의 존립 방식을 두고, 일단 반성들을 해볼 만한 충분한 계기는 되고도 남았었다. 더구나 「사상계」지에 실렸었으니.

그 파장은 문단 전체로도 거의 미증유의 것이어서, 나 자신도 후배 시인들이나 소설가, 평론가들과 함께 그 파장에 당연히 휘말려들지 않을 수 없었다.

더구나 장본인인 김지하 시인부터가 그 엄청난 파장에 스스로부터 놀라서 크게 당황, 마산 요양소로 들어갔다느니, 해남의 어느 절로 들어가 있다느니 하고 종적을 몰라, 관계당국도 여러 군데서 우선은 내 집을 찾아오곤 했다. 하지만 나로서도 곤혹스럽긴 매한가지였다.

그 무렵의 나도 전세를 살다가 금방 불광동 280번지, 속칭 독박골의 건평 겨우 9평짜리의 자기 집을 처음으로 마련, 한국일보에 「재미있는 세상」이라는 연재소설을 마악 시작했을 때였으니.

그런 식으로 나도 차츰 당국 쪽으로서는 '반체제 분자' 비슷이 낙인이 찍히기 시작했으니, 북에서 단신 월남해 온 나로서는 억울하기 짝이 없었지만, 딱히 어디에 호소해 볼 곳도 없었다.

그렇게 1971년 4월에는 재야 운동단체의 효시 격인 "민주수호국민협의회" 운영위원으로 선임까지 되어 대통령 선거 때는 소위 표감시 차 목포까지 내려갔었으니.

하지만 1972년에는 전격적인 남북 공동성명이 발표되면서 9월에는 북한 적십자사 대표들이 난생 처음으로 판문점을 거쳐 서울로 들어올 때는 경향신문의 취재 차편으로 문산까지 마중을 올라갔었고,

명동 가톨릭문화관 「김지하 문학의 밤」을 마치고. 앞줄 맨 왼쪽 필자 옆이 김지하 시인 모친

그렇게 경향신문뿐만 아니라 동아일보에도 북한 적십자 대표들에게 보내는 짧은 글을 몇 마디 썼고, 대한일보에서는 작단 선배들인 조연현, 곽종원과 남북 관계에 대한 정담鼎談을 나누고, 9월 1일자로는 정치인들인 민병권, 송원영과 정담政談도 나누었었다.

그런가 하면 1973년 1월에는 육군본부가 주선했던 베트남 파병 국군 방문 작가단의 한 사람으로 김광림·최인훈·최인호·고은 등과 함께 사이공·퀴논·나트랑 등의 맹호부대와 백마부대 등도 돌아보며, 앞으로 2년 안에 월남 이 나라는 끝난다고 정확히 예언까지 했었다.

그리고 그해 10월에는 '유신체제'가 선포되고, 11월 5일자로 종로2가 YMCA 식당에서 '민주수호국민협의회' 명의로 유신체제 반대 시국성명을 발표, 그날 그 자리에 참여했던 김재준·함석헌·이병린·천관우·지학순·김숭경·법정·김지하 등과 함께 종로경찰서에 연행되었다가 당일로 훈방된다.

그리고 12월 30일자로 나온 장준하 주도의 "개헌청원백만인서명"의 30인 발기인으로도 나는 동참하고, 그 며칠 뒤 1974년 1월 7일자로 역시 유신체제를 반대하는 "61인 문인 시국성명"의 진행을 맡았다가 몇몇이 중부경찰서에 연행, 역시 훈방되는데, 이튿날 8일자로 '긴급조치 1호'가 발동된다.

한데 바로 그렇게 무시무시했던 1973년 10월 어느 날, 나는 뜻밖에 청와대의 영부인 육영수 여사의 비서실이라는 데서 전화가 걸려온다. 애리애리한 여비서의 목소리로, 영부인께서 전라남도 나주의 나환자촌을 도와주고 계시는데, 문인 두엇과 동행을 하고 싶어 하시며, 그 한 사람으로 나를 지명하셨다는 것이 아닌가.

다른 한 사람은 나환자인 시인 한하운 씨래서, 일순, 나는 이런저런 생각이 번개처럼 스치었다. 그렇다고 당장 그 전화에다 대고, "저는 지금 '민주수호국민협의회' 운영위원으로 있는데요, 혹여, 영부인께서는 그 점을 모르시고 이러시는 건 아닌지요" 하고 대놓고 물어볼 수도 없는 처지였다.

그러자 벌써 저편에서는 내 쪽에서 응당 승낙하겠거니 하고 지껄이고 있었다.

"오시는 방법은, 효자동 끝에 오시면 모모 약국이 있는데, 그 앞에 내일 정각 오전 열 시에 서 계시면, 이쪽에서 까만 승용차 한 대가 모시러 나갈 것입니다. 아시겠죠." 하고는 절컥 전화를 끊었다.

결국 그렇게 이튿날 아침 난생 처음으로 청와대 현관에 들어서자, 어제 전화를 걸었던 그 여비서가 기다리고 서 있다가 상냥한 목소리를 섞어 안내해 주었다.

현관을 들어서서 금방 오른쪽 방이 영부인 방문객의 대기실인 듯하였다. 한하운 씨도 벌써 와 있었고, 또 한 분, 당시의 문공부 장관 윤주영 씨의 부인도 와 있었다.

그렇게 커피 한 잔을 마악 마시려는데, 안쪽으로 통한 문이 열리며 영부인께서 나타났다. 나는 들었던 커피 잔을 도로 놓고 일어서서 예를 표했다. 영부인께서는 그냥 앉으라며 시종 웃으셨고, 한국일보에 연재 중이던 나의 「재미있는 세상」을 하루도 빠뜨리지 않고 읽고 있다며, "어쩜 그렇게 이 선생님께서는 입담이 좋으시지요?" 하고 치하도 해 주었다.

초등학교 여선생처럼 온화하고 우아하여 일단 호감이 갔고 이쪽을 편안하게 해 주었다. 하지만 현지에 닿았을 때는 조금 무시무시하였다. 현지 경찰국장이며 중앙정보부의 현지 분실장이며, 생김생김부터 무시무시해 보이는 사내들이 떼거리로 설쳐대었다.

나환자촌은 그런대로 알뜰하게 꾸려져 있었고, 영부인께서는 사진도 같이 찍자며 나를 그런대로 챙기기도 하였으나, 나는 교묘하게 피했다. 영부인도 벌써 그런 내 눈치를 아시곤, 굳이 강권하지는 않았다.

그때 마악 갓 마흔을 넘어서던 나로서는 여러 가지로 잔신경이 쓰였던 것이다. 이제는 죄다 고인이 되었지만 김재준 목사, 함석헌 옹, 천관우 선생, 이병린 변호사들을 모시고 '민주수호국민협의회'의 운영위원으로 몸담고 있으면서, 영부인과 같이 이런 데서 사진을 찍는다는 것이 도무지 나로서는 내키지가 않고 어색했던 것이었다.

이를테면 어느 누가 보기에도 양다리 걸치고 있는 듯이 보일 것이 아닌가. 바로 그 점이 여간 신경 쓰이지가 않았던 것이다.

다시 헬리콥터로 청와대로 돌아온 것은 어두워질 무렵이었다. 아침에 들렀던 그 방에 다시 들러 커피 한 잔 마시는 것으로, 이제 이날 일정의 마무리를 지을 판이었다.

나는 진정을 담은 간곡한 인사말 한마디는 해야 할 것 같아서 돌아오는 비행기 안에서부터 곰곰 궁리를 하였다가, 그렇게 커피 한 잔씩 나누는 자리에서 정중히 공손하게 한마디 하였다.

"오늘, 우선 조촐한 여행이어서 무척 즐거웠습니다. 그러구, 영부인의 인상도 생각했던 거보다 꽤나 따뜻했고, 우아하셨고요."

그러자 영부인께서는 미소 섞어 받으셨다.

"두 분 다아 떠들썩한 분위기는 싫어하실 것 같아서 저 나름대로 조금 신경은 썼지요. 기자들에게도 전혀 알리지를 않고요."

"거듭 고맙습니다. 저로서도 오늘 여행이 따뜻한 추억으로 오래 남을 것 같습니다요."

내가 이렇게 대답하자, 바로 그 순간이었다. 영부인 육영수 여사는 들었던 커피 잔을 도로 놓으면서, "저는 그저 이런 재미로나 살죠 뭐" 하곤, 헉 하고 울음을 터뜨리질 않는가. 그리고는 스스로도 당황하며 급하게 손수건을 꺼내 눈물을 닦아내었다.

그렇게 자리는 대번에 묘해졌고, 우리는 서둘러 작별 인사를 했다.

나는 돌아오는 자동차 속에서 혼자 가만가만히 중얼거렸다.

"그렇지. 권총 찬 시뻘건 탐욕덩어리 사내들, 권력 세계 속의 차지철 같은 녀석들만 그 안에서 노상 보다가, 나 같은 말랑말랑한 사내를 모처럼만에 만났으니, 그렇게 울음이 터질 만도 했을 거야. 암튼 권력, 권력이라는 것은 나하고는 가장 머언 곳에 있으니까. 그건 그렇고 이 육 여사, 매우매우 썩 괜찮은 엉부인임에는 틀림없어 보이누먼" 하고.

거시기 산우회山友會의 출범과 이문구

나는 30대 때부터 산을 좋아하여 화동 하숙 때는 삼청동 뒷산을, 그 뒤 1962년인가 케네디 대통령이 충격적으로 세상 떠나던 필동 시절이나, 명보극장 앞 골목 초동 하숙 때도 새벽이면 혼자서 남산 정상에를 오르내리곤 했었다. 뿐만 아니라 틈만 나면 혼자서 종로5가에서 버스로 도봉산 입구까지 가서 수유리까지의 종주며, 세검정에서 시작, 백운대 위문을 거쳐 우이동으로 내려오는 북한산 종주며, 더러는 아예 원행으로 소백산·설악산 등도 수시로 오르내렸다.

그렇게 1960년대 내가 등산에 맛들였던 초기 한때 설악산에는 한남철이나 이문구도 서너 번 같이 다니기도 하여, 언젠가 한번은 지리산의 칠선계곡을 김주영도 같이 함께 오르면서, 맨 아래쪽은 초여름이었지만 차츰 오르면서 봄과 맞닥뜨려 뱀 한 마리도 만나고 하면서 천왕봉 마루턱에 곧장 가닿는 기인 코스를 한 번 하고는 얼마나 혼쭐이 났던지, 내 안사람은 그 뒤로 한동안은 아예 등산이라는 것에서는 천리만리로 달아나고 싶어 하던 것이었다.

그러다가 언젠가부터 나는 이돈명 변호사와 알게 되면서 어느 일요일에는 세검정에서 아침 여덟 시에 만나기로 약속, 그렇게 경기도청 의무과장인가 하던 구연후 씨도 같이 만나, 셋이서 대남문·대성문·보국문을 거쳐 정릉으로 내려오는 코스를 시작으로, 그 다음 일요일에는 아예 대남문을 거쳐 백운대 정상에서 깎아지른 북벽北壁을 지나서 효자리 쪽으로 내려오는 코스도 맛보며, 그렇게 '거시기 산우회'로까지 뻗어가게 된다.

그때부터 지리산 종주에도 맛들여 이 산, 저 산, 온 나라의 산을 몇십 년에 걸쳐 다니는 것으로 우리네 '거시기 산우회'는 이미 세상에 널리 알려져 있기도 하는 것이다.

산을 좋아했던 이호철은 이돈명, 변형윤, 손건호, 박현채, 백낙청, 김영덕, 김병오, 이경의, 박중기, 정기용, 배상희, 조태일, 김정남, 김달수 등과 함께 '거시기 산우회'란 이름으로 전국의 산들을 누비고 다녔다.

그 일원 중에서도 이미 초대 회장이었던 이돈명을 비롯, 송건호·이영희·박현채·조태일 등은 세상 떠나고, 작금에는 변형윤 선생을 비롯, 불초 나나, 김영덕 화백 등 몇몇은 현역에서 졸업, 집 근처의 북한산 둘레길 정도로만 자족하고 있는 상태이다.

그런 내가 처음으로 이문구를 만난 것은 1967년경으로 기억된다. 지금의 세종문화회관 자리에 있던 시민회관의 별관 비슷했던 꾸정 꾸정한 3층 건물의 2층에 자리해 있던 「월간문학」 잡지의 편집부에서였다. 그때 이문구는 20대 말의 젊은이로 당시 "문인협회" 이사장이었던 김동리 선생의 애제자로서 그이 추천으로 마악 「현대문학」을 통해 첫 추천을 받은 직후였다.

그 건물에는 그 무렵 이해랑에 이어 이봉래가 회장을 맡고 있던 "예총"도 같은 2층 맞은편 자리에 있어, 당시 그곳은 명실공히 이 나라 문화 예술인들 모임의 중심체였다.

같은 무렵 언젠가 한남철(남규)과 서울대학교 철학과 동기였던 채현국이, 지나가는 귀띔 비슷이 요즘 새로 작단에 나온 이문구라고, 소설이 매우 싹수가 있어 보이더라, 사람도 매우 듬직해 보이고, 라면서 아직 만나보지 못했으면 꼭 한 번 만나보우 하여, 그 길로 일부러 "문협" 사무실까지 찾아가, 이문구라는 젊은이가 누구냐고 직접 물어 보게 되었다.

그러자 편집부 끝자리 말석에 이쪽 출입문 쪽을 마주보고 앉았던 젊은이 하나가 느적느적 일어서는데, 듣던 대로 아주아주 튼실하게 생겨 있었다. 흔한 백면서생이 아니라, 첫인상부터 완력깨나 쓰는 패거리의 우두머리처럼 얼굴이며 체대며 듬직한데다가 굵은 두 눈

1976년 5월, 지리산 천왕봉에서. 왼쪽부터 리영희, 송기숙, 이문구, 이호철,
앞줄 왼쪽은 김주영

썹이 짙고 두 눈도 부리부리하고, 이목구비 어느 구석을 뜯어보아도
번듯하게 균형 잡혀 있었다.

첫 악수를 하는데 손아귀도 남달리 아름이 차 있었고, 조금 꺼끌
꺼끌한 것이 바로 어제까지 막노동판에서 일하다가 어찌어찌 이 생
소한 서생 판으로 기어들어, 본인은 아직도 뭔지 매사에 무척 어색
해하는 것 같았다. 그 첫인상으로 보아서는 흔한 글쟁이판 사람이
아니라, 건설현장 같은 곳의 '노가다'판 사람 같았다.

하지만 일단 생긴 것은 그렇게 우락부락한 첫인상이었으되, 불과
2, 3분에 지나지 않았지만, 서로 악수부터 나누고, 내 쪽에서 의자
하나를 당겨 그와 마주 앉아 몇 마디 나누는 동안 그는 조금 어눌하
게 낮은 목소리로 꿍얼꿍얼 나의 묻는 말에 대답을 하며 시종 웃고

있었는데, 그 참 묘하였다. 그의 그 웃음! 그 웃는 분위기는 우락부락했던 그의 첫인상을 일거에 날려 보내며, 오손도손 따뜻한 분위기를 싸목싸목 감돌게 하지를 않는가.

그리고 내심, 역시 사람을 첫눈에 간파하는 데 달인에 이르러 있던 채현국 형이라, 첫눈에 벌써 볼 것은 다아 보아냈군 하고 가만가만 혼자 생각했을 정도였다.

나도 이렇게 첫눈에 이미 이문구라는 사람의 전체를 죄다 알아버렸던 느낌이었던 것이다. 그 이상, 따로 알 것이 없었지 않았나 싶기조차 하는 것이다.

지금 이 순간에도 그 생각에 변함이 없다. 실제로 이런 경우의 사람살이의 본질은, 흔한 말 몇 마디로서가 아니라, 그보다는 언외言外의 국면으로 그 어떤 직관과 감각으로서 분위기 같은 것으로 우선 그 사람 생긴 것의 기별이 닿아 오는 것은 아닐까.

나로서는 이것이 이문구와의 첫 해후였다고 철석같이 믿고 있었는데, 정작 이문구의 이야기로는 그게 아니었다.

이건 그 이문구와 어지간히 친숙해진 다음 훨씬 세월이 지난 뒤에 본인에게서 직접 들은 이야기로, 그는 처음 나와 만나기 2년 전인가, 1966년 여름 한강 다리 너머의 노량진 근처 대로의 아스팔트 공사에 어느 건설회사의 말단 직원으로 근무를 했었는데, 그때 매일 석간 가판이 나올 때면 꼭꼭 동아일보를 사서 내 연재소설 「서울은 만원이다」를 챙겨 읽는 것이 일과이다시피 되어 있어, 벌써 나라는 사람을 혼자서 꽤나 좋아하고 있었는데, 「월간문학」 잡지에 입사하고 나서도 어느 날인가, 내가 무슨 일로 그 사무실로 들렀을 때 이문구

쪽에서 평소의 숫기를 무릅쓰고 인사를 올렸으나, 내 쪽 반응이 그닥 시원치 않아 조금 실망했었노라고 실토를 하여, 나로 하여금 조금 무안을 느끼게도 했었다.

하지만 그때의 나로서는 그가 「현대문학」을 통해 나온 신인 소설가라는 것도 전혀 모르고 있었으니, 악수를 하고 어쩌고 애당초에 그럴 필요를 느끼지 않을 수도 있었을 것이다. 아무튼 나로서는 앞으로 이런 데 들어서는 (후배 작가들을 처음 만나 인사를 나눌 때는) 이 경우를 거울삼아 조심해야겠거니 나대로도 반성은 했지만, 사람살이에서의 이런 일이란 꼭 반성을 한대서 그 뒤에도 실수가 없으리는 법은 없을 것이었다.

아무려나 그렇게 이문구를 처음 만난 날부터 술을 마시며 그 사람됨에 홀딱 반하였고, 술이 취해도 문구는 천성적으로 과묵한 편이어서, 어쩌다가 문구 쪽에서 한마디 할 때면, 내 쪽에서는 깜짝깜짝 놀라곤 했던 것이었다. 비록 술자리였음에도 어쩌다가 한마디씩 내뱉는 그의 한마디 한마디는 날카롭게 정곡을 찌르거나, 인생 전반에서 '거짓' 같은 것에 대한 생득적인 날카로움을 드러내곤 하였다.

이문구의 이 점은, 흔한 지적知的 혹은 지성知性이라고 이름 붙인 것들이 이루어내는 거창한 체계의 어느 바깥을 나로 하여금 늘 의식하게 만들었다. 그리하여 나는 더 더 이문구라는 사람에게 매혹되었었고, 저녁이면 노상 술타령을 일삼았다.

지금에 와서 이문구를 이렇게 먼저 떠나보낸 마당에 와서는, 그렇게 매일 술타령을 일삼았던 것이 일말의 죄책감으로도 느껴지지만, 한편으로 생각하면 그 당시에 그가 자리해 있던 편집자 입장으로서는 나 아니더라도 어느 누구하고든 간에 매일 저녁 술타령을 안 할 수 없었던 것이 그 시절의 이문구였다.

실제로 그와 사귀던 1960년대 말에서 70년대 초에 걸친 그 초기만 해도 단둘이 술자리에 앉았던 것은 극히 드물고 하근찬, 강용준, 박경수, 조금 뒤에는 한남철에 조태일에 신경림에, 포항에서 올라온 손춘익에, 염무웅, 김지하, 박태순, 박상륭, 김승옥, 방영웅, 김주영 등등으로 그의 주변 술자리는 날로 날로 더 더 풍성해 갔던 것이었다. 그렇게 그는 1년 365일, 거의 술 안 마시는 날이 없었을 것이다

그가 세상 떠나기 닷새 전 2월 20일, 마지막으로 나를 보고 싶어 한다는 이흥복 시인의 전화 연락을 접하고도, 설마 하며 한가닥 희망을 버리지 못한 채 내자가 잣죽을 정성스레 끓여 들고 찾아갔었다.

하지만 병실에 들어가 본즉 이문구는 산소 호흡기를 코에 매단 채 이를테면 마지막 고별인사 말 몇 마디를 중얼거렸다. 같이 살면서 우리네 작단 선배로 더 오래 더 잘 모셔야 했을 터인데, 먼저 가서 아쉽기 짝이 없다, 대강 이런 뜻의 몇 마디였지만, 분명하게 들을 수는 없었다. 마지막 병실을 나올 때 이문구는, 이것이 당신과의 끝이다 하는 속셈이었을 것이다. 어렵게 한 팔을 들어 올려 흔들었지만, 나로서는 이것이 그이와의 마지막 끝이 될 수는 없다는 생각이었다.

다음다음 날 토요일에 나는 다시 갔다. 여전히 그 모습의 이문구는 누운 채 아는 체를 했다. 부인에 딸에 웬 아주머니에 병실 안은 조금 부산하였다. 나는 미리 마음먹었던 대로 그의 한쪽 허벅지를 잡은 채 아주아주 확신에 찬 목소리로 몇 마디 지껄였다.

"추호도 걱정 말어. 당신, 좋은 데 가. 그건 틀림없어. 좋은 데 가.

그건 내가 아주아주 잘 알아. 그러니 아무쪼록 마음 편안하게 먹고 안심하라구. 알겠어? 알겠어?"

하면서 환자의 허벅지를 두어 번 흔들기까지 했다. 그러자 이문구도 웃었다. 아아, 그 웃음. 평소 이문구의 그 넉넉한 웃음이었다. 순간, 딸 자숙이가 큰소리로 말했다.

"어머, 아빠가 웃는다. 아빠 웃는 거 오랜만에 보네. 이 선생님이 말씀하시니까 저렇게 아빠가 웃는다야."라고.

그 뒤로 계속 손님이 이어져, 나는 그대로 살그머니 병실에서 나왔다. 이것이 이문구와의 이승에서의 마지막이었지만, 나는 뭔지 가슴이 후련하였다. 다시 오기를 썩 잘 했다는 생각이었고, 내가 이문구에게 끝으로 한 이야기도 썩 잘 했다는 생각이었다.

한남철과의 인연

앞에서 전혜린 이야기를 하면서도 그렇게 그녀를 처음에 나한 테 소개했던 것이, 그 무렵 「사상계」 잡지 편집부에 근무하던 한남 철이었음을 밝혔었는데, 그러고 보니까, 1960년 4·19 날도 시내 어 디선가, 저녁녘에 반공회관이 불타고 서울신문사도 위험에 처해 있 던 그 삼엄하고 황폐해 있던 서울시청 근처의 거리 한가운데서 우연 히 그를 만나 청운동 꼭대기의 내 하숙집에까지도 같이 돌아와서 저 녁 식사도, 그리고 잠자리도 같이 했었던 것 같다.

그리고 그뿐만 아니었다. 그로부터 다시 10년 뒤, 1971년 4·19 날에는, 종로2가 YMCA 회관 6층에선가, '민주수호국민협의회'가 처 음 발족될 때에 김재준 목사, 이병린 변호사, 언론인 천관우 선생을 대표위원으로 모시며, 원주의 지학순 주교, 장일순 선생, 법정 스님 등과 함께 문단 쪽을 대표한 운영위원으로 불초 나를 첫 제청提請했 던 것도 바로 그 한남철이었다.

그때 그 '민주수호국민협의회'가 가장 중요 지침으로 내걸었던 것은,

첫째, 공명선거를 다짐, 전국의 각 투표구마다 참으로 공명선거가 이뤄지고 있는지 그 감시 역할을 해내는 일

둘째, 이 모임은 처음부터 여·야 어느 쪽에도 치우치지 않을 것

셋째, 따라서 여·야 정치권에 있는 분들은 가입부터 엄히 배제함 등등이었는데, 그때 당시의 분위기로는 이런 정도의 지침도 공개적으로 지니기에는 군부세력이 만만치는 않았으나, 원체 원로 어른들이어서 정부 쪽에서도 심히 못마땅해 했으나, 딱히 어쩌지는 못했었다.

특히 미국에 가 있던 함석헌 옹도 뒤에 돌아와, 여름부터 대표위원으로 모시며 운영위원도 몇몇 분 더 새로 보강이 되었었다.

이 일로 하여, 끝내는 나로 하여금, 임헌영·김우종·장백일·정을병 등은 그 뒤 '문인간첩단사건'이라는 어마어마한 죄명으로 도하都下 신문들에 크게 보도까지 되며, 나와 장백일은 1974년 1월 14일

1974년 3월 2일, 문인간첩단 사건으로 법정에 선 이호철·임헌영·김우종·장병희·정을병의 모습(오른쪽부터)

부터 10월 31일까지 1년 가까이나 국가보안법·반공법 위반 혐의로 서대문형무소에 구속 송치되었다가, 2심에서 겨우 집행유예로 풀려나오게 했던 그 빌미를 첫 제공했던 것이 결국은 그 한남철이었다.

이 점은 한남철 자신이 드러내놓고 나에게 미안하다고 운운한 일은 한 번도 없었지만, 이심전심 느끼고는 있었고, 나도 나대로 그 점을 거론까지 하여 그로 하여금 추호나마 불편하게 하지는 않았었다.

그리고 또 있다. 내가 서울구치소에서 풀려 나온 그 몇 달 뒤, 1975년 1월인가, '한국문협' 이사장에 조연현과 경합하여 출마하도록 하여, 그 당시의 후배 문학인들인 박태순·이문구·염무웅·이시영·송기원·포항의 손춘익 등등 그밖에도 젊은 문학인 226명이 내 쪽을 밀어주게 했던 것도, 그 첫 제의를 했던 것이 바로 다른 사람 아닌 한남철이었다.

그 선거 직후 1월 15일자로, 새 "문협 이사장 조연현 씨에게"라는 공개서한을 동아일보 지상에 게재하기까지 됐었는데, 그 글을 이 자리에서도 조금 인용해 보면, 다음과 같은 구절도 보인다.

제가 문협 총회에 처음 참가했던 것은 1955년 초가을, 남산 초등학교의 어느 교실 하나를 빌려 치를 때였습니다. 그때의 첫인상은 흐뭇하고 뿌듯한 설렘이었습니다. 40, 50명 정도 모였을까요. 지면으로만 읽었던 훌륭한 선배님들을 직접 가까이 본다는 설렘이었지요. 박재삼, 곽학송, 광주에서 올라온 이수복, 그리고 이동주 씨와도 그곳에서 첫인사를 나누었었지요. 현 문협은 그때의 문협으로 되돌아와야 합니다. 어쩌다가 현 문협이 이 지경이 되

1975년 1월 10일, 한국문인협회 총회에 참석한 이호철, 젊은 문인들의 지지를 바탕으로 이사장 선거에 출마, 조연현 528표, 이호철 266표로 낙선하였으나, 문단에 큰 반향을 일으켰다.

었습니까요. 지난 2년여 동안에 임원선거라고 하는 그 표만을 의식, 2백 명의 신규 회원이 늘어난 것을 어떻게 설명되어야 합니까요. 어른들끼리의 양심이 붕당으로, 붕당의 확산으로, 오염으로 문단 전체에 드리워져서야 되겠습니까. 문협을 순수한 친목단체로 되돌려 놓으셔야 합니다. 회원 간의 친목과 권익 옹호는 어려운 때의 유대감이 확인이 될 때에 비로소 제대로 이뤄질 것입니다. (중략)

266표를 대표해서 저는 앞으로의 귀추를 주목하렵니다.

어떤가. 바로 이런 분위기가 그 무렵 초창기의 '문협'이었다.

그 10여 년 뒤, 그러니까 1980년대 중엽에 가서는 '자유실천문인협의회'가 '민족문학작가회의'로 확대 개편되기에 이르면서 그 무렵의 동아일보에 났던 기사 일부를 이 자리에서 또 인용해 보면 다음과 같은 구절이 보인다.

'자유실천문인협의회'(대표 이호철)가 '민족문학작가회의'라는 범문단적 문인단체로 새롭게 확대 개편된다. 협의회는 명칭 변경과 함께 조직 및 활동내용과 방향의 전반적인 전환을 모색하기 위해 신경림·백낙청·이문구·양성우·박태순·조태일 씨로 구성된 개편대회대책위원회를 만들고, 현 대표 이 씨와 함께 새 기구 편성에 따른 정관 초안을 준비해 왔다. (후략)

이상 두 기사를 비교해보면, 그 무렵 10년 동안의 문단 변화가 엄청났음을 단적으로 보여주고 있는데, 그 변화의 핵심은 바로 체제나 이념 같은 것의 변화가 아니라, 시대 변화, 다시 말해서 월탄·동리·조연현 등과 모윤숙·김광섭·이헌구·안수길·변영로·이하윤 등이 세상 떠나면서, 그렇게 시대 변화에 따라 자연스럽게 변화해 온 것임이 새삼 확인이 된다.

그 하나의 예로서 소설가협회 주최의 제주 호화 세미나가 약간의 잡음을 일으켰던 일도, 그로부터 30년가량이 지난 오늘에 와서는 새삼 우리의 눈길을 끈다.

협회 회원 480명 중 100명가량이 참가했던 이 행사의 한 사람당 참가비 7만 원은 각자의 숙박비에 지나지 않았고, 왕복 항공료와 첫날의 만찬비는 당시의 김종필 '민자당' 최고위원이, 그 밖의 매 끼니는 문화부 장관을 비롯, 제주도지사, 제주시장, 서귀포시장과 제주민속촌 등에서 감당을 했었다. 그때의 신문기사도 그대로 인용해보면,

1986년, 자유실천문인협의회 주최 농성장에서

… 이와 같은 관변官邊 의존에 대해 이호철 씨(소설가협회 대표위원)는 종합 정리에서, "협회를 끌어가기 위해서는 외부의 지원도 필요하다. 그러나 문인의 자존심이 침범 당하지 않는 선에서 이뤄져야 한다"며, 정치는 정치, 문학은 문학으로 터를 잡아야 하는 '민주화 시대'에 맞는 문인의 위상을 재정립할 것을 강조하였다.

그 지원의 대가로, 만찬회 석상에서 김종필 최고위원의 일장 연설을 들어야 했는데, 그 만찬회에 참석한 김 최고위원은 인사말 대신 25분간이나 시국상황에 대해 강연, 어쩌고저쩌고 약간의 잡음이 없지는 않았다. 그때는 대강 시대 분위기가 그러저러하였는데, 다시 한남철 이야기로 돌아와서, 그러니까 50년대 후반에는 서울대학교 철학과 재학생으로 「사상계」편집부에 입사, 60년대 초에는 중앙일보에서 나오던 월간지 「월간 중앙」 편집부에 근무하면서, 그 무렵의 신인 소설가 발굴에 치중, 서정인·김승옥·이문구·윤홍길·황석영·방영웅 등등 그밖에도 역량 있는 신인들을 발굴해 낼 뿐만 아니라 키우는 데도 그는 크게 힘을 썼었다.

물론 그 어간에, 1965, 6년에 「창작과 비평」과 「문학과 지성」이라는 두 계간지가 나오게 되면서 아예 작단의 '계간지 시대'라는 새 영역이 자연스럽게 열리기도 하지만, 그 이전의 묘한 시대 틈서리에서 한남철이라는 한 사람이 해 냈던 일은, 지금에 와서 생각해도 만만치 않게 컸었다.

불초 나부터가 그 한남철을 통해 백낙청, 채현국, 그밖에도 서울대학교 철학과의 여럿을 가까이 알게 되고 친숙해지면서 종래의 문단 구각舊殼에서 자연스럽게 벗어져 나올 수가 있었을 뿐만 아니라, 단편소설로 「여벌집」, 「소슬한 밤의 이야기」, 「살殺」 등과 장편소설로 「남풍북풍」 같은 쏠쏠한 작품들도 남겨 놓을 수가 있었던 거였다.

그 한남철을 처음 알게 됐던 것은 1958년인가, 명동 '갈채' 다방으로 나를 찾아왔을 때였는데, 그때도 나를 몹시 만나고 싶었던 것은, 그 2년 전에 내 두 번째 추천 받았던 작품 「나상」을 엄청 좋아하여 혼자서 수십 번은 읽어 보았노라고 하던 것이었다.

그러고 보면, 특히 이 작품은 그간에 주로 여학생들 여럿이 좋아하며 그중의 두엇은 일부러 내 집까지 찾아오기도 했었고, 바로 3년 전인 2013년에도 전라도 익산 산다는 고등학교 3학년이라는 장다훈이라는 남학생 하나도 일부러 메일을 보내, "모처럼 선생님께서 쓰셨다는 「나상」이라는 단편소설을 처음으로 읽으며 너무 감격하여

혼자 눈물까지 흘렸습니다. 이런 좋은 작품을 써 주신 데 대해 뒤늦
게나마 감사를 드립니다."라고 하여, 나 자신도 도대체 60년 전에 썼
던 내 그 작품을, 지금 겨우 고3인 학생이 뒤늦게 읽어보고 감격하
여 혼자서 눈물까지 흘렸다고! 나 자신부터 감격, 바로 이 사실이 드
러내는 이 점이야말로, 문학이라는 것이 지닌 그 '영원성' 같은 것의
산 증거가 아니겠는지 싶었던 것이었다.

실제로 이 작품은 미국 뉴욕에서 영어 번역으로 읽어본 여학생 하
나도, 그리고 독일에서의 몇몇 도시를 돌며 소설 낭독회를 했을 때
도 젊은이들뿐만 아니라 현지 늙은이들까지 독일어로 번역된 이 작
품을 무척 좋아들 했었다.

아무튼 1958년엔가, 서울대학교 철학과 학생이던 젊은 한남철과
그렇게 처음 만난 뒤로 거의 매일이다시피 저녁이면 술 마시기로 세

유럽 사람들의 독회 모습에 대한 감
명으로 한국에서도 정기적으로 독
회를 열었다. 2006년 9월부터 매달
선유리 집필실에서 열린 이호철소
설 정기독회 포스터

월을 보냈고, 심지어 매년 추석날에는 북에서 혼자 월남해 온 나를 위로한다며 꼭꼭 내 하숙집을 찾아와 주곤 했었다. 뒤에는 그렇게 이문구·염무웅·방영웅·황석영 등등도 합세하였었고, 한때는 청계천 2가 '홍국탄광'의 채현국 형 사무실에서도 만나 노상 술타령이었었다.

그와의 끝머리도 나는 선렬하게 기억한다.

어느 날 젊은 김사인 시인이 전화로 한남철 형이 지금 나와 이문구 형을 만나고 싶노라고 한대서 나는 불광동에서 천호동 너머 암사동의 성모병원까지 그 머언 길을 허위허위 갔더니, 그 무렵에 잠실 근처에 살던 이문구도 이미 와 있었다. 그렇게 오후 두 시경에 셋이 점심을 먹는다고 마주 앉았는데, 한남철은 음식에는 아예 손도 안 대고, 나와 이문구가 금방 돌아갈까 보아서만, 거의 안달을 하였다. 하지만 도대체 무슨 이야기를 더 나눈다는 말인가.

아무튼 그렇게 지루하게 두어 시간을 앉았다가 헤어졌었는데, 그 자리가 바로 한남철과의 마지막이 됐을 줄이야.

그 사흘 뒤엔가, 그는 세상 떠났는데, 공교롭게도 나는 바로 그 전날에 딸의 결혼 전 여행으로 셋이서 남태평양의 파라오 섬으로 갈 약속이 되어 있어, 돌아온 뒤에서야 채현국 형의 안내로 마침 미국에서 왔던 김상기 형도 같이 벽제의 한남철 묘지를 찾아가보긴 했었다.

그리하여 요즘도 나는 내 산책 코스의 하나인 선유동에서 혼자 걸을 때면, 동북쪽으로 머얼리 보이는 그 벽제 쪽 능선을 건너다보며 혼자서 나대로 한남철에게 인사를 건네며 이야기를 나누기도 한다.

삶과 죽음이 종이 한 장 차이

1935년생인 E. W. 사이드는 백혈병과 사투를 벌이면서도 지구촌 이곳저곳을 돌아다니며 제3세계 민중을 위한 적극적인 발언을 하고 있는데, 그의 주목할 만한 말 몇 마디를 더 인용해보자.

"내가 생각하는 지식이란 커다란 이념을 내걸고 민중을 지도해가는 듯한 외양을 지닌 지식인은 아닙니다. 도리어 반대로 보통 사람들 목소리에 더 귀를 기울이고 사회 속의 작은 문제들을 놓치지 않는 일이야말로 현대 지식인의 역할입니다. 사회적으로 약자들을 위해 발언하고 다수파들 생각에 대해 또 하나의 다른 시점을 제기해가는 일, 특히 이것은 조금 어려운 일이지만 전문용어를 구사하는 것이 아니라 보통 쓰는 말을 애용하려는 노력도 중요하지요."

"이 세계에 희망에 갖기 위해서는 끊임없이 비판하는 일이야말로 필요하다고 날로 더 확신을 굳혀갑니다. 한 사람 한 사람이 비판적으로 보는 능력을 키워가면서 이 세계의 현실은 필연적인 것은 아니고 인간의 힘으로 움직여갈 수 있다는 것을 아는 일. 그러한 비판적 사고로밖에 미래의 희망은 생겨나지 않는다고 생각하기 때문입니다."

"예술가는 늙어가면서 화해나 결론을 구하는 것이 아니라 차라리 이때까지 이상으로 커다란 절망, 최종감을 품은 단계로 들어서면서 자신의 후기스타일에 더 관심을 갖는다."

"장 쥬네는 자기 자신을 그렇게까지 훌륭한 존재라고 생각하지는 않았지 않았을까. 따라서 지나치게 자기 자신에게 얽매이지는 않았다. 그에 비해 에릭크 에릭슨은 학자로서 주로 이론화를 일삼아 왔다. 따라서 이론을 배반할 수는 없었다. 헌데 장 쥬네에 있어서는 '기동성' 쪽이 자신보다도 더 소중했다. 여기서 귀중한 것은 자기망각의 질이다. 어디까지 자기를 잊어낼 수 있느냐. 에릭슨은 자기가 어떤 사람인가 잠시인들 잊어버릴 수가 없었지만 쥬네는 달랐다. …… 에릭슨 같은 사람은 확실히 탁월하고 중요한 존재이지만 하나의 아이덴티티를 밝혀낸 지점에서 그만 정지해버렸다. '이것이 아이덴티티입니다, 끝.' 그이는 그런 사고의 상징이다. 하지만 기동성이야말로 중요하지 않겠는가."

이상과 같은 사이드의 언급들을 거듭 씹으며 음미해보면 90년대 작금의 우리 문단에서도 적지 않은 시사를 얻게 된다. 세계는 급격하게 변해가는데 거기에 '기동성' 있게 대처할 엄두조차 못 내고 죽으나 사나 백년하청으로 똑같은 타령들만 일삼는 꼴들도 보기에 민망스럽지만, 50년대 초의 그 칼끝과도 같던 정황을 그의 말에 비추어서 다시 반추해보면 새삼 큰 부피를 지니며 떠오르는 것이 있다. 도저히 문학화라는 엄두를 내기가 어려웠던 그 시대를 극히 근접한 시간적 거리에서 피 토하듯이 증언해낸 손창섭의 작품활동과 그 뒤의 그의 행로이다.

그이와의 관계는 앞에서 보았거니와, 그렇게도 극적인 시대적 소용돌이를 개개적으로는 '운명적 희롱'처럼 만판 겪고 나서 그러한 50년대를 몇몇 작품으로 농도 짙게 드러낸 뒤 60년대 말엔가 홀연히 증발해버린 그 작가에게서, 그냥 단순한 절필 정도가 아니라 완전히 송두리째 행방불명으로 증발해버린 손창섭이라는 인생의 전 국면에서 새삼 50년대와 50년대 우리 문학의 한 살아 있는 형상을 보게 된다.

조금 사족에 속할지 모르지만 지금 내가 쓰고 있는 이 글부터가 그렇다.

6·25 그때로부터 어언 45년이 지나 바야흐로 당시의 전쟁 기억을 지녔던 사람들이 사라져가려 하고 있다. 기억이란 기본적으로 한 사람 한 사람에 의해 개개적으로밖에 짚어질 길이 없는데 그 한 사람 한 사람이 죽어가려고 할 때에, 그 사라져가는 기억을 어떤 식으로 받아서 이어가느냐, 말을 바꾸면 이제부터 '역사' 속으로 들어가는 그 '일'을, 그리고 그 역사로 쓰이는 데 있어 주 모티브가 될 기억을 개개 체험이 소멸한 뒤에 어떻게 공동의 것으로 짚어지고 가느

냐 하는 것이 오늘의 우리 앞에 제기되는 문제라고 아니할 수 없다. 단순한 객관적인 서술로서의 50년대 역사가 아닌 개개 체험 단위의 50년대 이야기가 지금 이 시점에 왕성하게 나와야 할 이유가 바로 이 점에 있을 것이다.

사실 그 무렵은 하루하루의 희비와 명암부터가 80~90년대의 오늘과는 판이하게 달라 극에서 극으로 오락가락했었다.

부두노동을 하면서 언제 어느 날 징집영장이 나올지 몰라 전전긍긍 불안에 떨며 '나는 천재다. 따라서 일선에 나가 개죽음을 당할 수 없다. 먼 앞날 50년쯤 뒤에 나는 이 시대를 증언해낼 거의 유일한 사람이다'라고 딱히 보낼 곳조차 없는 긴 편지를 혼자서 끄적거리던 내가, 금방 이튿날에는 당시로서는 어마어마한 JACK부대 경비원으로 취직이 되어 날씬한 미 군복에 카빈총을 메고 '유황도 영웅' 방 앞의 경비를 서고, 그렇게 어느새 어제까지는 생사의 갈림길이나 다름없던 '징집문제'가 깨끗이 해결이 나 있다는 식이었다. 희비의 명암이 하루 사이에 극에서 극으로 변해 있었던 것이다.

그뿐인가. 3부두 안에서 우연히 부딪쳤던 그 인민군 포로도 당장에 나를 알아보지 못했기 망정이지, 그때 만일 즉각 내 정체를 알아보고 저네들을 관장하던 미군에게 사실대로 귀띔만이라도 했더라면 나는 댓바람에 현장에서 잡혀 그 포로대열에 같이 껴들었을 것이다. 그때는 실제로 그런 경우가 비일비재로 많았었다.

그나저나 90년대도 중반에 들어선 지금에 와서 가만히 그때를 다시 반추해보면 3부두 안에서 만났던 그 '평고중'생 인민군 포로는 그 뒤 과연 어떻게 됐을까, 새삼 궁금해진다. 거제도까지 가서 그 지옥 같은 소용돌이를 어떻게 감당했는지, 그리하여 끝내는 포로교환 때 고향으로 돌아갔는지, 돌아갔다면 지금 북한 땅에서 어떤 모습으로 늙어가고 있는지, 아니면 반공포로로 이 남쪽 세상에 남아 같은 서울 어딘가에서 살아가고 있는지······.

그리하여 95년 지금은 그때의 그 가파른 삶의 현장들이 만리 바깥처럼 멀어 보이지만, 그때 당시는 '삶과 죽음'이 바로 '거기서 거기'로 종이 한 장 차이였던 것이다.

최근에야 우연히 알아냈지만 1933년 「신동아」에 시를 발표하여 문단에 데뷔한 윤영춘 선생은 우리의 빛나는 민족시인 윤동주 님의 친삼촌이라던가.

아, 그렇게 됐던가, 그 사실을 뒤늦게 알아낸 나도 새삼 가슴이 짜릿해 온다.

소설 『판문점』의 당대성과 현장성, 그리고 해외 반응

2004년 말에 나는 미국 뉴욕에서 『판문점』이라는 영문판 단편소설집을 출간하였는데, 그 번역은 현재 뉴욕의 컬럼비아 대학에서 한국문학을 가르치는 Theodor Huges 교수였다.

이 단편소설집에는 총 13편이 들어 있는데, 그 소설 제목들을 열거해 보면 다음과 같다.

「만조」, 「탈향」, 「오돌할멈」, 「판문점」, 「닳아지는 살들」, 「부시장 부임지로 안 가다」, 「도주」, 「여벌집」, 「나상」, 「생일 초대」, 「큰 산」, 「살」, 「이산타령 친족타령」이었고, 이 가운데 두 편 「닳아지는 살들」과 「큰 산」은 Fulton 교수께서 번역하였다.

그리고 그 1년 전에는 프랑스에서 프랑스어판 단편집이 르아브르 대학에서 한국문학을 가르치는 최은숙 교수 부부 번역으로 출간되었는데 여기에는 「빈 골짜기」를 비롯, 「탈향」, 「나상」, 「오돌할멈」, 「만조」 다섯 편이 수록되어 있다.

그 뒤에 나 스스로도 조금 놀랐었지만, 영문판 단편집의 13편 중

3편은 마악 북에서 부산으로 피난 나왔던 1952년경에 처음 착수했던 것들이었다.「만조」,「탈향」,「오돌할멈」이 그렇다. 프랑스에서 출간되었던 단편집도 5편 중에 4편은 영문판과 겹치지만 나머지 한 편,「빈 골짜기」는 바로 부산서 스물한 살 적에 썼던 거였다.

특히 나로서 흐뭇했던 것은 영어판이나 프랑스어판이나 나온 직후에 현지 반응들이 만만치 않게 좋았다는 점이었다.「LA 타임스」에서는 신간 소개로 꽤나 무게를 두어 내 주었고, 프랑스에서도 신문에 큰 기사로 다루어 주었다.

그러고 보면 이렇게 두 나라에서 잇따라 단편집이 나오기까지에는 그에 앞서 멕시코에서 장편소설「소시민」이 스페인어판으로 유해명 씨 번역으로 출간되었었고, 그보다 앞서 폴란드에서도 연작 장편「남녀사람 북녘사람」이 오가렉 최의 번역으로 이미 출간되어 있

다시 찾은 판문점에서

었던 것이 뒷받침해 주었었다.

아니, 그보다 먼저 1998년 가을 어느 날이었다. 생판 낯모르는 미국 젊은이에게서 다음과 같은 사연의 편지 한 통을 받았던 거였다.

이호철 선생님께

안녕하세요. 저는 한국문학을 공부하는 Theodor Hughes입니다. 지난 96년부터 UCLA 대학원에서 한국문학을 연구해 왔고, 지금은 뉴욕에서 박사학위 논문을 쓰고 있는 중입니다. 저는 50년대와 60년대 문학을 중심으로 연구하고 있고, 선생님께서 쓰신 작품에 대해서 깊은 관심을 가지고 있습니다. 저는 University of Hawai에서 출판하는 「Manoa」라는 계간지의 번역 부탁을 받고 선생님의 「탈향」을 선택하였습니다. 「탈향」은 미국 독자들에게 분단이 한국 사람들에게 어떤 아픔을 초래했는지, (그리고 지금도 초래하고 있는지) 보여줄 수 있는 작품이라고 생각합니다. 선생님께서 허락만 하신다면 저는 「탈향」을 번역해서 내년 초에 나올 그 잡지에 실었으면 합니다.

Theodor Hughes 올림

갑자기 이게 웬 날벼락 같은 행운이란 말인가. 나는 기겁을 하게 놀랐다. 세상에 어쩌다가 이런 일도 일어날 수가 있다는 말인가 싶었다.

1955년 7월호 「문학예술」 잡지에 난생 처음으로 활자화되어 내보냈던 그 65장짜리 단편소설이 꼭 43년이 지나서 이런 모습으로 내 앞에 나타나 주다니! 이게 꿈인가 생시인가. 그리고는 까맣게 잊고 있었던 그 옛날의 한 정경까지 새삼 떠오르는 것이 아닌가.

　다름이 아니었다. 바로 1955년 이른 봄 어느 날, 명동의 문예살롱 다방에서 우연히 동리 선생과 만나 그이께서 그 소설을 읽으셨다는 것을 이야기해 주어 기겁을 하고 놀랐을 때, 원체 이른 시각이어서 그 지하 다방에는 우리 둘 밖에는 아직 아무도 안 나와 있었는데, 그렇게 마주앉은 그이와 내 앞의 탁자 위에 바야흐로 마악 넘어가던 햇살 한 줄기가 말갛게 들이비쳐 있던 일이 선연하게 떠오르지를 않는가.

　그게 바로 그로부터 43년 뒤의 오늘의 조짐, 행운의 여신이 아니었을까 하고.

　그 문예살롱 다방은 기억 자 모양으로 꽤 넓었었는데, 대낮에도 늘 전깃불은 켜 두고 있었다. 그러지 않으면 칠흑으로 캄캄했던 것이다. 하지만 저녁 해질 녘 한때 2분이나 3분 정도는 서쪽 큰길 쪽 천장 끝의 가로 째진 좁은 통풍 구멍 틈새로 잠깐 마악 넘어가던 햇살이 들이비쳤었다. 바로 지금의 남대문로 길 건너는 현재 롯데백화점이지만 그 무렵은 우람한 시커먼 조흥은행 건물이어서 해질 녘 한때는 그 조흥은행 너머로 기울어지는 햇볕이 잠깐 동안 그렇게 비쳐 들어, 그런 때면 노상 안온하게 다방 안을 밝혀주던 전기불은 일순 매가리 없이 멀게졌었다.

　그렇게 바로 동리와 내가 마주 앉았던 그 앞 탁자 위에 그 귀한 햇살이 살짝 들어와 앉던 거였다. 이게 그냥 우연이었을까. 아니다. 43년이라는 세월을 두고 그 선렬한 의미는 화살 꼬나박혀 오듯이 내

가슴으로 박혀 왔던 것이다,

그렇게 인연이 닿은 Theodor Hughes는 그 「탈향」을 비롯, 내 단편 11편을 그 뒤 몇 년에 걸쳐 공들여 번역, Fulton 교수께서 번역한 두 편의 단편까지 합쳐 『판문점』이라는 단편집을 영어판으로 2004년 말에 뉴욕에서 펴냈던 것이었다.

한데 사실은 이렇게 영어나 프랑스어나 멕시코에서 스페인어로 나오기 이전에, 독일에서 하이디 강 번역으로 『남녘사람 북녘사람』이 베를린의 펜드라곤출판사에서 출간되어 나와서 2002년부터 2004년에 걸쳐 벌써 그 당시의 '한독문학협회' 회장이었던 안심환 교수와 함께 동베를린과 에르프르트와 예나, 라이프치히, 바이마르 등 동독 지역에 순회독회 차, 그리고 베를린에서 있었던 세계 문학인대회에 한국 문학인을 대표하여 초청을 받아 10여 일 간이나 독일에 체류하기도 하였었고, 그렇게 예나대학에서는 프리드리히 실러 메달 하나를 기념으로 받기도 했었다.

그 뒤에 장편소설 『소시민』도 하이케 리 번역으로 같은 출판사에서 나와 그렇게 베를린·함부르크·보훔·프랑크푸르트·본·튀링겐 등을 돌며 낭독 행사도 가졌었고, 다시 2012년에는 단편소설집 『탈향』이 역시 하이케 리 번역으로 OSTASIEN Verlag 출판사에서 나왔고, 2015년 가을에는 러시아에서의 본인 문학 행사로 모스크바 대학에 갔다가, 이 『탈향』의 러시아어 번역판도 출간하기로 약속이 되었다. 그밖에 헝가리에서도 체코에서도 『남녘사람 북녘사람』이 출간되었으며, 브라질에서도 『닳아지는 살들』이 포르투갈어로 번역되어 나오고, 몽골이나 우즈베키스탄에서도, 그리고 물론 중국이나 일

2004년 독일 튈링겐 주 부지사, 안삼환 교수와 함께. 나폴레옹과 괴테가 처음 만난 방에서

본에서도 이런 소설들은 이미 출간되어 나와 있다.

그리하여 그 Theodor Hughes는 그 단편집 『판문점』을 영어판으로 펴내면서 "이호철의 문학세계"라는 다음과 같은 해설까지 첨부하고 있었다.

한국의 원로 소설가 이호철은 명실공히 오늘의 분단된 한국을 대표하는 작가이다. 그는 1950년 7월 초, 한국전쟁이 한창이던 무렵 고3으로 인민군에 동원되었다가 국군에 포로가 되었으나 풀려나, 바로 그 해 12월, 18세 소년의 몸으로 가족 곁을 떠나 혼자 남한으로 넘어 왔다. 그로부터 근 60년간 이호철은 실향이라는 펑 뚫린 가슴을 부여안은 채 그 아픔을 오로지 문학으로만 풀어 끝내는 인간 존중으로 승화시켜, '실향민 작가', '분단 작가'라는 차원을 벗어나 한국 문학의 기둥으로 우뚝 서 있다.

이제 일흔두 살(2003년)의 황혼기에 접어든 이호철은 "모든 작가는 궁극적으로 자신들이 살아낸 만큼 써 낸다"고 말한다. 스스로도 예외일 수는 없어, 1955년에 발표된 첫 소설 「탈향」, 즉 고향을 벗어나는 이야기로부터 시작, 지난 근 60년간 쏟아낸 수많은 장편소설, 중·단편소설, 칼럼, 시론, 에세이 등, 그가 써낸 모든 글의 총량은 그 밑자락에 바로 고향 떠난 이 이산의 아픔이 자리해 있었으며, 세월 따라 오로지 골똘하게 몰입했던 것은 민족의 분단, 조국의 분단 문제였던 것이다.

다음과 같은 그의 몇 마디도 그가 끈질기게 주창해 왔던 남북통일의 모습을 보여주고 있다.

"우리 남북의 문제는 처음부터 양측 정치권력을 도끼로 장작 빠개듯이 빠개서 보여줄 때만 그 모습이 선렬해진다. 우리나라의 통일은 남과 북, 양측 권력이 공히 그 지나친 고압성에서 벗어나 평상의 사람살이 수준으로 돌아오는 과정으로서만 이룩해 낼 수가 있을 것이다. 양측 공히 그렇게 오로지 강권强權 체제로만 줄달음쳐 가다가 끝내 전쟁까지 치르며 더욱더 극한상황으로만 내몰리고 그런 상태로 오늘까지 오랜 세월을 끌어왔다."

그렇게 70년대에 들어 군사 독재 체제가 영구 집권 체제로 굳어지면서 그는 민주화 운동에 투신하게 된다. 두 차례에 걸친 옥고와 수많은 연금, 미행 등을 비롯, 갖은 핍박을 견뎌온 것은, 인간이 인간에 의해 결코 속박 당할 수 없고, 오로지 존중되고 고양되어야 함을 나타내는 인간 제일주의, 인도주의를 실천하는 작가의 현실 참여적 행동이었다. 그리고 궁극적으로는 인위적 분단으로, 인간으로 인간답게 살아야 할 내 민족, 우리 이웃이 고통 받는 현실을 타파해 내기 위한 작가 이호철의 통일을 향한 나름의 처절한 몸부림이었다. 다시 그의 몇 마디를 들어 본다.

"1980년대 말에 들어서 비로소 정치권력은 차츰 평상을 사는 사람들 수준으로 돌아오면서 놀랍게도 그 반대급부 비슷이 사회 전체의 사람살이는 날로 활기차지고, 나라 전체는 놀라울 정도로 번영의 길로 들어섰다. 이렇게 사람살이의 평상 수준으로 돌아온 권력은 2000년 8월에는 대통령이 직접 북쪽 평양으로 들어가 남북 정상회담까지 성사시키며, 그렇게도 강고했던 남과 북의 벽을 허물기 시작했다. 바로 이렇게 고압 정치권력이 평상의 사람살이로 돌아오게 하는 데 주된 역할을 해 왔던 것이 바로 우리네 남쪽의 민주화 운동이었으며, 본인 이호철도 74년과 80년 두 차례의 옥고를 겪으며 이에 동참함으로써 당대 당대만큼으로 우리네 문학이 해낼 몫에 앞장을 섰었고, 그 점 새삼 보람을 느낀다."

지난 반세기 세월을 이렇게 혼신의 힘으로 한국을, 한국문학을 살아왔던 이호철은 1992년 드디어 예술인으로서 최고의 영예인 대한민국 예술원 회원에 피선되기에 이른다. 1996년에 발간된 『남녘사람 북녘사람』으로 이호철은 대산문학상과 예술원상을 수상하였다. 이 작품은 이미 폴란드·일본·독일·프랑스·중국·헝가리 등지에서도 연달아 번역되어 현지마다 커다란 반향을 일으키더니, 그의 문단 등단 50주년을 앞두고는 우리 미국에서도 이

소설은 단편소설집 『판문점』과 함께 영어 번역판으로도 발간되기에 이르렀다.

한국의 어느 평론가는 이 『남녘사람 북녘사람』을 두고, "칠흑 어둠 속에서 솟아난 통일의 전언傳言"이라고 하였다. (이하 생략)

이상, 조금 길지만 본인 입장으로는 쑥스러움을 무릅쓰고 인용해 본 것은 그렇게 두 권이 한꺼번에 미국에서 출간되어 11월 26일 서울을 떠나 12월 22일에 돌아오기까지 뉴욕·포틀랜드·시애틀·샌프란시스코·로스앤젤리스 등 5개 도시를 순회하며 출간 기념행사를 치러 현지마다 반응이 뜨거웠었다.

그리고 2015년 11월 28일에는 러시아 모스크바대학에서 이호철의 단편소설 『탈향』을 집중적으로 다룬 워크숍과 『남녘사람 북녘사람』의 독회에 참여, 단편소설집을 번역 발간하기로 약속하고 돌아오기도 하였다.

문학가 후배들이여, 단 한 편을 남겨라!

앞서 원로 작가 월탄 박종화와의 인터뷰 대담을 통해 1920년대 우리네 현대초창기의 문화, 문학을 한번 흘낏이나마 들여다보았었는데, 그로부터 다시 100년 가까이 지난 2015년 오늘의 우리네 문화, 문학을 그 전체 국면으로 일단 돌아볼 때는 과연 어떠한가.

그간의 우리네 정치며 사회며 경제며 그야말로 갖은 질곡과 파란을 겪어오며 천지개벽과 맞먹을 정도의 변혁을 이뤄오는 속에서 우리네 문화, 문학도 과연 그런 수준으로 진전되어 온 것일까.

나는 여기서 감히 진전進展이라는 용어를 쓰고 있지만, 우리네 경제만 하더라도 오늘날 전 세계 10위권 내외에 들 정도로 괄목하게 발전해 오며 여러 후진국들의 선망을 받고 있고, 정치도 정치대로 여러 우여곡절을 겪어 오기는 하면서도 지난 50여 년 동안에 이 정도의 민주화를 이뤄냈음에는 틀림없어 보인다.

그렇게 좋은 쪽으로 진전, 발전해 온 것은 세계만방, 어느 나라도 인정해 주고 있다.

다만 그럼에도 불구하고 우리네 남북의 통일은 아직은 요원해 보이지만.

그렇다면 이런 속에서 오늘 2015년의 우리네 문화, 문학은 과연 어떠하고 앞으로 어떠해야 하겠는가.

우선 이 자리에서는 범汎문화는 차치해 두고, 일단은 우리네 문학 문단 쪽으로만 좁혀서 접근을 해보자.

이를테면 우리네 문단, 작단, 막말로 글 써서 먹고사는 우리네 글 동네. 바로 2015년의 우리네 문단.

이렇게 볼 때 오늘의 우리네 문단은 그 숫자가 너무너무 많다.

특히 1955년에 첫 데뷔했던 84세의 나 같은 사람으로서는 작금의 젊은 쪽은 누가 누구인지 알 수도 없고 작품 하나하나를 죄다 읽어 낼 수도 없다.

더구나 작금에 와서는 어느 한 인기 작가를 두고 표절이다, 뭐다, 그 작가를 둘러싼 몇몇 출판사를 두고도 문학 권력의 횡포다, 어찌됐다 등등으로 말썽까지 일어나고 있는 것 같은데, 1955년부터 오늘까지 살아온 꼭 60년 동안에 내가 직접 겪어온 체험과 나대로 듣고 본 견문들, 특히 내 기준으로 보아서 진정으로 제대로 우리네 문학사에 남을 만한 작품을 써 냈던 작가나 시인들 중심으로 이야기하겠다.

다시 말해서 200년이나 300년 뒤에도, 그 무렵의 우리네 후손들이 읽고, 그 당대의 우리 문학사에 남아 있을 만한 소설가나 시인들 중심으로.

현재의 내 이런 기준에서 본다면, 이효석이나 이상은 「메밀꽃 필 무렵」이나 「날개」라는 작품이 있어서 오늘의 우리에게도 이효석이

나 이상이 작가로서 존재하지, 그 작품들이 없었더라면 어찌 됐을까 싶어지기도 한다.

　기왕에 이런 쪽으로 이야기가 나온 김에 몇 마디 더 덧붙이자면 장용학의 철학 냄새를 풍기는 몇몇 작품이나, 선우휘의 「불꽃」을 비롯한 몇몇 작품들, 그리고 이병주의 「안렉산드리아」나 「관부연락선」·「지리산」 등등도, 발표 당시에도 더러 그런저런 말썽이 있었던 것 같지만, 일제 식민지 시절의 우리네 일부 지식인들에게서 흔히 보았던 거들먹거림 같은 것이 끼어든, 일본으로 치자면 '중간소설' 같은 것에 속하지 않았을까 싶어져, 꼭히 이 자리서 폄하하겠다는 것은 아니고, 50년대 작품으로도 추식의 「부랑아」나 곽학송의 「독목교」, 이문희의 「왕소나무의 포호」, 하근찬의 작품 등이 본인의 「탈향」이나 「나상」과 함께 50년대의 진짜배기 우리네 문학 작품이 아니었을까 싶은 것이다.

　대강 이런 기준에서 본다면 나는 우선 소설가의 경우, 가장 중요시해야 할 첫째 덕목은, 자기만의 분위기를 지닌 문장, 문체文體를 딱 부러지게 지니고 있는가의 여부이다. 그런 자기만의 독특한 문체를 지니고 있는가의 여부가 내가 보는 소설가의 첫째가는 자격 요건이다. 이 점은 시인의 경우도 매한가지다.

　가령 쉬운 보기로 이광수, 김동인, 채만식, 염상섭, 이태준, 박태원, 김유정, 이상, 김동리, 황순원, 강신재, 손창섭, 하근찬, 서정인, 김승옥, 이문구, 황석영, 오정희, 박완서 등등은 그들의 글에 자신의 이름을 적어 넣지 않더라도 그 문장만으로도 그 작가인 것을 금방 알 수가 있다. 바로 이렇게 그런 식으로 한 창조자, 한 예술가로서의 그 작가가 있는 거다.

요컨대 자기만의 그 스타일이 없는, 자기만의 문장 분위기를 아직 못 지닌 작가는, 나는 아직 제대로 소설가로 인정 안 한다.

염상섭의 소설이 조금 재미는 없지만 자기만의 분위기는, 자기 문체는 확실하게 지니고 있다.

위에 이광수부터 여럿을 열거한 작가들은 뭐니 뭐니 제각기 자기만의 문체를 나름대로 갖고 있어 보인다. 안 그런가?

바로 이런 점에서 이효석은 「메밀꽃 필 무렵」, 그 한 편이 없었다면 그 밖의 여타 작품으로는 오늘의 이효석이 존재할 수 없었을 것이라는 것이 내 생각이다.

요즘 젊은 사람으로서는 이순원, 최인석, 윤영수 등이 보인다. 그들도 이제는 중진 대열에 들 터인데, 그 아래 젊은 작가들 쪽은 나로서는 알 수가 없다. 그래서 이 자리서 미안한 마음도 드는데, 아무쪼록 요해了解해 주시기를.

다시 강조하겠거니와, 이효석의 경우에서도 보이듯이 평생에 최고 수준의 명품 하나만 써도 되는 것이다. 꼭히 이것저것 많이 쓰는 것이 반드시 좋은 것은 아니다.

나는 앞에서 오늘 2015년의 우리네 문단이 뭐가 뭔지 모를 정도로 소설가라는 숫자만 엄청 늘어난 점을 한탄하듯이 몇 마디 운운하였지만, 요컨대 결론은 그들 한 사람 한 사람이 끝내는 어떤 작품들을 써냈고, 어떤 물건을 남겼느냐에 달려 있는 것이다.

그리고 이 점으로 말한다면 지금의 이 나도, 끝머리는 알 수 없다. 그 숱한 소설가들 가운데서 앞으로 어떤 작가가 어떤 명품을 써낼지는, 이 나도 궁극적으로는 딱히 알 수가 없는 것이다.

바로 이 점으로는 이 자리에서 이 나도, 저 숱한 소설가 제형들에게 이렇게 권고하고 싶어진다.

한평생 소설가라는 것으로 살면서, 당신 평생에 어떤 방법으로든지 최고 걸작 한 편만 남겨라, 라고.

오로지 한 편만, 한 편만.

이호철(1932~2016)

함경남도 원산에서 태어났다. 6·25 때 혈혈단신으로 월남하여 부산에서 부두 노동, 제면소 직공, 경비원 등을 전전하며 주경야독으로 소설을 습작하였다. 1955년 단편소설 「탈향」으로 등단(황순원 선생 추천)하여 소설가의 길을 걷기 시작하였다. 꾸준한 작품 활동으로 1961년 현대문학상(「판문점」), 1962년 동인문학상(「닳아지는 살들」)을 수상하였다. 1971년 재야 민주화운동의 효시인 '민주수호국민회의' 운영위원과, 1973년 '개헌 청원 1백만인 서명운동 30인 발기인'으로 참가하는 등 민주화운동에 참여하여 옥고를 치르기도 하였다. 1985년 '자유문인실천협의회' 대표를 역임하였으며, 1989년 대한민국문학상 본상 수상, 1997년과 98년에 대산문학상과 예술원상을 수상하였다.

주요 작품으로는 「탈향」, 「큰 산」, 「판문점」, 「닳아지는 살들」 등 다수의 단편소설과 『소시민』, 『서울은 만원이다』, 『남풍북풍』, 『그 겨울의 긴 계곡』, 『재미있는 세상』, 『남녘사람 북녁사람』, 『문』, 『남과 북 진짜진짜 역사읽기』 등 다수의 장편소설이 있다. 1988년 일본을 시작으로 주요 작품들이 미국, 프랑스, 독일, 스페인, 러시아 등 15개국에서 번역 출판되었다. 분단 상황에서 남북 민중의 고통과 인간애 등을 문학작품으로 잘 형상화했다는 공로를 인정받아 2004년 독일 예나대학으로부터 '프리드리히 실러 공로 메달'을 수상하였다.

분단의 현실과 아픔을 문학으로 승화시킨 대표적 통일(분단)문학 작가로 꼽힌다.

우리네 문단골 이야기 2

초판 1쇄 인쇄 2018년 9월 21일 | **초판 1쇄 발행** 2018년 9월 28일
지은이 이호철 | **펴낸이** 김시열
펴낸곳 도서출판 자유문고

　　　서울시 성북구 동소문로 67-1 성심빌딩 3층

　　　전화 (02) 2637-8988 | 팩스 (02) 2676-9759
ISBN 978-89-7030-132-7 04810　값 14,000원
ISBN 978-89-7030-130-3 (세트)
http://cafe.daum.net/jayumungo